KB152192

제2의 프라하

Druhé město

제2의 프라하

초판 1쇄 펴낸 날 / 2018년 6월 15일

지은이 • 미할 아이바스 | 옮긴이 • 김규진 | 펴낸이 • 임형욱 |
디자인 • 예민 | 영업 • 이다윗 |
펴낸곳 • 행복한책읽기 | 주소 • 서울시 종로구 명륜4길 5-2, 403호
전화 • 02-2277-9216,7 | 팩스 • 02-2277-8283 | E-mail • happysf@naver.com
인쇄 제본 • 동양인쇄주식회사 | 배본처 • 뱅크북(031-977-5953)
등록 • 2001년 2월 5일 제300-2014-27호 | ISBN 979-11-88502-09-7 03890
값 • 14,000원

Originally published in Czech as **Druhé město** by Mladá fronta, 1993
Copyright ⓒ Michal Ajvaz, 1993
Translation copyright ⓒ Kim, Kyujin, 2018
First Korean translation, 2018
All rights reserved.

* This translation was subsidized by the Ministry of Culture of the Czech Republic.

제2의 프라하

Druhé město

미할 아이바스 지음
김규진 옮김

행복한책읽기

차례

| 일러두기 |

1. 작가의 부연 설명은 괄호 안에 묶었으며, 역자의 주석은 작은 괄호 안에 묶어 본문에 함께 넣었다.
2. 이 책의 한국어 번역은 체코 문화부가 주관하는 "체코문학 해외번역" 프로그램의 지원을 받아 이루어졌다.

제1장
보라색 표지의 책

나는 카렐거리에 있는 헌책방에 진열된 책등을 따라 걸었다. 가끔 유리 진열장 너머로 바깥을 바라보았다. 함박눈이 내리기 시작했다. 나는 손에 책을 든 채, 유리창을 통해 살바도르 교회 벽 앞에서 휘몰아치는 눈송이를 잠시 바라보았다. 나는 다시 책을 향해 돌아서서 책의 향기를 맡으며, 책의 한 장 한 장에 시선을 집중하여 여기저기 황홀한 문맥 속에서 신비롭고 눈부시게 빛나는 문장의 구절들을 읽어나갔다. 나는 아무데도 서둘러 갈 필요가 없고, 낡은 책들의 향기를 느낄 수 있는, 따뜻하고 조용한 곳에 있다는 것이 기분 좋았다. 거기서 나는 마치 꿈속에 들은 책의 숨소리처럼 책장 넘기는 바스락거림을 들을 수 있었다. 어둑어둑한 눈보라 속으로 나갈 필요가 없는 것 또한 기분 좋았다.

나는 책장에 있는 높낮이가 다른 여러 책등을 따라서 내 손가락을 움직여갔다. 갑자기 내 손가락이 국민경제에 관해 프랑스어로 쓰인 두꺼운 선집과, 찢어진 책등에 『소와 말의 조산법』라는 제목이 붙은 책 사이의 어두운 틈 속으로 빠져버렸다. 그 틈 밑바닥에서 나는 매우 부드러운 책등을 만질 수 있었다. 안간힘을 다해 나는 책장 깊은 곳에서 진한 보라색 벨벳 제본의 책을 꺼냈다. 거기에는 책 제목도 저자 이름도 없었다.

나는 책을 펼쳤다. 책 페이지들은 알 수 없는 이상한 문자로 인쇄되어 있었다. 나는 아무 생각 없이 그 책을 뒤적였다. 창밖 눈보라를 상기시키는 책 앞뒤의 속 백지에 있는 뒤틀린 아라베스크 무늬를 잠시 동안 살펴보다가 다시 책을 덮었다. 책 한 권을 꺼낸 후 생겨난 틈새 공간에서 숨을 몰아쉬고 있던 두 학술논문 자료들 사이로 다시 그 책을 쑤셔 넣었다.

나는 계속해서 책장을 따라가다가, 잠시 멈칫하다 다

시 돌아와 진열된 책들 사이에서 조금 전 그 보라색 책을 반쯤 꺼낸 채 잡고 있었다. 조금 전에 한 것처럼 다시 그 책을 가지런히 되돌려 놓고 다른 책들을 살펴보는 것은, 바깥 눈보라 속으로 나가 거리를 따라 걷다가 집으로 돌아가는 것처럼 쉬웠다. 결국 아무 일도 일어나지 않았다. 기억할 것도, 잊어버릴 것도 없었다.

그런데 나는 그 책에 인쇄된 알파벳이 우리 세계의 문자들에 속하지 않는다는 것을 발견하게 되었다. 매혹적인 책의 숨결이 불어오는 그 틈새를 무시하는 것은 여전히 쉬운 일이었다. 그것은 내 인생에서 처음 일어나는 일은 아니었다. 다른 모든 사람들이 그러했듯이, 나는 싸늘한 타인들의 복도 끝에서, 정원 속에서, 도시의 변두리 어딘가에서 또 다른 곳으로 이어지는 반쯤 열린 문들을 여러 번 지나쳐왔다. 우리들 세계의 경계선은 그리 멀지 않아서 저 먼 지평선이나 깊은 심연까지는 미치지 못한다. 우리들의 경계선은 늘 가장 가까운 곳, 우리들로부터 가장 가까운 곳 주위의 어둠 속에서 희미하게 빛나는 법이다.

우리는 인식하지 못하지만 우리는 눈 가장자리를 통해서 계속 다른 세상을 들여다본다. 우리는 쉬지 않고 계속해서 물가와 원시림의 가장자리를 따라 걷는다. 우리들의 이러한 제스처는 마치 이러한 숨겨진 공간이 속한 실체로부터 솟아나는 것 같다. 제스처는 이상하게도 그 어두운 존재를 드러낸다. 비록 우리들은 파도 소리나 동물들의 울음소리, 우리들 언어의 불안한 반주를(그리고 그 언어의 발생지를) 의식하지 못하지만, 또한 우리들은 알려지지 않은 세계의 외딴 곳과 틈바구니에 있는 보석의 광채를 의식하지 못하지만, 우리들 대부분은 일생동안 한 번도 그 길로부터 이탈하지 않는다.

우리들은 우리의 길 위에서 정글 속에 있는 어떤 황금 사원들에 다다를 수 있을까? 우리들은 어떤 짐승들, 어떤 괴물들과 싸움을 벌이게 될까? 어떤 환상적인 섬들이 우리의 계획과 목표 따위를 모두 잊어버리게 할 수 있을까? 그것은 아마 창 밖 진눈깨비의 환상적인 춤과 같거나, 아니면 최근 몇 년간의 실패로부터 비롯된, 운명에 대한 냉소적인 사랑일지도 모른다.

경계선을 넘음으로 인해 마치 습관적으로 유발되곤 했던 아득한 옛날의 공포가 조용히 내 마음 속에 떠올랐다가 자그마한 반향만 남기고는 이내 고요하게 사라져갔다.

나는 그 책을 꺼내 다시 펼쳐서, 가장자리에 날카로운 부호로 둘러싸인 낯선 글씨를 살펴보았다. 그 글자들은 비뚤어지고 일그러져 바깥으로 곤두선 채 닫혀버린, 에둘러 싸인 모양을 하고 있었다. 그러나 그 글자들은 동시에 바깥으로부터 그 글자들의 내적인 공간으로 뚫고 들어간 날카로운 쐐기에 의해서 마치 강제로 쪼개진 것 같았다. 그리고 또 다른 곳에서는 부풀어 오른 글자들이 마치 그 어떤 팽창하는 내적인 힘의 압박에 의해서 분열되는 것 같기도 했다.

나는 계산대에서 책값을 지불하고, 책을 주머니 속에 집어넣고 가게를 나왔다. 그동안 바깥에는 어둠이 내렸고 눈은 거리 가로등 불빛에서 춤을 추고 있었다.

집에서 나는 창가 책상 위에 램프를 켜고 앉아서 그 책을 자세히 살펴보기 시작했다. 천천히 책장을 넘기자, 마치 어두운 웅덩이 위에서 떠다니듯이, 마치 매혹적인 진주목걸이같이 둥글고 뾰족한 글자들의 줄들이 페이지마다 놓여 있다가 램프의 밝은 원 안에 한 페이지씩 모습을 드러냈다. 정글과 광활한 여러 도시에 일어나는 뭔가 침울한 이야기들이, 페이지들 위로 떠다니는 글자들이 내뿜는 숨소리 속에서 요동쳤다. 이러한 이야기들의 한 장면이 갑자기 내 눈앞에 번쩍거리는 것 같았다. 고집 센 환상적인 이단 추종자의 사악한 얼굴, 어두운 궁전의 심연으로부터 들리는 맹수의 조용한 발자국 소리, 풀어진 비단속의 불안한 제스처, 정원 숲들 사이에 있는 부서진 돌난간의 일부분 같은 장면들이.

나는 이 책이 몇 개의 금속판화를 담고 있다는 것을 발견했다. 첫 번째 삽화는 꿈같은 대칭 무늬가 지배적이었는데, 우울한 체스판 무늬를 한, 포장이 깔린 넓고 텅 빈 광장을 묘사하고 있었다. 광장 한가운데는 오벨리스크가 우뚝 솟아 있었다. 그 받침돌은 매끈한 돌로 된 규칙적인 다각형을 이루고 있었다. 오벨리스크 양쪽에는 세 개의 계단으로 된 분수대가 있고, 하나의 돌 접시에서 다른 돌 접시로 떨어지는 물은 그림 속에서 경직된 부동의 몸체를 상기시켰다. 규칙적인 층계 위로 높이 솟은 단조로운 기둥들이 있는 궁전들의 앞면들이 광장의 삼면을 둘러싸고 있었다. 그림자들이 짧고 선명한 것으로 봐서 때는 남쪽지방 어딘가의 여름날 정오라는 것을 말해주고 있었다. 처음에는 광장이 텅 비었다고 생각했으나, 잠시 후에서야 나는 거대한 건물들과 균형이 맞지 않은 몇 개의 작은 동상들이 있다는 것을 알아보았다. 이 거대한 건물들의 윤곽은 서로 마주보는 두 궁전 열주들의 그림자들 속에 나타난 두꺼운 음영 속에 사라져버렸다.

궁전 벽 왼쪽 대리석으로 포장된 바닥 위에 한 젊은이가 양팔을 펼친 채 누워 있었다. 호랑이 한 마리가 억센 발톱으로 그를 잡아 눕힌 채 이빨로 그의 목을 물어뜯고 있었다. 상처로부터 솟아나는 조잡하게 그려진 검붉은 피는 펼쳐진 부채 같았다. 광장의 반대편에 있는 궁전의 기둥들 밑둥치에 몇 명의 남자들이 편안하게 두 다리를 펴고 앉은 채, 담배를 피우고 카드놀이를 하고 있었다. 그들은 광장의 반대편에 무엇이 일어나는지 알지 못하거나 관심이 없었다. 기둥들 사이에서 조금 떨어진 곳에 한 남자와 한 여자가 서있는데, 남자는 팔을 홱 들어서 태양이 내리쬐는 텅 빈 광장 쪽을 가리키고 있고, 여자는 두 손을 쥐어짜면서 기둥의 둥근 천장 아치를 향해 들어올렸다.

두 번째 금속판화는 진흙 바닥에 있는 진주조개를 해부하는 모습을 묘사하고 있었다. 세 번째 삽화는 복잡한 컨베이어벨트가 달린 기계와 주밀하게 교차된 톱니를 가진 맞물린 톱니바퀴들을 보여주고 있었다.

나는 그 책을 창가 책상 위에 펼친 채 놓아두고 잠을 자러 갔다. 눈을 감자 둥글고 뾰족한 글자들의 줄들이 가로등 불빛에 소용돌이치는 눈송이처럼 꿈틀거리고 몸부림치면서 내 눈앞에 번쩍거렸다. 나는 검은 닭의 달걀처럼 내 아파트로 가져온 이 미지의, 예측할 수 없는 물건 때문에 불안했다. 그러나 나는 나 자신에게, 이러한 나의 불안은 불필요하다고, 우리들 세계를 침범했던 예전의 그 수많은 성가신 것들처럼, 아마도 이 책 또한 조용히 그리고 은밀하게 내 삶의 친근한 공간을 차지하고는 그 달콤한 주스를 마시게 해줄 거라고 말해주었다.

나는 한밤중에 잠을 깼다. 눈을 뜨고 어둠을 주시하다가 펼쳐진 책 위로 초록빛이 어른거리는 것을 보았다. 일어나서 책상으로 다가갔다. 책의 글씨들은 빛을 반사하고 있었다. 그 희미한 불빛 속에서 처마에 떨어지는 눈송이들이 창밖에서 초록빛으로 빛났다.

제2장
대학 도서관에서

나는 대학 도서관을 방문하여 그 책에 대해 전문가에게 물어보리라고 결심했다. 사람들이 내게 만나보라고 한 연구전문 사서는 도서관 지붕 바로 아래에 있는 길고 천정이 낮은 방에 근무하고 있었다. 햇빛이 비스듬히 비치면서 먼지가 소용돌이치고 있는 방이었다. 바닥과 책상에는 삐뚤삐뚤 불안하게 쌓인 책 기둥이 높이 솟아 있었다. 리드미컬하게 뒤뚱거리는 책 더미 사이로 생긴 길을 헤치고 나아가자, 약 40대로 보이는 남자의 둥근 얼굴이 책상 위 책 더미 위로 나타났다.

내가 헌책방에서 산 그 책을 보여주자, 그는 오랫동안 곰곰이 살펴보더니 그것을 나에게 다시 돌려주며 말했다.

"유감스럽게도 저는 이 글씨들을 읽을 수 없고 어느 나라가 이 문자를 사용하는지도 모르겠습니다. 그러나 저는 이 문자를 한 번 본 적 있습니다. 제가 대학을 졸업하고 대학 도서관 직원이 막 되었을 때 저는 유증과 유산으로 기증받은 책들을 담당했습니다. 어느 봄에 도서관에서 저를 아무 상속인도 없이 죽은 사람의 아파트에 있는 큰 서재를 살펴보라고 보냈습니다. 그들은 제게 스메타나 강변에 있는 아파트 번호와 문에서 찾아 볼 수 있는 이름을 주었습니다. 저는 근무가 끝난 후 거기에 갔습니다. 저는 받은 열쇠로 문을 열고 빈 아파트에 들어갔습니다. 현관에서부터 벌써 호사스러운 책 곰팡이 냄새가 확 풍겨왔습니다. 저는 조그마한 금속으로 된 나체 여인 조각상들, 사냥개 조각상들, 말 조각상들이 가득한 큰 홀로 들어갔습니다. 온 사방에 쭈글쭈글한 쿠션들이 흩어져 있고, 주름장식과 숄 장식들이 축 처져 있고, 느슨한 덮개들이 흐트러져 있었습니다. 어떤 방 벽들에는 윤택이 나는 책장들이 바닥에서 천정까지 닿아 있었습니다. 하얀 꽃이 만발한 나무들이 있는 페트르진 산의 어두운 경사진 언덕이 열려진 창문으로 보였습니다. 태양은 전망대를 따라 넘어가고 있고, 저녁하늘의 연보라색 빛이 책장의 유리에 퍼지고 있었습니다. 창문 맞은편에 있는 책장 안에는 유리가 없는 어두운 색깔의 벽감이 있었고, 그 안에는 누군가가 청동으로 된 특별한 인물상들이 새겨진 받침대가 있는 아르누보 양식의 거울을 세워놓았습니다. 그 타원형 모양의 거울은 미소를 머금은 채 육감적으로 누운 자세로 있는 여인의 펼쳐진 손에 들려 있었습니다. 여인의 나부끼는 청동으로 된 머리카락은 공중을 향해 뾰족뾰족 튀어나와 있었습니다. 그녀는 녹슨 청동으로 된 물결 위로 뛰어오르는 돌고래의 등에 걸터앉아 있었습니다. 거울 옆에는 삼발 위에 투명액체가 담긴 플라스크가 놓여 있었습니다."

　그 연구전문 사서가 말을 하면서 손으로 곡선을 그리는 듯한 몸짓을 하는 바람에 책상 위에 불안하게 쌓여 있는 책 더미가 흔들렸다. 그는 돌고래 위에 앉아 있는 여인에 대해 말하면서 그녀의 자세를 비슷하게 흉내를 내었고, 그때 그의 손가락이 책 기둥에 닿아 책 기둥이 불안하게 흔들거리기 시작했다. 또 옆에 있는 다른 책 기둥들도 건드려, 책 기둥들이 다시 우아하게 춤추기 시작했다.

다행히 얼마 후 춤추듯 생기가 감돌던 책상은 조용하게 가라앉았다.

"마지막 태양광선 속에서 가죽으로 제본된 책등에 박힌 루비가 유리창 아래 어두워지는 방을 비추기 시작했습니다. 제가 유리를 만지자 태양은 페트르진 산 너머로 사라지고, 희미하게 빛나던 책장이 갑자기 사라졌습니다. 저는 얇은 홈을 따라 유리를 옆으로 밀고 루비가 장식된 책을 꺼냈습니다. 아파트에는 전기가 단절되어서 저는 그 책을 들고 최후의 햇빛을 잡기 위하여 창가에 섰습니다. 책은 보석으로 장식된 눈을 가진 똬리를 튼 뱀 모양의 철로 된 고리로 채워져 있었습니다. 제가 그 고리를 따는 바로 그 순간에 밝은 푸른 빛이 나무들 사이에서 어두운 페트르진 산비탈을 비추었습니다.

저는 속으로 이것은 우연이라고 말했으나 다시 그 고리를 채우자 빛은 사라졌습니다. 다시 제가 그 고리를 열자 빛이 빛나기 시작하였습니다. 그 푸른 광선은 휘어진 반짝이는 긴 창처럼 어두운 방안을 비추고, 서로 마주보고 서 있는 책장의 유리에 반사되고, 경사진 푸른 광선들의 굳어버리고 복잡한 줄들 속에 반영되었습니다. 방 안쪽에서 푸른 광선은 돌고래 위에 앉아 있는 미인이 잡고 있는 타원형의 거울 한가운데로 빠져들었고, 독기서린 푸른 빛을 띤 유리 플라스크 한가운데서 반영되어 한가운데로 빛을 비추었습니다. 그것은 제게는 마치 플라스크로부터 조용히 거품이 끓어오르는 것처럼 보였으나, 제 손에 쥐고 있는 책이 저를 너무나 매혹시켜서 저는 플라스크에서 무슨 일이 일어나고 있는지 신경을 쓰지 않았습니다.

그렇습니다. 저는 당신이 가지고 온 책에 있는 글자와 똑같은 것을 보았습니다. 저는 놀라움에 젖어 알 수 없는 글자가 있는 페이지를 넘기고 있어서 달콤한 냄새가 방안에 퍼지는 것을 신경 쓰지 않았습니다. 오래지 않아 그 글자들은 이상하게 변형되기 시작했습니다. 그 글자들의 줄에서는 계속해서 그 어떤 물결이 규칙적으로 요동쳤고, 글자는 마치 누군가 규칙적으로 불어서 이글거리며 불타는 석탄처럼 규칙적인 리듬을 가지고 밝아졌다가 꺼지곤 했습니다. 밝아질 때마다 저는 알 수 없는, 점증하는 희열을 느꼈습니다. 진동은 점점 더 빨라졌으나 곧 모든 것이 금세 꺼져버렸고, 책 본문들에는 마치 죽은 딱정벌레처럼 검은 글자들이 있었습니다. 희열의 느낌은 혐오와 공포로 변해버렸습니다.

그때 저는 깊은 포효소리를 들었습니다. 창문 바깥을 바라보니, 페트르진 산 뒤로부터 약 1킬로미터 높이의 쓰나미가 물결치며 밀려오는 것이 보였습니다. 그것은 천천히 가까워지더니 페트르진 산비탈을 무너뜨리고 동시에 전망대를 파괴했습니다. 저는 눈을 감고 무서운 쓰나미의 습격을 기다렸습니다. 포효소리는 계속해서 강해지다가 갑자기 조용해졌습니다.

저는 잠시 눈을 감고 이상한 죽음의 고요에 귀를 기울였습니다. 그리고 나서 눈을 뜨고 바라보았더니, 검은 물의 벽이 꼼짝도 하지 않고 창 너머 손닿을 거리에 있었습니다. 저는 창밖으로 몸을 굽혀 손가락을 차가운 물속으로 집어넣었습니다."

그 전문가가 다시 한번 자신이 어떻게 손을 창문으로 뻗쳤는지를 과시하자, 그때 다시 책 더미가 흔들리기 시작했다. 이번에는 책들이 부드럽게 하나씩 차례로 책상으로부터 떨어지기 시작하였다. 어떤 책들은 길게 포물선을 그리며 떨어졌고, 어떤 책들은 환상적인 낙하과정에서 하얀 페이지들을 펄럭이기 시작하더니 곧 둔탁한 소리를 내며 바닥에 떨어졌다.

전문가는 책들을 바닥에 남겨두고 자신의 이야기를 계속했다.

"물 벽으로부터 검은 물고기가 머리를 쳐들어 올려서 목쉰 소리로 웃고는 조롱하는 듯이 말했습니다. '당신은 일생 동안 당신 혼자 라들리체의 뒷골목 더러운 극장에 있는 기울어진 좌석들의 한가운데 앉아 있었던 것을 잊어 버리려고 애를 썼어. 거기서 당신은 부드러운 모래 위에서 반짝이는 작은 물고기들이 헤엄치는 바다의 밑바닥을 보여주는 영화를 보고 있었지. 갑자기 작은 물고기들은 떼를 지어, 바코프낫이제로우 역 식당에서 당신이 아름다운 소녀인형과 키스하는 것을 묘사하는 움직이는 조각상들을 창조했어(이 여자인형들은 언제나 당신을 유혹했고, 그들이 조용한 밤에 당신 곁에 누워서 내는 이빨소리는 당신을 감동시켰지). 비록 소녀는 자신을 창조한 자에게 자기는 이스쓰무스(Isthmus)에 가고 있다고 편지를 썼지만, 그녀는 체코 악마들이 있는 으스스한 아파트에서 살고 있었어. 악마들은 부시럭거리며 쿠키를 먹으면서, 소녀가 그들에게 머나먼 별들에 대한 미래의 회상을 위해 밤의 들판에 있는 연못의 얼음 아래에서 빛나는 핑크빛 램프에 대해 이야기할 때, 고개를 끄덕였지. 그러나 그들은 그동안 은밀히 그녀를 해체해서 그녀의 부품들로 자신들 어머니의 조각상을 만들거나, 아니면 자신들의 진짜 어머니를 결합하려고 계획하고 있었어. 극장 입구에서 기침소리가 들려왔지. 그것은 당신이 아직도 구름 낀 11월 어느 날 프라하 근교 인적이 없는 텅 빈 어떤 시골마을 광장을 걸어갈 때, 갑자기 전봇대 위의 스피커로부터 들었던, 시골우체국 성배에 관한 당신의 연구를 비꼬듯 읽는 목소리보다 더 나빴어. 그 연구는 당신의 책상 서랍 밑바닥에 놓여 있었고 당신은 어느 누구에게도 읽어보라고 주지 않았었지. 왜냐하면 그것은 당신의 유일한 글이었기 때문이야. 그 글에서 당신은 당신의 아파트 한가운데에 있는 깊은 구멍으로부터 쩍쩍 소리내며 나오는 그것을—촉촉한 어두운 입 안에서 게으르고 타락한 혀의 움직임에 의해서 나온 가장 불쾌한 자음으로—공공연히 명명했어. 프라하 성 흐라트차니에 있는 성당보다 더 큰 성 비트 성당이 소베슬라프 지역을 따라 시속 270킬로미터로 움직이고 있었고, 이스쓰무스는 두 바다 위로 솟아 나왔어. 피아노가 게들로 변신하여 방안을 기어 다니지만, 아직 음악이 울려나올 때는 아니었지. 아직은 아니지. 은으로 된 상자 속의 여신들은 지금까지 괴물들의 의회건물 천정으로부터 떨어지지 않았어. 살아 있는 피아노 게들의 등에 연필로 그려진, 한가운데 소용돌이 나선이 있는 상형문자는 시멘트 벙커에서의 재채기를 상기시켰고, 호수 위 집 안의 어두운 방에서 초록색 반지를 낀 손가락의 유연한 동작을 잊어버리는 것을 의미하는 소리가 났어. (우리가 사는 주변지역 근처엔 여러 다양한 형태의 중국들이 많이 있었어. 이웃 아파트의 모든 방들에는 쌀이 자라는 논들이 있었어.) 당신은 극장으로부터 도망가려고 했지만, 모든 문들은 닫혀 있었어. 당신이 주먹으로 문을 두드리자, 나이 많은 여성 좌석 안내원이 어정어정 걸어와서 문구멍으로 당신에게 억지로 웃음소리를 내며, 당신은 이 어둡고 더러운 극장에 천년 동안 앉아서 작은 물고기 떼들이 만들어내는 무대에서 당신의 일생에서 가장 곤란한 장면들을 계속해서 보게 될 것이라고 소리쳤어.'

저는 전혀 기억이 나지 않습니다. 제가 깨어났을 때는 병원이었습니다. 플라스크에는 화학 원료가 들어 있었고 빛의 파장에 의해서 활성화되면 아주 강력한 환각작용을 하는 약물 가스가 새어나왔습니다. 저는 운이 좋았습니다. 이웃들이 이상한 냄새를 맡고 문을 따고 들어와서 제가 양탄자 위에 쓰러져 있는 것을 발견했습니다. 의사들이 제게 말하기를, 만일 제가 좀 더 오래 가스를 맡았다면 저는 그 악몽으로부터 깨어나지 못하고, 프라하에서 페트르진 산과 흐라트차니 뒤에서 끊임없이 일어나는 무서운 쓰나미의 공포 속에서, 그리고 평생 검정 물고기들의 질책을 받으면서 살았을 것이라고 했습니다.

루비가 장식된 책은 사라졌고 다시는 발견되지 않았습니다. 오늘날까지 저는 그러한 글씨로 인쇄된 책은 한 번도 보지 못했습니다. 그러나 그런 글씨를 딱 한 번 더 본 적이 있습니다. 그것은 어느 구시가지 선술집 화장실 벽에 새겨져 있었고, 거기에는 문어가 호랑이를 공격하는 그림도 나란히 있었습니다."

잠시 동안 우리들은 침묵했다. 그는 안절부절 못하는 손으로 책상 위에서 흔들거리는 책들을 고정시키려고 애썼으나 그의 만지작거림이 오히려 책을 더 요동치게 하는 바람에 그는 곧 포기했다. 그는 책상머리에 조용히 앉아서 창문 너머 눈 덮인 정원을 바라보았다.

"혹 그 책의 비밀을 조사해보셨는지요?"

나는 그에게 물었다.

"물론이지요, 처음에 저는 온 사방에 그 책에 대해서 물어보곤 했습니다. 저는 제가 기억하고 있는 모든 글씨를 그려보았습니다. 그 책에 대해서, 그 알려지지 않은 문자에 대해서 아는 사람이 아무도 없었습니다. 그러나 거의 모든 사람들이 그 어떤, 거의 잊어버린 사건이나 전혀 기대치 않게 다른 공간을 조금 드러내는 이상한 조우에 대해서 기억을 상기시켰습니다. 그러나 그들은 대개 이야기 도중에 놀라서 이야기를 멈추고 갑자기 주제를 바꾸어 버렸습니다. 어떤 사람은 자신의 거실 젖은 카펫 위에서 어느 날 아침 꿈틀거리는 불가사리를 발견했고, 다른 어떤 사람은 어느 날 밤 어느 작은 정거장에서 열차를 기다리고 있다가 열차를 탔는데, 열차 내부는 음산한 고딕 교회처럼 꾸며져 있었습니다. 제가 들은 그 사건들로 인해 저는 바로 우리들의 주변에 뭔가 이상한 세계가 있다는 느낌이 들기 시작했습니다.

저는 거기가 어떤 모습이고, 누가 살고 있는지 모릅니다. 그 주민들이 우리와 어떤 관계인지, 우리들이 우리의 이웃사람들에게 무관심한 것인지, 우리들의 제한된 공간이 누구의 식민지인지, 또는 저 벽 너머에서 누군가 전쟁을 준비하고 있는지 전혀 알 수 없습니다.

그 즈음 저는 직원 식당에서, 이전까지 별로 관심을 두지 않았던 책 대출부서의 도서관 직원들이 하는 이야기들에 관심을 갖고 듣기 시작했습니다. 그것은 전혀 사람의 손이 미치지 못하는 도서관의 거친 구석지에서 만난 이상한 생물체에 관한 무시무시한 이야기였습니다. 저는 처음으로 도서관의 그 음산한 구석으로 가게 되었고, 어둠 속으로 나있는 복도를 바라보며, '내일 나는 저곳으로 탐험을 떠나, 그 복도 끝까지 가고, 또 계속 전진하리라'고 자신에게 말했습니다. 하지만, 저는 계속 출발을 미루었고, 그 다음날은 꼭 가리라고 매일 자신에게 말하곤 했습니다. 결국 저는 그 도서관의 신비함에 대해 생각하는 것을 그만두었습니다. 마찬가지로 루비가 박힌 책에 대해서, 그리고 그 검정색 물고기의 사악한 비웃음을 생각하는 것에 대해서도 그만두었습니다. 요즘 저는 거의 매일 그 도서관의 음산한 구석으로 가곤 하지만 그 불길한 복도의 입구는 바라보지도 않고, 그 심연 속에서 들려오는 그 을씨년스러운 울부짖음에 신경을 쓰지 않습니다. 저는 더 이상 그 경계를 넘어가고 싶은 생각이 없어요. 모험적인 탐험을 시작하기에는 이제 너무 늦었습니다."

하지만 나는 계속해서 보라색 책이 수면으로 올라온 그 신비한 세계에 대해 알고 싶었고, 도서관 연구자의 이야기가 나의 조바심을 더욱 고조시켰다. 나는 그의 코트 소매자락을 잡고 강하게 애걸했다.

"아뇨, 늦지 않았어요, 바로 지금이 적당한 때입니다. 지금이 바로 실패를 하느냐, 운명과 화합하느냐 결단을 내릴 순간입니다. 온 사방에 내리는 눈이 바로 비현실의 시작입니다. 바로 이것이 우리들이 출발하도록 부추기고 있어요. 우리는 거기에서 신비로운 존재의 흔적을, 도시의 심연 속에서 우리를 비밀스러운 소굴로 인도할 흔적을 찾을 것입니다. 모든 것을 남겨두고 저와 함께 갑시다. 우리 함께 탐험을 시작합시다. 우리는 희귀한 보석을 발견하고 찬란한 괴물을 목격할 겁니다. 무엇보다도 가장 중요한 것은, 제 추측입니다만, 경계선 너머에는 우리들 세계의 비밀이 숨겨져 있다는 것입니다. 우리가 다른 면으로부터 되돌아올 때에야 우리는 비로소 진짜 삶을 살 수 있게 됩니다. 저는 이전에 우리들 세계를 형성하던 관습의 평면도는 크노소스(Knossos; 고대 크레타 문명의 중심지. 기원전 2000년경 지중해의 무역권을 장악한 해상왕국 크노소스의 수도: 역주)의 모자이크 바닥 장식 같다는 느낌이 들었습니다. 그 장식의 얼어붙은 선들은 의식을 행하는 무용수들과, 오래 전에 떠나가 버린 가면의 얼굴들이 따라가는 움직임의 흔적을 보존하고 있다고 말해주고 있습니다. 즉 거기 경계선 너머에서 우리는 마침내, 그 움직임의 흔적을 따라 우리들 세계의 원형인 원시시대 춤을 보게 될 것이라는 희망을 저는 가지고 있습니다."

"아닙니다. 제 생각인데 떠난다는 것은 아무런 의미가 없습니다."

그는 조용히 말했다.

"이미 보석이나 괴물은 더 이상 저를 유혹하지 않습니다. 아마도 경계선 너머에는 정말로 우리들 세계 모습의 원형이 숨겨져 있을 것입니다. 그러나 마찬가지로, 우리는 결코 그것을 이해할 수 없으며, 그것은 우리들에게 아무런 의미가 없을 것입니다. 우리들에게 의미가 있고 이해할 수 있는 유일한 것은, 그것의 기원들이 무엇이든지 간에, 그것들이 고상한 신들이 춘 춤들의 흔적이든지, 또

28

는 술 취한 악마의 무분별한 행동에 대한 기록이든지 간에 우리들 세계의 흔적을 따라 걷는 것이고, 크노소스에 있는 장식의 선을 따라가는 것입니다. 우리들은 원시시대의 춤에 대해서 이야기할 수 없습니다. 왜냐하면 장식이 생기기 전에 여기에 무엇이 있었는지는 언어로 묘사할 수 없기 때문입니다. 우리는 원시시대의 춤을 볼 수 없을 것입니다. 왜냐 하면 친밀한 감각의 망에 환영이 그렇게 박혀 있기 때문입니다. 이러한 감각에 의해 영향을 받지 못하면 우리들에게는 아무 것도 보이지 않을 겁니다."

"그렇다면 양탄자 위의 불가사리는 무엇이며, 고딕양식의 교회 모습을 한 열차간은 무엇이며, 불가사의한 글씨로 써진 책은 무엇입니까?"

"갑자기 우리들의 해변에 쓸려온 것들이 있습니다. 우리들은 그것들을 우리들의 경험과 더불어 거짓 유사성에 기반을 둔, 대체가능한 의미로 감쌌습니다. 괴물의 얼굴을 감추고 있는, 불안해하고 교활하기까지 한 문법의 신이 우리들에게 보호의 손길을 뻗칩니다. 우리는 '그것은 미스터리다' 그리고 '그 사건은 수수께끼야' 라고 말합니다. 그렇게 말함으로써 우리들은 우리와 아무것도 관련이 없다고 믿게 되고, 우리들의 시선과 직면하고 있는 그들의 무서운 실존과 그들의 검은 존재를 조심스럽게 감싸주게 됩니다. 우리는 눈에 띄게 낡은, 비유라는 옛날 옷을 입고, 그들에게 자신들의 세계에서 안전하게 숨을 장소를 제공해줍니다. 그것은 어떻게 할 수 없습니다. 누가 우리들의 모자이크 바닥에 무늬를 그리든지 상관없습니다. 그것은 우리들의 감옥이고, 우리들의 가정으로 남아 있습니다. 그것은 어떤 미치광이 신에 의한 혐오스럽고 무서운 춤의 흔적일 가능성이 있습니다. 그러나 만일 우리들이 그것을 알아내고자 한다면, 우리는 그 미치광이 짓을 받아들여야 합니다. 우리들을 위해서 진실되고 의미 있을 수 있는 유일한 것은 그러한 미치광이의 세계에서 일관성이 있어야 한다는 것입니다. 당신은 우리들 세계의 경계선을 상기시키는 그 이상한 책들에 신경 쓰지 마십시오. 그것들은 당신을 그것으로부터 데리고 나갈 수 없고, 그것들은 내부로부터 그 구조물을 먹어치우기 시작할 것입니다. 우리들 세계의 경계선은 오직 한쪽 면만을 가지고 있어서, 안으로부터 밖으로 나가는 길은 없고, 있을 수도 없습니다."

제3장
페트르진산

클레멘티움 도서관의 연구전문 사서가 경계선에 대해 말한 것에는 아마도 진실이 많을 것이다. 그러나 나는 모든 면에서 그에게 동의할 수 없었다.

내게는 계속해서 다음과 같은 느낌이 들었다: 우리도 언젠가 그 원시적인 춤에 대해 한몫을 했고, 우리 역시 그 흥청대는 주연(酒宴)에 참여했을 것이다. 우리들 자신도 그 춤추는 신령과 악령이 된 적이 있고, 그래서 우리에게는 희미한 옛 추억의 흔적이 남아 있는 것이다. 나는 우리가 포기하고 경계선 너머로 도망쳐버린 것들에 대해 희미한 동경이 우리에게 남아 있다는 느낌이 들었다.

나는 미지의 글씨가 있는 책 때문에 비로소 알게 된 그 세계를 발견하고픈 갈망을 버릴 수 없었다. 바로 그날 오후 나는 혹시 비밀스러운 초록빛의 흔적을 찾을 수 있을까 기대하고 눈 덮인 페트르진 산을 향해 갔다. 나는 얼음 길에 미끄러져 넘어지고, 나무들 사이에서 길을 잃어버렸다. 나뭇가지들로부터 눈발이 날아왔다. 나는 눈 더미를 헤쳐 나아갔다. 관목 숲 깊숙이 들여다보기도 했고, 깨어진 창문과 닫힌 셔터에 난 구멍을 통해 오막살이와 언덕 위에 서 있는 잠긴 별장의 어두운 내부를 들여다보았다. 그러나 나는 버려진 정원용 도구들과 페인트 깡통과 찢어진 종이가방들만 발견했다. 거기서는 밝은 색의 가루가 터져 나왔다.

저녁 무렵이 되자 나는 포기하고, 길을 따라 내려오다가 우예즈드 전철역에 도달했다. 눈 덮인 나무들 사이에 난 좁은 구멍 속에서 내 허리까지 오는 크기의 원기둥을 발견했다. 그 뚜껑에는 높은 눈 모자가 놓여 있었다.

갑자기 옛 생각이 떠올랐다. 우리가 아직 어린아이였을 때 우리는 페트르진에서 술래잡기를 하고 놀았고, 나는 여러 번 바로 이 원기둥 뒤에 숨곤 했다. 때는 마침 여름이어서 원기둥은 웃자란 풀에 덮여 있었다. 나는 언제나 원기둥 윗부분에 있는 벽난로 손잡이를 닮은 작은 녹슨 쇠창살문을 열려고 시도했지만 한 번도 열 수 없었던 것을 기억한다. 그것은 아마도 모래나 석탄 찌꺼기를 담는 컨테이너였다는 생각이 든다.

이번에는 손잡이를 누르자 그 작은 문이 이상하게도 느슨해지고 길게 끼익하더니 즉각 열렸다. 나는 몸을 굽혀 머리를 안으로 쑤셔 넣었다.

내 눈이 어두움에 익숙해지자, 나는 그 원기둥이 실제로는 둥근 천정의 탑이었다는 것을 깨달았다. 그것은 그 원기둥 아래로 넓게 펼쳐져 있고, 성당 회랑 위로 아치를 그리고 있었다. 성당의 바닥은 어두운 심연 속으로 사라지듯 깊었다. 성당의 회랑은 열두 개의 작은 예배실들로 둘러싸여 있고, 예배실들의 한가운데는 각각 유리로 된 거대한 동상이 서 있었다. 동상들은 속이 텅 비어서 물이 채워져 있고 거기에는 여러 가지 바다 생물들이 헤엄을 치고 있었다. 어떤 생물체는 희미한 인광을 내뿜고 있었다. 성당의 유일한 발광체인 그 창백한 불빛은 벽과 검정

색 그림들의 넓은 액자를 따라 굽이쳐 올라가며, 우울한 지하세계의 바로크양식의 수많은 황금색 장식 위에서 끊임없이 반사되고 있었다.

내게는 동상들이 어떤 영웅이나 신의 일생을 연대순으로 묘사하고 있는, 완성된 일련의 유리로 된 시리즈를 형성하고 있는 것 같았다. 그것들은 그 어떤 잔인한 충돌, 외로운 황홀감과 고통스러운 수태고지를 묘사하고 있었다. 또한 동상들의 내부에는 불안과 투쟁이 지배하고 있었고, 바다 생물들은 끊임없이 서로 추적하고 날카로운 이빨로 서로 물어뜯고 있었다.

나는 빠르게 움직이는 검은 그림자가 갑자기 뒤에서 나타나자 공포에 사로잡힌 빛을 발하는 작은 물고기가 동상의 머리 뒤에 숨는 것을 보았다. 그 순간 알 수 없는 경련으로 수축된 유리 정면은 성당의 어둠 속에서 마치 신비로운 황홀경처럼 빛을 발했다. 그 순간 재빠른 포식자가 작은 물고기를 따라잡아 이빨로 물어죽이자, 불빛은 온 사방으로 튀어서 곧 동상의 머리 전체에 가득 찬 피 속에서 꺼졌다.

제단의 뒤에는 열세 개의 유리로 된 조상들이 서 있었다. 그것은 내게 친숙한 장면을 묘사하고 있었다. 호랑이가 누워 있는 젊은이를 집어 삼키고 있었다. 호랑이의 내부에는 외로이 장밋빛을 발산하는 해파리가 천천히 물결을 일으키고 있었다.

바로 내 머리 옆 둥근 천정의 램프에 붙어 있는 긴 케이블에 매달린 샹들리에 한쪽 끝에서 갑자기 불빛이 나타났다. 동상의 물고기 빛은 샹들리에의 번쩍거림 속에서 희미하게 비쳐졌다. 그러나 대부분의 성당 공간은 어두웠다.

사람들이 성당 안으로 들어와 신도 석에 앉았다(틀림없이 지하통로를 통해 들어왔을 것이다). 신부가 제단 뒤에서 나타났다. 그는 황금색으로 수놓인 무겁고 규칙적인 주름이 진 초록과 보라색 제의(祭衣)을 입은, 말끔하게 다듬은 검은 머리와 좁은 턱수염을 한 얼굴이 거무스름한 오십대의 남자였다. 그는 잠시 말없이 집중한 채 머리를 숙이고 서 있다가 설교를 하기 시작했다.

"오늘 우리는 추방자 순례의 십오일 째 날을 기억합니다. 그의 돛단배가 저녁의 어둠 속에서 강을 따라 도시에 도착하였습니다. 집들, 공장들과, 철골들과 또한 더러운 물이 흘러나오는 넓은 파이프의 주둥이가 물결 쪽으로 툭 튀어나온 헐벗은 벽돌로 된 높은 담을 가진, 무너질 듯한 궁전들이 악취 나는 물결을 따라 지나갔습니다. 집들의 뒤 정원으로부터 썩어가는 물건들과 갈색 거품이 엉켜 있고, 허물어져가는 계단들이 강 쪽으로 나 있습니다. 뒤 정원 위로 어두운 베란다가 벽에 맞닿아 있었고, 부엌으로부터 불빛이 보였습니다.

『황량한 정원의 책』이 태양 속에서 눈부시게 빛나는 한 페이지에 대해 이야기해주고 있습니다. 누들수프로 얼룩이 진 이 페이지가, 오래 전 한낮의 더위 속에서 졸리는 듯하고 황량한 도시의 거리를 지나간 메마른 성벽에서 열린 체스게임에서, 늙어가는 왕을 이기고 난 괴물의 뿔 그림자가 떨어졌을 때, 놀란 필사자의 흔적이라고 말입니다. 그 체스게임은 반짝이는 얼음으로 된 체스 말들로 두어졌고, 고요한 속에서 들려오는 소리라고는 체스 판 옆 모래시계 속에서 떨어지는 붉은 색과 보라색 보석의 부드러운 달가닥거리는 소리뿐이었습니다.

그것은 밤바다의 파도에 의해 부서진 성벽의 높은 돌벽 아래에서 오래 전에 진 게임에 대한 괴물의 복수였습니다. 동화 속의 이야기는 진실을 모두 이야기해주지 않습니다. 괴물들은 언제나 돌아옵니다. 비슷한 괴물이 언젠가 체스 판을 겨드랑이에 낀 채 당신의 문도 두드릴 것입니다. 그 괴물은 당신에게 체스 시합에 함께하도록 설득할 겁니다. 당신은 그 시합을 할 때 불규칙적이고 은밀한 나선형으로 움직이는 체스 판에, 아파트로부터 아주 멀리 벗어날 수 있는 체스 말인, 호랑이머리가 달린 창병 모습의 체스 말을 포함시켜야만 합니다.

괴물들은 되돌아와서 발톱을 우리들의 가장 은밀한 벨벳 속으로 뻗치고, 흙과 돌 속 깊이 아래로 뚫고 들어갑니다. 그리고 마침내 슬라비아 카페 앞 나로드니 거리의 아스팔트 위로 거대한 물쥐의 주둥이 같은 검은 뱃머리를 들어 올리는 지하폭격기에 타고 있는 여섯 명의 뚱뚱이들과, 조용하고 어두운 흥청망청 술잔치에 무엇보다도 자랑스럽게 참여하는 당신이 사랑하는 여인을 묘사한 로비의 그림 속 거울에 괴물들은 발톱으로 자국을 남깁니다. 카페에 앉아서 커피를 마시던 시인은 그 순간 끝맺지 못한 내륙아시아의 빛나는 통치자들에 대한 시를 남겨두고 떠나가려고 결심을 합니다. 왜냐하면 타자기의 활자 바들이 정현한 방식으로 종이에 떨어지기를 거절하고, 그 대신 자주 이음새에 구부러지고 늘어나 끄트머리에 있는 독가시로 시인의 얼굴을 그어버렸기 때문입니다. 바로 한 달 전에 여자들이 칭찬하고 어루만지던 시인의 얼굴은 공처럼 부풀어 올라, 팽팽하고 투명한 피부 아래에 상처의 푸른 고름이 침투했고, 시인은 120개의 6보격을 쓴 이후, 이제 타자기로 쓰는 것이 지루해졌기 때문입니다.

왜 그는 다른 타자기를 선택하지 않을까요? 다른 모든 타자기들은 사라졌습니다. 일부는 메뚜기 떼가 코카사스로 가져가버렸습니다(메뚜기들이 한꺼번에 땅에서 날아올라 협력을 한다면, 심지어 말들을 수 킬로미터 멀리로 가져갈 수 있다는 것이 증명되었습니다). 타자기의 일부분은 도시 전체로 퍼지는 새로운 왜곡의 일부분으로 사용되고, 다른 일부분은 아름다운 동물 천사를 비치는 흰 불빛으로 변형되었습니다.

그가 작은 배로 망명한 것은 그가 여행한 도시에 있는 거대한 벽돌 궁전들이 왜 기차 정거장들을 닮았는지 오랫동안 생각하게 했습니다. 난생 처음으로 그는 그 성스러운 책을 도깨비들의 단조로운 언급에 맡긴 채, 차츰 빈칸을 모두 채우고 그 텍스트에 겹치게 써넣기 시작했습니다. 그리고 또 의자들의 다리가 눅눅한 조각들로 때운 천장을 향해 뻗쳐 있고, 사후 여행에서 큰 역할을 분명히 할 댄스홀이 있는 시골 여관들의 댄스홀들이 텅 비고 잠겨 있는 비극에 대해 계속해서 말하려는 도깨비들의 의심스러운 언급에 책을 맡긴 채, 사이프러스 섬에 모든 것을 남겨두려고 시도했습니다. 그는 모든 것을 남겨두고 싶었습니다. 더러운 도시 물 속의 악령이 되어, 매일 저녁 어두운 물 속에서 머리를 쳐들고 부엌 창문에서 흘러나오는 불빛을 보고 싶었습니다. 여주인이 그를 위해 물 표면의 마지막 계단에 있는 접시에 놓아주는 그 음식을 먹으며 살고 싶었습니다. 밤에는 번쩍이고 낮에는 추운바람을 몰고 오는, 조용한 여름 오후 정원으로 난 창문이 있는 큰 방에서 치유할 수 없는 절망처럼 아름다운, 광장의 흰 대리석에 대해 잊고 싶은 유혹이 생겨났습니다. 마침내 그가 유혹을 이겨낼 수 있게 도운 것은 표면에 떠있는 썩은 나무토막이었습니다.

　마침내 시인은 그것이 작은 집 안에 있는 제단의 조각이라는 것을 알게 되었습니다. 잔인한 괴물 미노타우루스(Minotaurus) 열차 침대차 간의 복도에서 애무한 여자가 앞이마를 드러내며 그에게 거울 속에서 사라져버린 새의 강철 부리 때문에 생긴 오래된 상처를 보여주었습니다. 그 상처는 그 여자가 빛나는 장판으로 덮인 사무실의 텅 빈 긴 복도에 있는 악마를 쫓는 플라밍고를 처음 봤을 때, 그녀 속에서 타오르기 시작한 열을 식히기 위해서 자신의 이마를 차가운 유리에 기대었을 때 생겨났습니다. 그러니까 우리들의 공간으로 계속 침투해서 들어오는 유일한 것들은 사악한 새들의 날카로운 강철 부리들이고, 우리가 수염을 깎을 때 우리 얼굴을 쏜 거대한 말벌들의 1미터 길이의 침이었습니다. 우리들은 저녁에 소파에서 책을 읽을 때 유리거울 뒤에서 들려오는 침울하게 윙윙거리는 소리를 들을 수 있고, 때로는 그 자체로 단어를 만들어내며 우리가 배반한 옛 계시를 상기시키는 목소리를 듣습니다. 그것은 우리가 열여덟 살 때 외롭게 산책하다가 마주친, 후홀레(Chuchle) 너머 들판 한가운데 서있는 낡아 벗겨진 철제 침대프레임에 기대 누워 있던 스핑크스로부터 받은 계시였습니다. 때는 어둠이 내리고 땅거미진 눈 덮인 평야 너머로 자동차의 불빛이 슬리베네츠로 가는 길을 따라 슬며시 움직였습니다. 우리는 마침내 눈 덮인 들판에서 우리들에게 마치 붉게 달아온 칼끝처럼 파고들었던 계시를 잊어버렸습니다. 우리들은 거울유리의 다른 면으로부터 황혼에 짜증이 나서 되돌아온 거대한 말벌들이 침울하게 윙윙거리는 소리를 들으며

40

때때로 그것을 상기합니다.

그들이 마침내 유리를 깨트린다면 무슨 일이 일어날까요? 그 순간 우리들은 입으로부터 다이아몬드를 토해낼 필요가 있습니다. 우리가 책장에 숨겨두었던 불을 찾도록 노력해야 합니다. 고통은 새로운 투명한 생물체들의 종들을 창조할 수 있고, 램프들은 꿀 속에서 빛을 비춥니다. 어둡고 추운 정거장 대기실에서는 계속해서 외치는 소리가 들려옵니다. 여기서 그들의 입으로부터 소리가 흘러나온 남자와 여자조차도 지금은 북인도의 하얀 힌두교 왕국의 모자이크 바닥에 누워서, 떨리는 손으로 반짝이는 얼룩무늬 털로 덮인 서로의 육체를 부드럽게 애무하고 있습니다.

망명 시인이 물의 표면에서 친숙한 제단의 일부분을 보게 되었을 때 그는 자신의 나라 궁전의 하얀 계단에서 본 표범을 상기했습니다. 그는 전 인생 동안 우리들에게 달라붙어, 일생동안 번쩍이는 호텔에서 씻어내는 따뜻하고 끈적거리는 가정의 쓰레기 속에 자기 자신을 잠수시키기로 결단했습니다. 그가 유혹에 항복해야 하고, 더러운 강의 악마가 되어 매일 저녁 불 켜진 부엌 창문 아래에서 켄타우로스(그리스 신화에 나오는 반인반마의 괴물: 역주)의 기계와 끝없는 전투에 참가해야 한다고 주장하는 해설자들이 있습니다. 모든 사건에서 그가 결단을 내린 것은 전혀 중요하지 않습니다. 이것이 바로 여러분들이 이번 주일 동안에 중재할 오늘 설교의 주 메시지입니다."

딸랑거리는 소리가 단조롭게 들려왔다. 아마도 음악소리일 것이다. 신부가 팔을 펼치자, 제의에 수놓인 황금색 상징이 호랑이 모습을 드러냈다. 그는 소리를 크게 질렀다.

"우리들도 언젠가는 차가운 대리석과, 상표에 대구가 그려진 통조림 깡통에서 들려오는 슬픈 노래 사이에서 결단을 내려야 합니다. 그것이 초인적으로 어려운 결단이라 하더라도 우리들의 결단은 중요하지 않습니다. 우리가 대리석을 택하든 통조림 깡통을 택하든 우리들은 금속으로 된 개의 탈을 쓰고 끝없는 콘크리트 평야를 따라 걷는 것으로 끝장날 것입니다."

신도 석에 앉아서 예배를 드리는 사람들은 찬송가를 펼쳤다. 나로선 어떤 리듬이나 체계도 발견할 수 없는, 어느 겨울 저녁 밀봉된 창문을 흔들어대는 바람소리를 닮은, 길게 늘어 뺀 단어 없는 멜로디를 부르기 시작했다. 노래 소리에 잘 알아들을 수 없는, 딸랑이는 소리가 조용히 뒤섞였다. 나는 이상한 노래에 귀 기울이고, 뭔가 색다른 것이 일어나는 것을 보기 위해 기다렸다. 하지만 형식 없는 노래 부르는 소리만, 끊임없는 단일음으로 들려왔다. 그 단일음 다음에는 갑자기 높아졌다가 낮아지고, 다시 한 번 긴 단일음으로 고정되곤 했다.

그 노래 소리는 나를 졸리게 했다.

나는 으스스한 추위를 느끼며, 그 원기둥으로부터 내 머리를 뺐다. 날은 벌써 어두워졌고, 도시의 불빛은 내 아래 검은 가지들 사이로 반짝거렸다. 스위치가 켜진 케이블카가 조용히 비탈을 오르기 시작했다.

나는 깊은 눈 속을 통과하여 우예즈드로 내려가서 말라스트라나 광장 쪽에서 오는 전차를 탔다. 전차는 거의 텅 비어 있었다. 나는 어두운 창문에 반사된, 전차의 불 켜진 내부의 창백한 이미지를 응시하며 지하교회에 대한 생각에 잠겼다.

나는 실제로 페트르진에서 누구를 만났는지 아직도 모

른다. 나는 어떤 비밀 종파를 만났던 것일까? 나는 새로운 종교의 발생을 목격했던 것일까? 그것은 아마도 어쩌면 페트르진 지하에서 확장되기 시작해 나중에는 전 세계를 지배할지도 모른다. 그 반대로 지하 예배는 사라지는 고대 종교의 최후의 몸부림이었던 것일까?

그 사원을 방문한 사람들은 자신들의 종교기념일을 축하하기 위해 프라하에 모인 외국인들이었을까? 아니면 그들은 수세기 동안 드러나지 않은 채 우리들과 함께 살아온 것이었을까? 아니면 내가 우리 도시에 이웃해 있는 어떤 미지의 도시의 경계선에 있는 나 자신을 발견한 것일까? 그것은 우리들의 제도가 소비하지 못하고 버린 쓰레기로부터 자라난 도시가 아닐까? 아니면 그들이 우리보다 여기에 먼저 도착했고, 우리가 떠나도 그들이 우리를 알아보지 못할 정도로 우리가 거의 무관심했던 현지토박이들의 사회였을까? 그 도시의 청사진은 무엇일까? 도시 행정구역은 어떻게 나누어지고, 법률은 어떤 것이 있을까? 간선도로들, 광장들과 환하게 빛나는 궁전이 딸린 정원들은 어디에 있을까?

제4장
말라스트라나 카페

　나는 페트르진으로 몇 번 더 탐험을 떠났으나 성당 첨
탑의 작은 창은 언제나 그렇듯 역시나 닫혀 있었다. 나는
온 힘을 다해 창을 흔들었으나 열 수 없었다.

　나는 계속해서 그 보라색 책을 가지고 다녔다. 전차 안
에서, 가게 계산대 앞줄에서, 그리고 거리를 따라 걷다가
그 책을 펼치곤 했다.

　나는 계속해서 그 알 수 없는 문자를 골똘히 탐구했다.
비록 그 소리는 알 수 없지만 어느덧 문자들을 구별할 수
있게 되었다. 나는 그 문자들이 76개라는 것에 놀라움을
금치 못했다. 자모는 우리가 단일 음의 변형들이라고 이

해되는 소리와 구별되든지, 아니면 우리들의 음들과는 완전히 다른 소리의 다양성을 의미해야 한다. 나는 이러한 소리들을 상상하려고 노력했다. 때때로 걷는 도중에 내가 이 소리들을 크게 발음하다보면 지나가던 행인들이 향해 고개를 돌리고 놀랍다는 듯이 나를 바라보았다.

그 무렵, 나는 우리가 사용하는 이런 몇 개의 단음들이 알 수 없는 소리의 처녀림에 의해 둘러싸여 있다는 것을 깨달았다. 그리고 단어들의 의미는 소리의 재료로부터 신비롭게 성장하기 때문에, 그 소리의 처녀림은 유령 같은 것들, 존재와 사건들의 불안한 씨앗들로 가득했다.

이러한 문자를 사용하는 사람들은 왜 소리를 도표 식으로 구별하고 싶은 느낌을 가질까? 그것은 음악 악보와 비슷한 텍스트에서 풍부한 소리의 의미들을 즐기고자 하는 그들의 기쁨 때문일까, 아니면 그 반대로, 문자들이 지나치게 많은 까닭은 끊임없이 달아나고자 하는 소리의 유일한 그림자와 긴밀하게 관련된, 의미에 대한 불안한 느낌의 징후일까? 그 글자들의 모양들로부터 풍겨 나오는 긴장은 그것들이 불안의 세계로부터 자라났다는 것을 증명하고 있다.

엄청나게 많은 알파벳의 숫자는 교육학적인 묘사에 대한 경향의 표현일 수 있다고 나는 생각했다. 그러나 그것은 동시에, 말 속에서 다가오는 어떤 신의 말씀을 듣기 위해 어두운 원시적인 외침에 가까이 가고자 하는 절망적인 열망의 표현일 수도 있었다.

나는 또 어떤 문자들 위에 걸려 있는 작은 매우 난해한 작은 문자가 무엇을 의미하는지에 대해서도 생각해보았다. 그것들은 길이나 악센트, 멜로디, 제스처, 또는 소리가 발음되었을 때 동반되어야 하는 얼굴의 어떤 찡그림을 의미하는 것일까? 아마 눈에 잘 안 띄는 둥근 활 모양의 글자 획이나 고리들은 텍스트의 주요 취지를 전할지도 모른다.

대문자들은 단순한 장식이거나, 이방인을 오도하는 혼란스러운 메시지일까? 또 어쩌면 이러한 작은 기호들은 신도시 주변에 있던 사라진 제국 궁전들의 폐허처럼, 메시지의 가장자리에 남아 있는 옛 성직자들 언어의 흔적일지도 모를 일이다. 그것들은 아마도 책 속에서 이런 작고 무시된 텍스트만을 읽으면서 그들의 옛 신들이 다시 되돌아오기를 기다리며, 다시 한 번 부흥하여 재건된 신전의 정면 위로 이러한 사인들이 반짝반짝 빛나기를 고대하는 열렬한 추종자들 종파에 의해서만 이해될 수 있는 잔유물일 것이다.

    내게 가장 커다란 불안과 걱정을 불러일으킨 것은 의미 없는 기호들의 화석화된 존재가 아니라 오히려 아무것도 의미의 발현을 빼앗아갈 수 없다는 놀라운 경험이었다. 나는 성 엘모의 불(St. Elmo's fire) 같은 문자들의 이상한 의미와 존재가 나를 두렵게 만들었다는 것을 깨달았다. 다른 때에 그랬던 것처럼 감추어진 것은 아니었기 때문에, 그 보라색 표지의 책 페이지들에서 갑자기 보이게 된 의미처럼, 그 이상한 의미들이 이 괴상한 문자의 특성은 아니었다. 마치 샘물이 솟아나듯이 존재의 원초적인 메시지로부터 샘솟은 수수께끼를 끌어내는, 우리에게 익숙한 그 의미들은 그 속에서 그들의 생명을 되살리는 것일까, 아니면 오히려 그들을 좀먹어서 잠재된 병마처럼 그 속에서 죽어버리는 것일까? 내가 그 책을 전혀 이해하지 못한다고 말하는 것은 정당한 일일까?

    알 수 없는 외계의 문자로 뒤덮인 그 책의 페이지들을 내가 바라보기 시작했을 때 내 속에는 불안의 실타래가 자라기 시작했다. 가장 강력하고 이상한 불안은 내가 아무엇도 이해하지 못하거나 그 어떤 대답도 찾지 못한다는 것에서 기인한 것이었다. 그 불안은 어떤 무서운 승리가 우리들을 시시탐탐 숨어서 노리고 있고, 게다가 그보다 더 크고 가장 끔찍한 패배가 우리를 기다리고 있는 것 같은 느낌으로부터 유래한 불안이었다.

나는 절반은 텅 비어 있는 말라스트라나의 어느 카페 창가에 앉아 눈 쌓인 광장을 바라보고 있다. 책은 내 앞에 펼쳐진 채 놓여 있다. 추운 오후의 석양이 회색 대리석 테이블 위에 빛나고 있다.

카페에 지금 막 들어온 여위고 늙은 손님 하나가 불안한 표정을 가지고 변덕스럽게 움직인다. 그는 말라스트라나 카페의 오후 시간에 나타나는 그런 외로운 군상들 중의 한 사람이다.

그는 나를 지나가다가 펼쳐진 그 책을 알아보았다. 그는 움찔하더니, 계속 가야 할지 잠시 망설였다. 그러다 그는 조심스럽게 카페 내부를 살펴보고 나서는, 갑자기 내게 허리를 굽혀, 내가 어디서 그 책을 구했는지 물었다. 나는 어떻게 책을 구하게 되었는지 설명했다. 그는 인형극 조정자에 의해서 재빨리 풀려난 인형처럼 내 맞은편 빈 의자 끝에 걸터앉았다. 그리고는 테이블 너머로 몸을 기울여 왔다. 내가 불안하게 계속 그를 살피고 있는 동안, 그는 내게 호소하듯 낮은 목소리로 속삭였다.

"내 충고를 귀담아 들으시고 책을 지금 당장 버리세요. 이 저주받은 글씨를 마주친 후로, 내가 마치 정신 나간 개처럼 불안하게 변두리의 비참한 세상을 방황하게 되었다는 것을 말씀드립니다. 내 말을 믿으세요. 저 글씨들에 있는 인위적이고 교묘한 표현을 보십시오! 그것은 차츰 모든 것을 압도할 사악한 괴저(壞疽)입니다. 그 글씨들은 우리들 세계의 친숙한 것들을 은밀하고 부지런히 잠식하는 독을 내뿜을 겁니다. 당신은 알게 될 것입니다. 그 책의 숨결에서 우리의 건물 모양은 역겨운 장대함으로 번쩍이는 야만적인 사원의 윤곽 속으로 산산이 부서질 것입니다. 잊혀진 사악한 황금이 빛나기 시작할 것입니다. 그 독은 우리들의 언어를 잠식하고 그것들을 옛날부터 걱정에 시달린 처녀림의 소리들로 변형시키고, 외로운 조각상들의 음악으로 변형시킵니다. 인생이란 것은, 정글에서 죽어가는 젊은 신에 대한 음란한 신화의 끝없는 공연 속에서나 간신히 알아볼 수 있는 역할 정도로 바뀔 것입니다."

이렇게 말하는 동안 그는 책상 위로 그의 팔꿈치를 내게로 밀어붙이고 있었다. 그러다 마침내 그는 책상머리에 드러눕다시피 했다. 나는 그에게 어디서 그런 수수께끼 같은 글씨를 봤는지 물었다. 그는 약간 긴장을 풀고 뒤로 조금 물러났다.

"그 무서운 이야기는 60년대에 시작되었습니다. 그때 저는 법대에서 학생들을 가르치고 있었습니다. 제가 아직 학생이었을 때 전문저널에 처음 글을 쓰기 시작했고, 모두들 제게서 대단한 경력을 기대했습니다. 저는 착한 아내와 두 아이를 두었습니다. 저는 여학생들에게 어떠한 사적인 접촉도 한 번 시도하지 않았습니다. 그런데 60년대 중반 어느 날 갑자기 어떤 일학년 여대생이 나타났습니다. 이유도 알 수 없었지만 그녀의 모습은 저에게 고통스러울 정도로 매력적이었습니다. 그녀의 제스처는 그녀가 이상한 신비로운 공간으로부터 자라났고 지금까지도 거기에 뿌리박고 있는 것 같이 느껴졌습니다."

"그것은 어떤 공간이었습니까?"

나는 그에게 물었다. 왜냐하면 신비한 공간으로부터 자라난 제스처라는 말이 나에게 관심을 불러일으켰기 때문이다.

"그것은 대리석으로 치장된 커다란 홀들이었습니다. 우리들은 여성들의 육체에 함몰된 공간들에 의해서 그녀들에게 흠뻑 빠져듭니다. 우리가 여성들을 만날 때, 그녀들의 움직임으로 인해 반짝반짝 빛나는 풍경들에 의해서 우리는 늘 여성들의 매력에 빠집니다. 아아, 만일 어떤 어두운 제국이 사랑스러운 손의 파동으로 나를 유혹하는 것을 그때 알았었더라면….

나는 그녀 또한 내가 있는 것을 좋아한다는 인상을 받았습니다. 어느 날 우리는 구시가지 광장에서 만났습니다. 나는 그녀에게 포도주를 한 잔을 마시자고 초대했고 그녀를 집으로 바래다주었습니다. 우리는 그녀의 아파트를 향해 어두운 계단들을 내려갔습니다. 그녀는 네루다 거리에, 언덕 위에 지어진 집들 중 하나에 살았습니다. 좁은 계단을 올라 꼭대기 층까지 올라가서, 갑자기 거기서부터 뒷문을 열면 바로 단단한 땅에 닫게 되어 언제나 방문객을 놀라게 하는 그런 곳이었습니다. 나는 그녀의 아파트에 정기적으로 가기 시작했습니다. 그녀 혼자서 몇몇 개의 큰 방들에 사는 것이 내게는 이상했으나 그녀는 자신에 대해서 한 번도 이야기해주지 않았습니다. 우리들은 별로 말을 하지 않고 어두운 방에 누워서 거리로부터 들려오는 목소리를 듣곤 했습니다. 우리는 창문을 통해서 보이는 맞은 편 궁전 정면에 있는 동상들을 바라보았습니다. 그녀와의 접촉에서 또다시 알 수 없는 미지의 땅에 대해서, 잔디와 이파리들과 동물들의 발에 대한 이야기가 나왔습니다…."

그는 잠시 멈추더니 다시 불안하게 주위를 둘러보았다. 그러나 카페에는 몇몇 은퇴자들과 학생들뿐이었다. 아무도 우리에게 신경쓰지 않았다. 그렇지만 그는 테이블 너머로 몸을 더 숙이고 더 부드럽게 속삭였다.

"복도에서 저는 언제나 잠겨 있는 흰 페인트를 칠한 문을 지나왔습니다. 그 위로 누군가가 문틀 위에 몇몇 이상한 글자들을 새겨놨습니다. 그 문은 언덕을 향해 있는 건물 측면에 나 있습니다. 그 문은 내게는 신비로울 정도로 유혹적이었으나, 내 여자 친구는 그것은 낡은 잡동사니들이 있는 광으로 통하는 문이라고 말했습니다. 한번은 그녀가 가게에 가기 위하여 아래로 내려갔을 때, 나는 참고 견딜 수가 없었습니다. 나는 벽에 걸려 있는 열쇠꾸러미를 내려서 어느 것이 그 하얀 문을 열 수 있는지 시도해봤습니다. 여러 번 시도 한 끝에 한 열쇠가 그 자물쇠에 맞아 들어갔습니다….."

그 순간 우리는 꽉 조인 조끼를 입은 웨이터가 우리 테이블로 종종걸음을 쳐 오는 것을 보았고, 그는 내 맞은편에 앉아 있는 사람에게 한손을 흔들며, 그 사람에게 손짓으로 전화 부스로 갈 것을 암시했다.

"아무도 내가 여기 있는 걸 모르는데….."

그 사람은 불안하게 말하며 일어나 프런트로 갔다. 나는 그가 돌아와서 이야기를 마치기를 조마조마하게 기다렸다. 그 동안 나는 커다란 젖은 눈송이들이 땅으로 떨어지는 것을 창문을 통해 바라보았다.

나는 초록색 전차가 레트나 거리 굽이로부터 다가오는 것을 보았다. 그 지붕은 두꺼운 눈으로 덮여 있었다. 전차는 조용히 카페 창문 바깥에 멈추어 섰다. 그것은 프라하 거리의 다른 전차와 같은 모습이었으나 몸체는 단 하나의 대리석으로 조각된 것 같았고, 창문들은 불투명 유리로 되어 있었다.

전차의 앞문이 열리자 기다란 곱슬 수염과 무릎까지 닿는 회색의 무거운 코트를 입은 두 남자가 튀어나왔다. 그들은 병원용 들것을 들고서 발레 하듯이 길고 조화로운 발걸음을 재촉했다. 그들은 카페 문 속으로 사라졌으나 곧 밖으로 나오는 것이 보였다. 그들은 계속해서 규칙적으로 성큼성큼 걸었고, 그러나 이번에는 들것에 생명이 없는 사람이 누워 있었다.

나는 그가 누군지 바라볼 필요가 없었다. 나는 속으로 생각했다.

'호기심 때문에 금지된 문을 한 번만 여는 것으로 충분하다. 그 문으로부터 살금살금 기어 나온 것이 당신을 따라 카페로 들어가고, 당신을 들것으로 밀어 넣고, 당신과 함께 60년대부터 지금까지 눈 덮인 광장을 달리고 있다.'

들것 드는 사람들이 전차 안으로 달려 들어가고 그들 뒤로 즉시 문이 닫혔다. 전차는 출발하기 시작하고 얼마 후 사라졌다.

나는 달려나와, 카페 바깥 주차장에서 손님을 기다리

고 있는 택시에 뛰어 올라 무관심하고 졸고 있는 듯한 운전사에게 초록색 전차를 따라가자고 요구했다. 이제 눈은 더 세게 내리기 시작했다. 택시의 앞 유리창 닦개가 눈뭉치에 엉키곤 했다. 재빨리 좌우로 왔다 갔다 하는 닦개에 의해서 반복적으로 나타나는 눈 속의 틈새로 수수께끼 같은 전차의 뒷면이 가까워졌다가 멀어지곤 했다.

처음에는 전차가 정상적인 궤도를 따라 달렸으나 우리들이 교외에 도달하자 그것은 갑자기 어떤 전차도 다니지 않은, 인적이 없는 비탈진 거리로 방향을 바꾸었다. 그것은 천천히 공장 담벼락을 지나가고, 깨진 치장벽토로 된 꿈꾸는 듯한 여성의 얼굴로 장식된 직영술집의 벽을 따라 지나갔다. 합성수지 덮개로 덮혀진 낡은 폐기물들이 거무칙칙한 기둥들이 있는 작은 발코니에 쌓여 있었다.

나는 시 변두리에서 오랫동안 산책할 때, 눈에 잘 안 띄는 아스팔트 거리로 불합리하게 나 있던 전차 궤도를 이따금 본 것이 이제 기억났다. 나는 그것을 한 번도 생각해 보지 못했었다. 단순히 그것이 지금은 사용되지 않고, 아무도 그것을 제거하지 않은 어떤 공장의 선로라고 생각했었다.

마침내 그 전차는 언덕 위에 있는 가정집들 주거지역과, 눈 덮인 정원이 딸린 정면의 페인트가 벗겨진 별장들을 통과했다. 노끈으로 동여맨 헌 헝겊으로 싸인 물 펌프들이 얼어빠진 물통들을 따라 서 있었다. 눈이 멈추자 서쪽 하늘 구름사이로 창백한 저녁 햇살이 벽들과 나무둥치들을 따라 넘쳐 내렸다. 별장들과 정원들이 갑자기 끝나고, 길은 마지막 울타리 둘레로 굽이쳤다. 그 너머로 어두운 숲을 향해 위쪽으로 눈 덮인 평야가 펼쳐졌다. 이제 붉은 태양이 숲 속으로 내려가고 있었고, 그 햇살들이 인적 없는 눈 덮인 평야를 장밋빛으로 칠했다. 평야로 이어지는 거리 끝머리에는 금방이라도 무너질 듯한 일층짜리 집한 채가 있고, 거리 쪽 입구 위 벽에는 보일락 말락 하는 선술집 간판이 있었다. 문이 없는 벽은 눈 덮인 평야를 향해 나 있었다.

전차는 선술집을 지나쳐 인적 없는 장밋빛 눈 덮인 광야로 들어갔다. 눈들은 보트가 물 표면을 가를 때처럼 양쪽으로 휘날렸고, 붉은 불빛이 눈 속의 온천을 통하여 빛났다. 전차는 천천히 숲 속으로 사라지고, 그 뒤로 어두운 그림자에 의해서 더욱 두드려진 깊고 굴곡진 고랑을 남겼다. 그것은 마치 핑크 색깔 종이 위에 숯으로 그어 놓은 것 같았다.

나는 택시 운전사의 손에 돈을 쑤셔 넣고 차에서 내렸다. 나는 전차를 따라 달려갔지만 무릎까지 오는 눈에 자꾸 넘어져서 전차를 따라잡을 가망이 없었다.

나는 걸음을 멈추고 전차가 검은 숲 너머로 방향을 바꾸는 것을 바라보았다. 그러나 보이는 것이라고는 장밋빛 눈과 꼼짝 않는 나무들뿐이었다. 삐죽삐죽한 나무 그림자들만 나를 향해 평원으로 펼쳐졌다.

나는 돌아서서 눈 덮인 들판을 지나 도시를 향하여, 태양의 마지막 햇볕들이 반짝이는 창문이 있는 별장으로 돌아왔다. 길을 따라 지평선을 넘어 시골에서 오는 버스가 지나가고, 정원으로부터는 개 짖는 소리가 들려왔다.

제5장
정원

내가 도시 주위에 도착하기도 전에 별장들 창문의 불빛은 꺼지고 눈은 더 어두워졌다. 선술집에는 불이 들어왔다. 입구 위쪽에 있는 램프는 아래쪽 계단, 발길에 밟힌 더러운 눈 위에서 빛났다. 나는 그 신비스러운 전차 추적에 실패한 것을 씻어 없애기 위하여 한 잔 하러 안으로 들어갔다.

나는 내부공간이 지나치게 더운 것을 느꼈다. 한가운데는 당구대가 놓여 있고, 베이지 천이 낮게 달린 갓 없는 전구가 찬란하게 빛났다. 그 당구장 구석들은 어둡고 희미한 담배연기로 잘 보이지 않았다. 단추가 벗겨진 플란

넬 셔츠를 입은 남자들이 포미카 테이블 주위에 몇몇이 서로서로 비좁게 끼여 앉아 있었다. 그들의 얼굴들은 땀으로 번쩍였다. 그들 머리 위 벽에는 축구팀 포스터들과, 폭포를 향해 포즈를 취하고 있는 나신의 여성들 포스터가 걸려 있었다. 검은 벽감으로부터 반쯤 문이 열린 석탄 난로는 오렌지색으로 불타올랐다. 푸르스름한 정사각형 술집 창문에는 다가오는 밤 속으로 가라앉는 뒤뜰 정원 나무 가지들이 구부러진 채 펼쳐져 있었다.

나는 벽 옆 긴 벤치 한가운데 자리로 비집고 들어갔다. 나는 피곤해서 고개를 옆으로 돌리고 내 뒤 벽에 걸린 코트들 더미 속으로 머리를 묻었다. 녹아내리는 눈의 습기가 코를 자극하며, 그들 속에서 구별할 수 없는 냄새를 풍겼다. 나는 손님들의 목소리가 뒤섞인 술집의 웅얼거리는 소리에 귀 기울였다. 초록색 알코올이 담긴 작은 잔들이 어두운 방구석으로부터 잃어버린 보석처럼 빛났다.

아무한테도 말을 섞지 않고 한쪽에서 맥주를 마시며 『우리들의 정원』이라는 잡지를 읽고 있는 붉고 둥근 얼굴을 한, 몸집이 떡 벌어진 사나이에게 눈길이 쏠렸다. 나는 맥주 두 잔을 다 마시고 나서 그에게 얼굴을 돌려, 그가 혹 불가사의한 초록색 대리석 전차에 대해서 알고 있는지 물었다. 그는 한마디도 안하고 심지어 꿈적도 안했다. 그가 내 질문을 듣지 못했다고 생각하고, 대답을 기대하는 것을 그만두려고 내 맥주에 시선을 돌렸을 때, 그가 시선을 그 술집의 다른 어두운 쪽을 주시하며 갑자기 입을 열었다.

"그것은 밤에 안개나 눈보라 속에서 우리 지역에 나타납니다. 그것을 타고 간 사람들은 다시는 보지 못했습니다. 나는 어떤 한 통로에서 치장 벽토 속에 새겨진 글씨를 보았습니다. 그것은 초록색 전차의 차고지가 티베트에 있는 수도원 내부 정원이고, 그것은 숲과 들판들을 지나 비밀 경로를 통해서 여기에 도달한다는 것을 말해주고 있습니다. 거기에는 뭔가가 있을 수 있습니다.

언젠가 한번은 이발소에서 어떤 사람이, 어느 여름 이른 아침에 숲 속에서 버섯을 따고 있는데, 갑자기 자기 자신 가까이 전차가 조용히 지나갔고, 곧 안개 속으로 사라졌다고 이야기해 주었습니다. 그러나 또 다른 사람들은 그것은 대서양 바다 밑에서 온 전차이며, 때때로 알 수 없는 이유로 그 전차는 강어귀로 사라지고 강바닥을 따라 물결을 거슬러 가다가, 저녁에는 물 위로 올라와서 변두리로 헤매고, 도시 교외에 있는 낡은 공장 주위와 축구장 나무울타리 주위를 방황하다가 도시에 도달한다고 이야기합니다. 그 전차가 여기서 무엇을 찾고 있는지 그의 사명이 무엇인지 아무도 상상할 수 없습니다.

다음과 같은 소문이 있습니다. 문화재 복원자들이 로툰다 속, 치장 벽토 아래에서 로마네스크 양식의 프레스코화를 찾아냈고, 거기에는 초록색 전차와 매우 닮은 이상한 것이 브르제티슬라프 공후의 그림 뒤 배경 속에서 보인다고 말입니다…."

운동복을 입은 한 젊은이가 술이 약간 취한 채 우리 탁상으로 다가와서 내게 전차에 대해서 이야기해준 사람에게 시멘트 포대 값을 협상하고, 나에게 방향을 돌려 우리가 스파르타 축구경기장에서 만난 적이 있는지 확인하려고 했다. 그러나 그는 내가 이야기할 기분이 아니란 것을 알고, 무시하는 손짓을 하며 옆 자리로 가서 앉았다.

"철도는 정원, 울타리 옆 우거진 숲 속으로 나 있었습니다. 밤에 우리는 침대에 누워서 깊은 정원으로부터 들려오는 쨍그랑 소리를 듣습니다. 불빛이 천장을 따라 휩쓸고 지나가고, 벽에는 반짝거리는 불빛 속에서 커튼이

크고 무시무시하게 투영되었습니다. 우리의 아내들은 무서워서 우리들의 손을 잡습니다. 그러나 낮에는 우리들은 전차 이야기하기를 피합니다. 전차는 언제나 우리들 사이에 마치 어두운 그림자처럼 서곤 합니다. 우리는 아이들이 그것에 대해 물어볼까봐 두렵습니다…."

그는 말하는 것을 그치고 맥주를 마셨다. 내가 볼 때 그는 이야기를 계속해야 할지 망설이는 것 같았다. 잠시 후 그는 다시 말하기 시작하였다.

"우리 딸이 성장했을 때 저는 아내에게 말했습니다. 당신은 딸을 데리고 가서, 초록색 전차에 대해서 반드시 이야기해 주어야 한다고. 딸아이는 경험이 없고 쉽게 해를 입을 수 있으니까요. 제 아내는 딸에게 여러 번 이야기했고, 초록색 전차를 조심해야 한다고 말했습니다. 그러나 우리 딸은 그것을 비웃으며 자기는 그런 낡은 전차를, 특히 그것이 초록색이면 그것을 탈 사람이 아니니 두려워할 게 아무것도 없다고 말했습니다. 그러나 우리가 딸의 첫 댄스파티로부터 집으로 올 때 우리는 집으로 가는 전차가 오기를 기다리고 있었습니다…."

또다시 그가 말을 멈추어서 나는 그에게 계속하도록 재촉했다. 왜냐하면 그다음에 무슨 일이 일어났는지 궁금

했기 때문이다.

"갑자기 전차가 멈추었습니다. 그것이 너무나 빨리 와서 우리는 알아보지 못했습니다. 우리 딸은 피로하고 댄스파티에 대한 온갖 생각에 잠겨 있어서 전차 문이 그녀를 향해 열리자 전차에 올라탔습니다…. 우리 딸이 전차간에 올라가고 나서야 나는 그 전차가 이상한 색깔이라는 것을 깨달았습니다. 나는 소리를 지르고 전차를 향해 내 몸을 날려서 그녀를 잡아당기려 했으나 문은 순간적으로 닫히고 내 손이 차가운 불투명한 유리에 부딪혔습니다. 전차는 떠나가고 어둠 속으로 사라졌습니다…."

우리들은 침묵했다. 술집의 웅성거림이 마치 바다의 파도처럼 일어났다가 잦아지곤 했다.

"그게 벌써 20년 전이었습니다."

그는 조용히 말했다.

"우리는 그 이후 다시는 딸과 만나지 못했습니다. 몇몇 경우 어둔 방에서 거울의 심연 속에서 그녀의 얼굴을 마주친 적 외에는, 그리고 때때로 우리는 난로의 이글거림 속에서 그녀의 목소리를 들은 것 외에는. 처음에는 우리는 때때로 책상서랍 안이나 책 페이지 사이에서, 우리가 점점 더 이해하지 못하는 슬픈 메시지가 담겨 있는 종이 쪽지를 발견했습니다. 그녀는 청동사자를 실은 뗏목이 있는 강이 통과하는 홀에 대해서 쓰곤 했어요. 또 화석이 된 숲에서 끝없이 이어지는 심포지엄에 대해서, 또는 두꺼운 안개 속에서 나오는 웨이터가 있는 카페에 대해서 쓰곤 했습니다. 딸아이가 우리들에게 쓴 것에 의하면 그녀는 어떤 다른 세상에 살고 있는 것 같았습니다. 직물들의 주름들이 얼굴보다 더 중요하고, 그것들이 이름을 가지고 있고, 반면에 얼굴들의 잡목들이 무관심과 구별되지 않은 형체로 합쳐졌습니다. 또한 거기에 있는 단어들은 그 자체로 중요한 메시지를 띤 윙윙거리고 바스락거리는 소리에 의미 없이 따라붙는 소리 같았습니다. 때때로 그녀의 편지들에 있는 글씨의 줄은 엉클어져 있고 종이에 파도모양으로 기복이 심하고, 다시 의미 없이 매듭지어지고 엉켜 있었고, 다시 거기서부터 불안감을 주는 단어와 그림들이 시작되었습니다. 그녀의 세계는 우리가 이해하기 어려웠습니다. 제가 이 세상에서 원하는 것은 다시 한 번 그녀를 보는 것이지만, 저는 우리가 다시 만나면 서로 이해할지 확신을 할 수 없다는 것입니다. 자주 그녀가 살고 있는 세상은 우리들과 가까운 곳일 수도 있고, 우리들 세상과 뒤섞여 있다는 생각이 들곤 합니다. 왜냐하면 그 세계의 충만함은 우리들 세계에서는 우리가 단지 공간으로만 인식하는 곳에 존재하기 때문입니다. 그 세계의 공간은 우리들 세계에서는 충만함이기 때문입니다…."

그는 말하는 것을 멈추고, 잠시 포스터가 붙어 있는 반대편 벽을 바라보고 다시 머리를 숙여 『우리들의 정원』 잡지를 쳐다보았다. 우리는 오랫동안 나란히 앉아서 맥주를 더 마셨지만 서로 한마디도 건네지 않았다. 이윽고 테이블 너머 그의 이웃들이 그에게 카드놀이를 하지고 제안했고, 나는 계산을 하고 옷을 챙겨 입었다.

나는 중국인들의 얼굴을 닮은 디자인으로 페인트칠을 한 벽들 사이의 추운 통로를 걸어 나와 비좁은 화장실로 갔다. 그 안의 전기불은 들어오지 않았고, 검은 눈으로 덮인 어두운 정원은 열려진 창을 통해 보였다. 나는 바로 그 지하 성당으로부터 들었던 것같이 그 심연으로부터 들려오는 길게 끄는 노래 소리를 들을 수 있다고 생각했다.

나는 통로 끝으로 가서 정원으로 난 문을 열었다. 나는 건물 벽에 붙어 닥쳐서 높이 쌓인 눈 더미 속에 넘어졌다. 성에가 야행성 뱀처럼 내 소매 사이와 바지를 통해서 맨

살로 파고들었다. 내 뒤로 문을 닫자 술집으로부터 들리던 말소리가 조용해졌다. 나는 눈으로 덮인 어두운 정원 가장자리에 서 있었다. 뒤틀린 나무들이 눈을 향해서 검게 보였고, 먼 램프로부터 비추는 불빛이 반짝이는 과일처럼 나뭇가지 사이를 통해서 반짝거렸다. 정원 안으로부터 저항할 수 없이 나를 유혹하는 마술적인 음악이 흘러나왔다.

나는 어두운 정원 깊숙이 멜로디가 흘러나오는 방향으로 아무도 밟지 않은 눈 위로 걸어갔다. 부서진 울타리 너머 또 다른 정원이 시작되었다. 나는 술 취한 채 눈 덮인 정원을 지나갔다. 가지에 말라빠진 사과가 여기저기 매달려 있는 앙상한 나무들 사이로, 퇴비더미 주위로, 삐뚤어진 헛간 옆으로, 텅 빈 토끼 집 그리고 연이어서 나타나는 새로운 울타리를 따라 지나갔다.

신비스러운 전차가 갑자기 나무들 사이에서 나타날까? 잡목 속에서 정원의 여왕이 쓴 작은 왕관의 다이아몬드가 갑자기 반짝거리지 않았을까? 그러나 바람에 살랑대는 가지들을 제외하고는 아무것도 움직이지 않았다. 그 고요함 속에서 들리는 소리는 멀리서 들려오는 단조로운 음악과 이따금 들려오는 개 짖는 소리뿐이었다.

　나는 썩어 허물어진 정자까지 가서야 내가 예배음악이라고 생각한 것이 단순히 바람 속에서 떨린 지붕 위의 양철 조각이 만들어낸 밤의 음악이었다는 것을 확인하였다. 정자에 앉으니, 커다란 텅 빈 창문을 통하여 검은 나무들, 눈, 그리고 멀리 불빛이 보였고, 산발적인 음악이 들렸다.

　푸른 눈의 캔버스 위에 헝클어진 가지들에 의해서 그려진 그림처럼, 아무 의미 없이 나 혼자서 비틀거리며 지나간 벽에 난 습기찬 얼룩처럼, 사악한 책들에 있는 이상하게 왜곡된 글씨들처럼, 하나님 맙소사, 나는 어디로 가고 있는 걸까? 아직 시간이 있는 동안 왜 나는 다른 사람들한테로 되돌아가지 않는가? 그러나 밤의 정원으로부터, 그리고 우리 공간의 가장자리로부터 날아온 것들은 벌써 내 안에서 힘을 발휘하기 시작했다.

　나는 계속 걸어가서 울타리에 난 여러 구멍을 통해 올라가, 정원의 맨끝 쪽에서 거리의 불빛을 발견하고는, 재빨리 아름답게 장식된 울타리말뚝으로 기어 올라가서 보도로 뛰어 내렸다.

잠시 후 나는 버스 정거장에 도착했다. 버스를 기다리는 동안 시간을 아끼려고 희미한 자주색 형광램프 불빛 속에서 앞면이 유리로 된 진열장 바닥에 핀으로 박아놓은 빛바랜 판지를 읽었다. 그 진열장은 줄로 정원 울타리에 매어 놓았다. 그것은 정원협회나 여행 클럽을 위해서 일반적으로 사용되는 진열장이었다. 판지에는 다양한 광고들과 공고문들이 있었다. 어떤 사람은 딸기 묘목을, 어떤 사람들은 소파를, 어떤 사람은 머리가 잘려나간 신부의 구겨진 사진 위에 보이는 웨딩드레스를 내놓았다. 아래 구석에는 종이들 사이에 누군가가 냉장고를 수리했고, 의무적인 개 예방주사에 대해 등사기로 인쇄된 안내문을 걸어 놓았다.

거기에는 다음과 같은 내용을 타이프로 친 것이 있었다: "침실에서 일어난 거대한 싸움에 대한 최근의 발견에 대한 강연이 수요일 새벽 2시 30분에 철학부에서 행해질 예정입니다."

나는 다가오는 버스 소리를 들었다. 쉭쉭 하며 문이 열리자 안으로 올라탔다.

제6장

야간 강의

그 다음날은 수요일이었다. 비록 그 판지에는 날짜가 적혀 있지 않았지만, 나는 마침내 윤곽이 드러난 그 세계에 대해 새로운 것을 알고 싶어 안달이 나서, 바로 그날 밤 철학부에 가보기로 결단을 내렸다.

나는 구시가지 광장을 지나 그리로 갔다. 형광등이 눈 덮인 텅 빈 거리에서 윙윙거리고 있었고, 일렬로 늘어선 건물들 끝에 거대한 철학부 건물이 희미하게 나타났다. 건물에 다가갔을 때 나는 걸음을 멈추고 위로 쳐다보았다. 그러나 불이 들어온 창은 하나도 보이지 않았고, 아래층 유리창에 거리의 형광등 불빛만이 반사되고 있었다.

현관으로 들어가는 문은 잠겨 있지 않아 건물 안으로 들어갔다. 텅 빈 건물은 어두웠고 추웠다.

나는 사람이 없는 유리로 둘러싸인 경비실을 지나 넓은 계단을 따라 올라가 안마당으로 난 창문들이 있는 복도를 따라갔다. 가끔 발걸음을 멈추고 귀를 기울였으나 건물 안은 쥐 죽은 듯이 조용했다. 강변길을 따라 지나가는 전차들의 덜커덩 소리만 들려왔다. 강의실 문을 열고 들여다보았으나 거기는 텅 비고 어두웠다.

3층 강의실 문을 열었을 때야 비로소 나는 사람들이 코트를 입은 채 불빛이 희미한 써늘한 교실 책상 뒤에 긴 의자에 앉아 있는 것을 보았다. 단조로운 강사의 목소리가 강단으로부터 들려왔다. 희미한 불빛이 뾰족한 염소수염을 가진 수척한 그의 얼굴을 비추고 있었다. 나는 문 옆 긴 의자의 빈자리에 앉았다.

나는 그가 말하는 것을 들었다.

"몇 년 전까지만 해도 과학계는, 아주 드문 예외로, 침실 깊은 곳에서의 큰 전투는 역사적 사건으로 간주할 수 없다는 견해에 동의했습니다. 참고도서에 있는 기록들은 믿을 수 없고, 저축은행으로부터 나온 용 몰아내기에 대한 가을 축제와 관련이 있는, 어떤 특수한 의식절차의 역사화의 결과였습니다. 또한 다음과 같은 것이 끊임없이 지적되어왔습니다. 즉 여러분들이 잘 알다시피, 비 오는 밤에 플라스틱 봉투에 담긴 채 불빛이 없는 어두운 열차간 좌석 위에서 발견된 유명한 사자연대기(獅子年代記)에는 전투에 대한 언급이 없었습니다. 그 순간은 열차가 선로에 섰을 때였고, 그 열차간은 불이 켜진 브셰노리 아르누보 빌라의 창문 앞에 있었습니다. 열차 불빛은 어두운 정원에 떨어져 있는 나뭇잎에 반사되어 반짝거렸습니다. 원래의 참고자료에 대해 혹평하는 학자들에게는 그 연대기가 바로 빌라 앞에서 발견되었다는 것이 별로 이상하지 않다는 게 정말로 놀랍습니다. 그 빌라의 창문을 통해 초원에서 춤을 추는 파우누스 모습을 구별할 수 있는 어두운 그림의 일부분이 벽에 보였습니다. 어떤 역사학자도 자작나무 아래 잔디에 그려진 작은 물체가 아직도, 어느 날 저녁 신부가 목욕탕 위로 굴러가는 수증기 구름에 대고 말했던 온천 사원에서 사용하는 볏짚으로 만든 빗자루와 매우 닮았다는 것을 알아보지 못한 것 같습니다.

문자 그대로 그는 다음과 같이 말했습니다: '가격과 함께 식단표가 있는 먼 도시의 간이식당 칠판에 도시 변두리 지역 귀족의 최후의 명령이 분필로 써 있었다. 그 명령은 검은 꽃병의 내부가 우리들의 공간으로 내뿜는다고 경고하고 있다. 그 지방 귀족은, 그 입김이 옛날 별자리를 좀먹는다고 선언하고 있다. 여러분들은 또한 스미호프 거리에 있는 기다란 벽 뒤에 숨어 있는 기계들의 그 안달하고 재빠른 집게발에 대해서 잊어서는 안된다. 열반이 프롬 콘서트를 대신하지 않는다.'

솔 그림을 닮은 색깔이 있는 모양은 나중에 드러났듯이 우연한 것이었다는(그것은 실제로 버섯이나 라텍스의 방울의 묘사였습니다) 것은 적절치 않습니다. 그러면 또 다른 것을 생각해봅시다. 우리 이웃의 알파벳에 있는 단어 파우누스(faun)의 시작에 있는 F는 수직으로 바로선 막대 같은 모양을 하고 있고, 그 막대로부터 가운데와 꼭대기에 수평으로 나 있는 두 개의 가로대를 가지고 있습니다. 그것은 달리 말해 도시의 변두리에 있는 구조와 꼭 닮았고, 그 구조로부터 매일 저녁,—밑바닥 가로대에 서서 꼭대기 가로대에 망원경을 걸쳐놓고—안절부절 못하는 가짜 시장이, 루비 눈을 가진 은빛 늑대들을 도시로 가져가서 침실의 기다란 커튼 뒤에 배치하려고 하는 여자들의 행렬을 살펴보곤 합니다. 그러나 그는 그때에 고속도로에서 달리는 싸늘하고 빛나는 목걸이 같은 자동차들의 먼 불빛을 보았습니다.

그러나 긍정적인 선입관에 의해서 채무를 지지 않은 새로운 젊은 세대의 역사가들이 도래했을 때 상황은 과격하게 변했습니다. 서랍 속 고고학 분야의 가장 최근의 발견에 대한 최근의 연구는 전투가 실제로 일어났을 뿐 만 아니라 지금도 계속되고 있다는 것을 명백히 증명하고 있습니다. 천천히 회전하는 등대의 불빛이 비칠 때마다 그 전투의 영웅들에 대한 황금 기념탑들이 어두운 침실 구석에 있는 거울 속 깊이에서 번쩍거립니다. 아파트 주민들이 밤에 어두운 현관을 지나서 화장실로 갈 때 그들의 발은 때때로 흔들거리는 부교를 밟습니다. 비록 많은 사람들이 결국 그들의 이름을 잊어버리고 그들의 이마를, 우울한 짐승들의 우유가 강변에 있는 환상적인 도시로 흘러가는 차가운 쇠파이프에 닿는 것이 허락되지만, 어둠 속에서 흔들거리는 부교 위를 걸을 정도로 용기 있는 사람은 몇 안 됩니다. 밤에 그들은 침실로 달려가는 페르시아 양탄자 모양의 위장 복장을 입은 모습을 알아볼 수 있습니다. 그 침대 밑에서 야전전화기 선들을 발견하고, 어두운 방구석에는 도랑이 흘러가고, 저녁을 먹을 때 숨어있

74

는 눈들이 그것들 위에서 번쩍거립니다.

어떤 어린이가 소리칩니다. '구석에 뭔가가 있어요. 저는 그것을 보러 갈 거예요.' 그러나 부모가 빨리 소리 칩니다. '식사 도중 일어나지 마!' 비록 그들이 자신들의 아파트가 전쟁터의 한가운데에, 잊힌 슬라프코프(프랑스 의 황제 나폴레옹, 오스트리아의 황제 프란츠, 러시아의 황제 알렉산더 세 황제가 1805년 싸운 전쟁터: 역주)의 집 내부에 놓인 것을 의심할지라도, 모두들 한쪽 구석에서 일어나는 전쟁을 의식하는 것을 두려워합니다. 군인들은 벽지를 판독하고, 무자비한 문법 전쟁이 관례에 반하여 일어나고, 독이 있는 음악이 끊임없이 울리고, 심지어 차 디찬 비올라들도 들립니다. 비록 그것들이 인도주의 협약 에 의해서 엄격히 금지되었지만. 일련의 파괴자들이 적들 의 신화선집에 새로운 주인공, 머리에 사슴뿔을 가진 악 마를 끼워 넣는 데 성공했습니다. 어떤 사람들은, 병사들 과 참모는 누가 적군이고 누가 아군인지 반드시 알아야 한다는 이상한 제의를 가지고 왔지만, 이러한 혁신은 아 무런 더 큰 반응을 만나지 못했습니다. 어떤 사람들은 누 가 적군이고 누가 아군인지 알 수 없다고 주장했고, 다른 사람들은 그들 사이에 차이가 없고, 아무것도 알아볼 것이 없다고 합니다.

자원봉사자 부대가 조심스럽게 그 두꺼운 책을 한 쪽 한 쪽 조사를 하고 있지만, 그들은 찰스부르크에서 온 엽서를 제 346쪽과 347쪽 사이에서 너무 늦게 발견했습니다. 거기에는 푸딩의 차가운 무관심에 대한, 전혀 불행하지 않은 매너로 끝나는 뉴스가 적혀 있었고, 공원들에서 새로운 신성의 탄생에 대한 리포트를 쓰려는 시도가 있었습니다. 전사자는 힘없이 벽장의 에레부스(Erebus 또는 Erobus는 그리스 신화에서 '깊은 어둠'이라는 뜻: 역주)에서 방황하고, 로비와 야간 강변에 침략이 일어났을 때, 그들 중 몇몇은 전쟁에 말려들어, 다시 죽고, 끊임없이 물결치는 평야에서 흰 설화석과 기관차가 서있는, 더욱더 먼 지옥에 놓인 자신들을 발견하게 됩니다. 무자비한 백병전이 취하게 하는 옷장의 정글 속에서 일어나고, 걸려 있는 옷들의 뒤로부터 날카로운 칼날이 튀어나올지 아무도 모릅니다. 코트들 사이에서 기나긴 여러 달을 보낸 병사들은 마침내 그들 스스로 사람들이라기보다 오히려 코트 자체처럼 보이고, 또한 그들의 생각도 훨씬 더 코트들의 생각을 닮았습니다(예컨대, 그들은 여러 시간을 집들, 기념비들 그리고 용수철들 위의 가로등들이 있고, 거리를 따라 외로운 한 마리의 조랑말이 걸어가고 있는 도시에 대해서 생각하고 있습니다). 그래서 그 아파트의 주인이 생각에 잠겨 실수로 병사들 중 한 명에게 옷을 입히고, 그와 함께 거리로 나가는 사건이 벌어집니다. 병사는 이에 모욕을 느끼고 총을 쏘려고 합니다. 그러나 그의 부드러운 총이 무른 총알을 내뿜자, 총알은 인도를 따라 굴러가고 비둘기들이 쪼아 먹습니다. 카페의 휴대품 보관소 여자안내원의 전문적인 시선에서 볼 때 그것은 비극적인 실수였습니다.

기운이 떨어진 병사가 그녀 앞 책상머리에 앉았을 때 그녀는 무엇이 일어나고 있는지 금방 알아차리고서, 그녀는 계속해서 주의를 기울여야 했습니다. 왜냐하면 그들은 늘 코트 보관소로 코트 대신 병사들이나 다른 생물체들을 가져왔기 때문입니다. 즉 그들은 무슨 이유인지 아마도 종교적이거나 미식(美食)인 이유(재킷 옷깃에서 가을에 익어가는, 취하게 할 정도로 달콤한 과일)로 옷장으로 옮겨오고, 때에 맞게 그것들은 코트를 닮아가고 있습니다. 그녀는 자신이 만일 잠시라도 경계심을 등한시하여 그녀의 옷장에 가짜 코트를 걸면, 다른 코트들이 살아날지도 모르고, 그래서 그것들은 카페 안을 기어 다니고, 심지어

문 밖 거리로 기어나갈 것을 알고 있습니다. 그러면 휴대품 보관소 여자안내원은 그들을 추적해야 해서 그녀는 인식론적 모래언덕에 대한 자신의 논문을 쓸 시간이 없을 것입니다. (그 여자는 실제로 가장 뛰어난 현대 철학자들이 어떻게 계속해야 할지 모를 때 와서 상담을 받는 지혜의 여성입니다. 그녀는 그들에게 말하곤 하지요. '형이상학적인 견지에서 볼 때, 철학서에서 가장 중요한 것은 그 책을 인쇄한 문자의 형태입니다. 즉 문자의 두께나 엷음 또는 세리프활자—문자로 하여금 눈길을 사로잡는 갈고리—의 형태는 우주에 대한 기본 메시지를 가져옵니다.' 그리고 철학자는 그녀의 생각의 깊이와 창조성에 놀라움을 금치 못합니다.) 이제 휴대품 보관소 여자안내원은 집안 내부에서의 전쟁으로 죽은 수많은 사자들이 요새들에서 방황하고 있는 휴대품 보관소 다른 쪽 끝에 있는 비밀의 그린란드로 이민을 갔습니다. 대물고기축제 전날인 오늘, 그리고 그것이 행해질 곳으로부터 멀지 않은 곳에서, 자 우리들의 전통적인 방법으로 그들의 추억을 존중해줍시다."

강의를 듣는 모든 사람들은 모두 가방에서 나무 장식

함을 꺼내서 자기들 앞 책상에 놓고 뚜껑을 열었다. 달가
닥거리는 소리가 울려왔고, 상자로부터 족제비들이 머리
를 내밀고, 앞발들을 상자의 앞 부분에 기대고, 쉐엑쉐엑
소리를 내기 시작하였다. 수강자들이 주의를 기울이기 위
해서 일어섰고, 나도 그렇게 했다. 강의실에는 불빛이 희
미했으나 내 옆에 서있는 사람들은 곧 내 앞에 있는 족제
비가 쉐엑쉐엑 소리를 내지 않는다는 것을 알아차렸다.
격분한 속삭임이 강의실 전체에 퍼져나가고 잠시 후 강의
실 전체가 나를 바라보았다. 나는 책상 위에 내 가방을 올
려 놓고 족제비가 든 상자를 불안하게 찾는 척 하다가, 곧
장 문으로 달려가 강의실을 나와 버렸다.

나는 캄캄한 긴 복도를 따라 도망쳤다. 맨 끝에서 뒤돌
아보니, 강의실이 조금 열린 것이 보였고, 족제비 무리들
이 그곳을 나와 나를 향해 달려왔다. 나는 어둠 속을 달렸
고, 내 뒤 돌바닥에서 수많은 작은 발들의 조용한 달가닥
거리는 소리가 들려왔다. 5년간 나는 이 복도를 다녔고,
한때 나의 학우들이었던 몇몇이 여기에서 낮에는 가르치
고 있고, 밤에는 복도를 따라 짐승이 나를 추적하고 있다
는 것이 멋지다는 생각이 들었다. 계단에서 나는 앞서기

시작했고 밖으로 나왔으나, 내가 아직 아케이드를 지날 때 족제비들은 문을 밀어 열어서 벌써 내 바로 뒤까지 쫓아 달려왔다. 나는 카프로바 거리로 달려갔고, 자테츠카 거리 모퉁이에 있는 책방의 불 켜진 창문 앞에서 족제비들은 나를 따라잡았고 그리고 에워쌌다. 그들은 나를 공격하지는 않았지만, 내가 그들의 포위를 벗어나려고 시도하면 언제나 한 마리가 내 발을 아프게 물었다.

잠시 후 또 다른 두 마리 족제비가 철학부에서 달려 나왔다. 그들은 빨리 달리지 못했다. 왜냐하면 그들에게는 뭔가 멜빵 같은 게 채워져 있었고, 뒤로 작은 썰매를 끌고 있었기 때문이다. 썰매에는 비디오카메라가 달린 텔레비전 세트가 있었다. 스크린에는 어두운 강의실에서 강의를 하던 남자의 웃는 얼굴이 나타났다. 썰매가 멈추었을 때 그는 조롱하는 조로 말했다.

"옛날의 한 속담에서는 이렇게 말했습니다. '당신은 날아가는 성당 안에서 족제비를 튀길 수는 없다.' 만일 당신이 이 말에 대해서 조금이라도 생각을 했다면, 이러한 부끄러운 상황으로 끝장이 날 필요는 없었을 것입니다. 즉 그 상황은 아마도 언젠가 당신과 족제비들을, 텔레비전이 있는 썰매를 묘사하는 거대한 조각가들의 주제가 되게 할 수도 있습니다. 그리고 그 조각들은 대양을 조망하는 절벽 꼭대기에 있을 수도 있습니다. 대각선이 10미터나 되는 텔레비전 화면은 등대처럼 밤에 먼 배들에까지 비칠 것입니다. 그 배들의 승무원들은 오늘날 대체로 바다괴물로 이루어져 있습니다. 왜냐하면 선원들을 찾기가 점점 더 어렵기 때문이고, 또 그 선원들은 오늘날 널리 선언된 사실처럼 배들이 기본적으로 바다를 찾는 게 아니라 바다를 함께 데리고 가야 한다는 원칙에 익숙할 수 없기 때문입니다.

선원 한 명이 얼마 전 믿을 만한 대화에서 이렇게 말했습니다.

'우리가 우리의 정원들을, 정자들을 그리고 뒤얽힌 잡목 숲을 우리와 함께 옮기는 것이 필요하다는 것은 충분히 이해가 되지만, 우리들의 바다를 우리와 함께 가져간다는 것은 무슨 뜻일까요? 그것은 마치 엘리베이터 안에서 여자들의 단단한 겉날개옷이 서로 비비대는 소리처럼 벽을 통해서 조용히 삐걱거리는 소리가 들릴 때인 아침 6시에 우리가 아침으로 단자론(單子論)을 먹고 싶어 하는 것과 같습니다.'"

그 순간 나는 내 뒤에서 헐떡이는 소리를 들었다. 나는 뒤로 돌아서서 구시가지 광장으로부터 또 다시 두 마리의 족제비가 달려오는 것을 보았다. 그들도 비디오카메라가 달린 텔레비전 세트가 춤을 추고 있는 썰매를 달고 있었다. 그들은 우리들에게 따라와서 너무 급하게 서는 바람에 분리된 썰매가 그들에게 부딪혀서 그들의 주둥이가 눈 속에 파묻혀버렸다. 그들의 텔레비전 화면에는 다른 얼굴이 찌그러지고 있었는데, 그것은 지하 성당에서 설교하던 사람의 얼굴이었다. 두 텔레비전 화면은 서로 마주보고 서 있게 되었고, 거기서 나오는 불빛은 더러운 눈 위에서 반사되었다. 신부는 강연자에게로 얼굴을 돌렸다.

"친애하는 선생님, 무슨 말씀을 하고 계십니까? 모두들 내일의 축제를 준비하며 어디로 가야 할지 모르고 있는데 당신은 여기서 즐기고 있다니요! 기계들이 다시 비전을 가지고 있고, 수도승들은 나비들이 없는 아스픽을 가지고 있고, 등껍데기에 다이아몬드로 새겨진 불경스러운 글씨를 가지고 있는 거북이들이 양탄자 위에서 달리고 있고, 아무도 밤의 천사를 녹이지 않았는데 당신은 여기서 선원들과 바다 괴물들에 대한 이야기를 하고 있다니요! 당신은 아마 당신 자신이 아직 바다 괴물이었고, 야간에 물에 빠진 갱 두목이었고, 해변가 키오스크를 도적질 하던 때를 잊어버렸군요."

그러나 역사가는 주눅이 들려고 하지 않았다.

"당신이 저에 대해서 기억하고 있다니 기쁘군요."

그는 비꼬듯이 말했다. "그것은 당신이 우울증에 걸려서 잊힌 피아노 건반에 자라난 식물들을 먹고자 했을 때 제가 당신의 생명을 구한 이후 처음이군요."

"무슨 허튼 소리를 주절대는 거요?" 신부는 폭발했다. "피아노 건반들은 오래 전에 얼음 속에 얼어 있었고, 밤과 가볍게 휘날리는 커튼이 음악을 연주했습니다."

텔레비전으로부터 비난과 욕설이 들려왔다. 썰매를 매고 있는 두 마리 족제비가 이빨을 드러내고 서로 쉐엑쉐엑 거렸다. 그들은 뒤에 달고 있는 텔레비전을 끌고 위협적으로 서로 다가갔다. 순간적으로 그들은 서로 덮치고, 서로 이빨로 물어뜯자 텔레비전들은 눈 속으로 굴러 떨어졌다. 다른 족제비들은 무료하게 바라만 보고 있을 수 없어서 두 진영으로 갈라섰다. 한편은 신부의 동물들한테로, 다른 한편은 역사학자의 동물들한테로, 마침내 털이 난 작은 몸체들이 물어뜯고 울부짖으며 혼란스럽게 뒤엉켜서 눈 속으로 굴러갔다. 나는 아무도 내게 주의를 기울이지 않은 것을 알고는 자테츠카 거리를 따라 떠나갔다.

제7장
축제

이튿날 밤 나는 족제비들이 끄는 썰매 위의 텔레비전 화면에서 역사학자와 신부가 논쟁을 하는 축제를 보기 위해 구 시가지를 따라 걸어갔다. 나는 파리 거리를 지나 구 시가지 광장에 도착했다. 불이 들어온 램프는 하나도 없었고 모든 건물들의 창문들도 어두웠다. 나는 광장을 가로질러갔고 정적 속에서 들리는 소리라곤 내 신발 밑에서 나는 뽀드득거리는 눈 소리뿐이었다.

내가 틴 학교 가까이 왔을 때, 첼레트나 거리 입구로부터 천천히 그리고 쿵쿵거리며 미끄러지듯 나타나는 뭔가 거대하고 투명한 것을 보았다. 나는 옆으로 비켜나 아케이드의 칠흑 같은 어둠 속으로 나 자신을 숨겼다. 미끄러지듯 나타나는 것이 조금 더 앞으로 다가왔을 때, 지하 성당에서 조용히 빛을 발하던 유리 조각상 무리들 중 하나라는 것을 알아볼 수 있었다. 그 조각상은 기다란 척추가 자란 덮개가 있는 거북이가 묶여 있는 가느다란 기둥 옆에서 소녀를 포용하고 있는 영웅을 묘사하고 있었다. 그 등뼈에는 호화로운 예복을 입은 한 남자의 육체가 꽂혀 있었다. 남자의 머리로부터 보석으로 장식된 왕관이 굴러 떨어져서 무심한 거북이 주둥이 옆에 놓여 있었다. 그 조각상은 거대한 썰매 위에 서 있었고, 형광을 발하는 물고기는 진동에 놀라서 유리 조각상들 사이를 오갔다.

잠시 후 썰매를 미는 사람들의 무리가 나타났다, 그들은 모두 특히 가느다랗고 뾰족한 가장자리를 말아 올린 검은 가면을 쓰고 있었다. 그 가장자리는 양쪽이 툭 튀어나왔고 끝에는 은빛 갈래가 달려 있었다. 무언극 배우들은 허리 주위 양쪽 끝에 술이 달린 끈을 매고 있었는데, 앞 쪽에는 매듭을 하고 있었고 끈에는 석궁과 무거운 해머가 꽂혀 있었다.

다른 조각상이 첫 번째 조각상 다음에 곧바로 나타났는데, 그것은 한쪽 무릎을 꿇고 거대한 번쩍이는 크리스털 내부를 집중해서 바라보고 있는 남자를 묘사하고 있었다.

세 번째 조각상은 결투의 드라마틱한 순간을 포착하고 있었고, 결투하는 자들 중 한 명은 땅에 넘어져서 자신의 검을 놓쳤다. 다른 결투자의 손은 최후의 일격을 가하기 위해 들려 있었으나 신기한 개의 머리를 가진 천사에 의해서 방해를 받았고, 그 천사는 위로부터 곤두박질쳐서 급강하하여 내리는 가운데 이빨로 치켜들고 있는 결투자의 팔목을 물었다.

썰매가 광장으로 방향을 바꾸었을 때, 천사의 유리 발바닥은 모퉁이에 있는 건물에 부딪혀 건물에 금이 갔고, 물이 그 부서진 곳으로부터 조금씩 흘러내려 곧 고드름으로 얼어버렸다. 차츰 모두 열 세 개의 조각상-수족관들이 광장에 도착하였고, 무언극 배우들이 그것들을 틴 성당과 시청 사이 눈 위에 원형으로 배열시켰다. 조각상 내부에서 수영을 하며 형광을 내는 생물들이 눈 위에 희미하나 불안한 불빛을 비추었고, 물고기로부터 나오는 불빛도 어두운 건물들의 정면에 반짝거렸다. 어두운 시청 탑이 유령의 불빛을 내는 원형을 이루고 있는 유리 조각상 위로 높이 솟아나 있었다.

무언극 배우들 극단이 어떤 잔인한 젊은 신의 고통과
죽음과 부활에 관한 미스터리 무언극을 시작하고 있었다.
나는 배우들의 고양된 동작들의 의미를 완전히 이해하지
는 못했으나 그 연극은 정글여행에 대한, 북적거리는 항
구와 지독히 더운 정오의 태양 아래서 무기력한 궁전의
안뜰에 대한, 저녁 무렵 정원들 속의 절망에 대한 것이었
다. 그 순간, 뜨거운 부둣가 대리석 위에서 갤리선박들의
쇠사슬들이 조용하게 쟁그랑거렸고, 호랑이가 물어뜯은
육체의 살점들이 합쳐졌다. 여우 가죽을 입은 여인에 의
해서 대표되던 지금까지 혼란스러운 영혼이 지하세계로
부터 되돌아왔고, 무언극 배우들이 모두 의기양양하게 찬
양을 하기 시작하며, 조각상들에 매달려 망치로 그것들을
부수기 시작하였다. 물이 봇물처럼 터져 나왔고 유리파편
들이 물고기들과 바다생물들과 함께 눈 위에 떨어졌다.
공포에 사로잡혀 그들은 여기저기 눈 위에서 도망가려고
퍼덕거렸다. 검은 가면을 쓴 형체들이 석궁을 꺼내서 몸
부림치는 몸체에 가느다랗고 단단한 줄이 달린 작살들을
쏘아댔다. 사냥꾼들의 즐거운 외침소리와 둥근 원을 그리

는 줄의 윙윙거림과 물고기들의 몸체를 때리는 소리가 들려왔다. 공포에 사로잡힌 참치가 얀 후스 기념탑 안으로 몸을 날려 들어가서 석상들 사이에 숨었지만 날카로운 작살의 스파이크를 피하지는 못했다.

내 옆에서 어떤 얼룩덜룩한 물고기가 온힘을 다해 하수관으로 피했으나 그 비늘이 관 속에서 덜거덕거렸다. 어떤 생물체들은 자신들을 보호하기 위해 눈 속으로 깊이 파고들었다. 떨고 있는 물고기의 꼬리비늘, 몸부림치는 문어발의 촉수들과 해파리의 물결치는 반투명 날개들이 눈 속으로부터 기이한 식물들처럼 삐져나왔다. 여기저기 눈이 신비롭게 이글거린 것은, 거기에는 형광물고기가 비늘과 함께 자신들의 몸체를 파묻을 수 있었기 때문이다.

축제 참가자들은 눈 속의 번쩍거리는 부분에 발사했고, 발사 후에는 불빛이 사라지며, 시커먼 피가 아래로부터 표면으로 올라오기 시작하였다. 문어 한 마리가 문어발 촉수로 로코코 양식의 장식물을 잡고 킨스키 궁전의 정면으로 기어오르고 있었다. 그 문어는 벌써 지붕으로 올라가 지붕 창문으로 기어들어가다가 작살이 그 몸체를 뚫고 지나가자, 곧 그 몸뚱이는 가파른 지붕을 따라 굴러 광장에 나동그라졌고, 지붕으로부터 눈이 그 위에 오랫동안 쏟아져 내렸다. 그렇지만 몇몇 물고기들은 도망칠 수 있었고, 나는 거대한 상어가 첼레트나 거리로 사라져가는 것을 목격했다. 상어는 마치 애벌레처럼 몸을 움츠렸다 폈다 하며 눈 속으로 움직여 나갔다. 잠시 후 피투성이 혼 잡이 가라앉았다. 가면을 쓴 사람들이 그물에다 죽은 물 고기들을 모아서 카프로바 거리 쪽으로 출발했다.

광장은 다시 한 번 인적이 없고 조용해졌다. 나는 아케이드로부터 나와서 홀로 피로 물든 눈 위를 걸어갔다. 나는 내게서 멀리 떨어지지 않은 곳에 눈이 움직이는 것을 보았다. 거대한 가오리 한 마리가 텅 빈 광장에서 놀라서 방황하고 있었는데, 그 물고기는 납작한 몸을 파도치며 움직였고, 그럴 때마다 눈이 휘날렸다.

나는 축제 참가자들이 가는 길을 따라갔다. 눈 위에 떨어진 핏자국이 길을 안내했다. 나는 마리안스케 광장에서 물고기를 잡은 사람들과 다시 만났는데, 그들은 이제 더이상 가면을 쓰고 있지 않고 붉은 끈도 벗었고 그들의 들뜬 기분은 흔적을 찾아볼 수 없었다. 그들은 조용히 긴 구부러진 선을 따라 질서정연하게 서서, 손에 죽은 물고기가 담긴 그물을 들고 있었다. 나는 실제로 그들이 무엇을 기다리고 있는지 알 수 없었지만, 나는 천천히 움직이는 그 줄 맨 끝에 합류했다. 곧 그들이 스키 리프트를 기다리는 줄에 서 있었다는 것을 나는 알 수 있었다. 클레멘티움 도서관 벽에 수십 개의 스키들이 기대어져 있었고, 줄에 서있는 사람들은 스키를 하나씩 받았다. 그들이 스키를 착용했을 때, 그들은 신학대학 거리를 따라 내려오는 티바 리프트를 잡고 거기에 몸을 의지하고 어두운 좁은 거리로 사라졌다. 나도 내 순서가 왔을 때 스키를 착용했고, 티바 리프트에 기댔다. 줄이 조여지고 분리되자, 스키가 움직이기 시작하더니, 깊은 스키 궤도로 움직여 들어가기 시작하였다.

짧고 구불구불한 신학대학 거리 끝에서 스키 리프트는 클레멘티움으로 들어가는 옆문으로 방향을 틀었고, 나는 천천히 두 개의 안뜰을 지나갔다(스키가 다니는 길은 스웨덴 군대에 대항해 프라하를 사수하던 학생의 동상과 가까워서, 나의 스키 가장자리가 동상의 받침대를 스치고 지나갔다). 나는 활짝 열린 대문을 지나 십자군 광장으로 들어갔다. 그때 나는 시간을 지키지 못한 택시의 헤드라이트 때문에 눈이 부셨고, 이어서 끼익하고 브레이크 밟는 소리를 들었다. 그 다음 리프트는 나를 교탑의 둥근 천장 밑으로 해서 카렐다리 위로 데려갔다. 나는 천천히 눈 덮인 동상들의 열을 따라 내 앞에 지나간 스키 궤도를 따라 움직였다. 페트르진 언덕길을 따라 눈이 어두운 나무들 사이에서 빛났고, 주위는 고요했다.

급작스레 건설한 스키 리프트의 가벼운 무게의 기둥들을 지나쳤을 때에야, 나는 내 머리 위에서 찰칵 소리와 거의 들리지 않던 흔들리는 티바 리프트들의 끼익 소리를 들었다. 그리고 그것은 어둠 속에서 나타나 반대 방향으로 사라졌다. 스키 리프트는 나를 다리거리로 끌어당겨서 검정 색 차들이 주차하고 있는 인적 없는 말라스트라나 광장을 지나 네루도바 거리를 따라 올라가 닫힌 궁전 정문들을 지나갔고, 그리고 스키 리프트는 통로로 방향을 돌렸다. 나는 조용히 좁은 뒷마당들의 미로를 통과하여 미끄러져갔고 쓰레기통들과 합판 상자들 더미 옆을 지나갔다. 이어서 리프트는 나를 외로운 전구가 불을 밝히고 있는 집들의 차갑고, 축축하고 냄새나는 계단으로 끌어올렸다. 텅 빈 복도를 지나 로비로 들어가자, 갑자기 어떤 형체가 내 앞에 나타나 나는 소리쳤으나, 그것은 신발장 위에 있는 큰 거울에 반사된 내 모습이었다. 나는 사람들이 자고 있는 침실의 구석을 통과하였다. 한 남자와 한 젊은 여자가 넓고 하얀 침대 위에서 사랑을 나누고 있었다. 소녀는 달가닥 소리를 듣고 나를 향해 머리를 돌려서 내가 옷장 뒤로 사라질 때까지 조용히 나를 노려보았다. 나는 아파트들 사이의 존재를 거부하는 공간들 사이를 지나갔다.

나는 그 아파트들이 비밀 코스들과 가구들 뒤로 통하는 통로들에 의해서 상호 연계되어 있다는 것을 알게 되었다. 고속도로들, 터널들, 건물 내부의 넓은 공간 속에서 휘감긴 무역로의 복잡한 미로들이 드러났다. 그 공간은 우리가 통제할 수 없고 우리의 세계에 통합시킬 수 없어서, 차라리 우리는 그 존재를 부정한다. 빛을 발하는 짐승이 우리를 우리들 집밖으로 내몰고, 우리들을 이러한 어두운 코스에서 강제로 방황하게 할 때, 우리는 분명히 그 침묵의 공간에 대한 우리들의 어리석은 오만 때문에 대가를 지불할 것이다.

나는 아파트들이 우리가 상상한 것보다 훨씬 더 크고, 주거지역과 알려진 공간들은 오직 작은 일부분이고, 아파트 전체는 음울한 벽화들로 덮인 벽들을 가진 축축한 돌로 된 홀들을, 사치스러운 식물들이 웃자란 낙원 같은 정원, 차가운 물을 공중으로 내뿜는 분수대가 한가운데 있는 아트리움을 포함하고 있다는 것을 발견했다. 비밀스러운 공간들은 모서리들의 위장된 통로들과 옷장 뒤의 틈새들에 의해서 아파트의 주거공간들과 연결되어 있었지만 우리들은 우리의 일상생활에서 한 번도 거기에 발을 들여놓지 않았다. 그리고 우리는 우리의 삶을 변형시키고 새롭게 하는 결단은 그 존재가 부정된 공간들로부터 풍기는 숨결 속에서 성숙된다는 것을 느낀다.

나는 건물의 열려진 대문을 통과하여 포호르젤레츠 광장의 아래쪽 끝에 있는 아파트들의 미로들과 통로들로부터 나왔다. 나는 다시 한번 축제 참가자들과 조우했다. 그들은 벌써 그들의 스키를 풀고 손에 김이 나오는 컵들을 잡고 무리져 서 있었다. 스키 리프트 케이블이 광장의 위쪽 끄트머리에 있는 교회 문 속으로 뻗어 있었다. 교회 벽을 따라 펼쳐진 거대한 하얀 텐트의 캔버스가 바람 속에서 부풀어 올랐다. 스키 리프트가 나를 열려진 문을 통해 교회 안으로 밀어 넣었다. 교회는 내부가 어두워서 성스러운 장소라기보다는 화물차를 연상시켰고, 건물 내부의 맨 끝 어둠 속에 제단의 윤곽이 드러났다. 바로 그 앞에서 리프트의 회전 고리가 조용히 규칙적인 삐걱 소리를 내며 회전했다. 제단은 희미하게 빛을 발했고, 내가 더 가까이 접근하니, 제단이 물고기들의 몸체들에 의해서 엉망이 된 것을 보게 되었다. 양 옆 벽에서 바닥에 떨어진 물고기들이 너무나 많았고, 그들 중 어떤 것들은 잠시 버둥거리다가 곧장 다시 뻣뻣해졌다. 리프트 회전 고리 가까이 접근하였을 때 나는 리프트를 옆으로 밀어 놓고 교회를 빠져나왔다.

누군가가 내 어깨를 토닥였다. 나는 몸을 돌려 내 앞에 긴 회색 코트를 입은 수염이 텁수룩한 사람을 보았다. 나는 그가 말라스트라나 카페로부터 들것에 내 지인을 실어서 대리석 전차를 탔던 두 사람들 중 한 사람이란 것을 알아보았다. 그는 여기서 어떤 관리자 역할을 하고 있었다. 왜냐하면 그는 소매에 완장을 차고 있었고, 거기에는 이빨이 드러난 피라냐가 그려져 있었기 때문이다.

"어떻게 아무런 고기도 없이 여기에 왔습니까?" 그는 침울하게 물었다. 왜 그들은 언제나 내가 어떤 동물들을 가지고 다니기를 원할까?

"불행하게도 개가 어떤 홀 앞에서 내게 뛰어 올라 내 손으로부터 생선을 물어뜯어서 달아났습니다." 나는 말했다.

"당신은 저와 함께 잠시 가야겠어요." 그는 냉정한 말투로 말했다. 그는 나를 그의 겨드랑이 사이에 단단히 잡고 사람들의 무리를 지나 하얀 텐트로 끌고 갔다. 나는 그의 옆에서 미끄러운 스키 위에서 언덕 위로 서툴게 미끄러져 나아갔다.

텐트 속 한가운데서 램프가 빛을 비추었고, 두 사람의 모습을 텐트의 앞 캔버스 벽에 투사시켰다. 한 사람은 책상머리에 앉아서 뭔가를 쓰고 있었고, 툭 튀어나온 광대뼈를 가진 다른 사람은 책상 앞에 서서 절을 하고, 꿈틀거리며 끄덕이고 있었다. 그들의 대화는 얇은 캔버스를 통해 들려왔다. 꿈틀거리며 절을 하던 사람이 신음소리를 냈다.

"제발 저를 용서해주십시오, 각하. 제 행동은 심했고, 무책임하고, 용서받을 수 없습니다. 저는 당신에게 대꾸를 했고 주제넘게 제가 당신의 목숨을 살렸다고 주장했습니다. 물론 저는 당신에게 감사해야 하는 모든 것을 잘 알고 있습니다. 제가 처음 당신을 알았을 때 저는 하잘 것 없는 바다생물이었고, 육지에서의 삶에 대해 아무것도 몰랐습니다. 저는 머리보다는 아가미로 더 많이 생각했고,

물에 빠진 것들과 쓰레기들을 연상했고, 저도 그들보다 조금도 나을 게 없었습니다. 저를 그 도덕적 진구렁텅이에서 구하시고 해초로부터 해방시키신 당신이 아니었다면 제가 오늘날 어디에 있겠습니까."

"좋아, 좋아, 그 문제는 다음에 더 이야기하세." 앉아 있는 그림자가 못마땅하듯이 그의 말을 가로막았다. 그 사악한 관리자는 한 손으로 나를 계속 세게 잡고 다른 한 손으로는 출입구 캔버스의 끝에 있는 단추들을 벗기고 (단추들은 마치 이불보나 베겟잇처럼 하얀 무명실로 둥글게 꿰매져 있었다) 나를 텐트 안으로 끌고 들어갔다. 책상 앞에서 꿈틀거리던 인물은 철학부의 야간 강사였고, 앉아 있던 인물은 지하 성당에서 괴물들의 회귀에 대해 설교하고 그리고 어두운 카프로바 거리의 눈 속에서 빛나던 텔레비전 화면에서 강사를 질책하던 사람이란 것을 알아봤다.

"무슨 일인가요?" 앉아 있는 사람이 텐트 입구에서 우리들을 보자 지친 듯이 말했다.

"또다시 누군가 금지된 언어의 시제를 사용하고 있지요? 제발 그 문제로 날 내버려두세요. 알다시피, 똑같이 그들은 다른 시제들을 곧 허락할 겁니다. 아니면 적어도 하얀 괴물의 시제와 정글의 시제를 곧 허락할 것입니다. 좌우간 그 금지는 그저 말도 안 됩니다. 모든 언어의 말미는 전혀 해롭지 않고, 빛나는 기계를 파괴하는 사악한 음악과는 아무 관계가 없다는 것은 이제 오랫동안 모두에게 분명해졌습니다."

내 안내자는 갑자기 나를 데리고 온 이유를 말하는 것을 너무 부끄러워하는 것 같았다.

"이 자는…, 이 자는 물고기를 가지고 있지 않았습니다." 그는 마침내 불쑥 내뱉고는 두 눈을 아래로 내리뜨렸다. 그러고 나서는 얼굴을 붉혔다.

그 역사학자는 비틀거렸고 자기 자신을 책상에 기대야 했다. 그는 나를 알아보는 것 같았다. 왜냐하면 그는 절망적으로 자신에게 이렇게 속삭였기 때문이다. "족제비도 없고, 물고기도 없고, 아무것도, 전혀 아무것도 없었어."

그의 속삭임은 조용한 흐느낌으로 변했고, 한때 그의 특징이었던 바다 생물의 특징이 고통으로 일그러진 그의 얼굴에 되돌아온 것 같았다. 즉 그의 두 눈은 튀어나오고, 눈썹들은 뻣뻣해졌고, 주둥이는 둥글고 통통해졌다. 나는 곧 거대한 물고기가 나를 바라보는 것 같음을 느꼈다.

그러한 비난은 앉아 있는 신부에게는 특별히 영향을 끼치지 않은 것 같았다. 그는 단순히 펜을 내려놓고 조용히 재미있다는 듯이 그리고 사악한 미소를 띠고 나를 바라보았다. 나는 보라색 표지의 책을 그 헌책방 서가에 꽂아 놓지 않은 것을 후회하기 시작했다. 내 안내자는 계속해서 더 크게 당황하고 떨면서 자신의 신발 끝을 바라보았다.

나는 그의 악력이 느슨해졌다고 느껴지자마자 재빨리 그의 손아귀로부터 빠져나와 텐트를 벗어나 물고기 사냥꾼들의 무리들 사이로부터 지그재그로 스키를 타고 달아났다. 나는 곧 우보즈 거리 입구에 도달했다. 나는 몸을 앞으로 숙여 급강하했다. 그리고 나를 추적하는 자들을 혼돈에 빠트리기 위해 오른쪽으로 돌아서 어두운 스트라호프 수도원 정원으로 들어가서 사선으로 눈 덮인 비탈로 내려갔다.

나는 나무들 사이에 멈춰서서 위를 향해 바라보았다. 아무런 움직임도 없었고 아무런 소리도 밤의 고요를 깨트리지 않았다.

제8장
포호르젤레츠에 있는 비스트로 식당

이상한 생활방식과 함께 야단법석을 떠는 세계, 우리들 도시보다 먼저 이곳에 존재했지만 우리는 그 존재에 대해 아무것도 모르는 그런 세계가 정말 우리들 세계 아주 가까이 존재하는 것이 가능할까? 그것에 대해 생각하면 할수록 나는 점점 더 그것이 정말 가능하다는 생각이 든다. 그것이 어쩌면, 떠나가는 것을 두려워하며, 국한된 공간에 한정되어 살고 있는 우리들의 생활 방식에 부합할 수도 있다는 생각이 든다.

우리들은 경계선 다른 쪽에서 들려오는, 우리들의 질서를 해치는 어두운 음악 때문에 불안감을 느낀다. 우리는 황혼이 지는 구석에서 어렴풋이 나타나는 것들을 두려워한다. 그것들이 우리들 세계의 모습을 부수고 산산조각을 내버릴지, 또 그것들이 어느 날 도시를 사냥터로 바꾸는 새로운 동물군의 배아인지, 천천히 우리들 아파트로 잠복하는 괴물 군대의 선봉인지를 알지 못한다. 그것이 우리가 우리의 경계선 다른 쪽에서 태어난 모습들을 보고 싶어하지 않는 이유이고, 동시에 우리가 밤에 담장을 넘어 들려오는 소리를 들으려 하지 않는 이유이다.

우리는 실제로 우리들 세계에 뿌리박은 것만을 인식할 뿐이다. 우리는 우리가 단조롭게 반복하는, 마치 원인과 이유와 의미에 대한 것처럼 내적인 관계에 대해서 이야기하는, 그런 몇몇 놀이들에 있는 사건과 관계있는 것만을 인식할 뿐이다. 우리들 세계의 조직을 형성하는 이러한 놀이들은 유리 조각상들이 벌이는 밤의 환락보다 덜 이상하거나 덜 놀라운 것이 아니다. 만일 누군가가 다른 쪽에서 그것들을 본다면, 예컨대 우리들 책장의 책들 사이를 통해서 본다면, 그들도 내가 아케이드로부터 물고기축제를 바라보았을 때 경험한 것과 같은 환상적이고 억압적인 의식에 대해 똑같은 불안한 놀라움의 느낌을 경험할 것이다. "얼마나 환상적인 괴물들인가!"라며 속삭이며 그들도 두려움과 우울한 찬사를 가지고 우리들을 바라볼 것이다.

우리들 자신을 가두어버린 우리들의 세계는 너무나 좁다. 우리가 우리들의 재산이라고 간주하는 공간 내부에는 우리들 권력이 미치지 않은 장소들이 있고, 경계선 너머 어둠 속에 집을 가진 짐승들이 서식하는 소굴들이 있다. 우리가 우리들의 놀이에 참여하기를 거부하는 사물의 반대편과 그것들의 구멍들을 마주칠 때, 우리는 우리를 사로잡는 이상한 불안함을 알고 있다. 즉 우리가 청소를 하면서 장롱을 옆으로 치워놓을 때 우리는 갑자기 그 반대편의 무표정하고 표면에 반사된 어두운 방을 바라보게 된다. 우리가 텔레비전 뒤쪽을 열어젖히고 우리 손가락이 얽힌 전선들 사이를 만질 때, 굴러가버린 연필을 찾으려고 침대 밑으로 기어들어갈 때, 우리들은 갑자기 우리들이 신비로운 동굴 속에 있게 된 것을 알게 된다. 동굴 벽들은 매혹적인 먼지 조각들로 덮여 있고, 그 동굴 속에서 어떤 사악한 것이 천천히 자라서 어느 조용한 오후에 빛 속으로 드러난다.

우리들을 위해 존재하는 모든 것은 우리가 하는 놀이의 일부분을 이루는 것이다. 우리가 이러한 놀이들의 영역 너머에 펼쳐져 있는 그 세계에 대해서 아무 것도 모른다는 것은 놀라운 일이 아니다. 아마도 우리는 그 세계가 바로 우리들이 살아가는 부산한 나날의 한가운데서 축하 행사를 가질지라도 그것을 알아보지 못했을 것이다.

나는 도서관의 연구원이 우리들은 경계선 너머에 사는 것을 볼 수 없다고 내게 말한 것을 상기했다. 왜냐하면 거기로부터 존재하는 생명체는 다른 의미의 원천으로부터 생계를 꾸려나가고 그래서 우리들의 시선을 피하기 때문이다. 그러나 나는 그 눈에 보이지 않음이 오히려 우리가 효과적으로 우리들의 시선을 억압한 결과이며, 우리들이 눈에게 턱없이 빈약한 범위만을 허락한 결과라는 것을 더 믿게 된다. 우리가 우리들의 시선이 가는 길을 엄격하게 제한하는 것은, 오히려 우리가 우리의 시야가 희미하게나마 변두리의 괴물들을 이해하고 있는 것을 인식하고 있다는 것과, 우리가 그 친숙한 괴물들과의 만남과 그들과의 대화를 시작하는 것이나, 심지어 옛 우정과 공통의 언어를 잊어버리지 않는 것을 두려하고 있다는 것을 인식하고 있다는 것을 입증하고 있다.

다음날 아침 나는 밤 동안 일어난 사건들 후에 무엇이

남았는지를 보기 위하여 포호르젤레츠로 향했으나, 나는 여기에 몇 시간 전에 교회, 텐트와 스키 리프트가 있었다는 것을 증명할 아무것도 마주치지 못했다. 나는 대낮의 세계와 어울리는 단단하게 고정되지 않은 어떤 것도 발견하지 못했다. 이 이른 낮 시간대에 작은 광장은 인적이 드물었다. 곧 여기에 넘쳐날 여행객들은 지금까지 저 아래 도시의 호텔에서 아침을 먹는 중일 것이다. 높은 지역의 매서운 찬바람이 여기로 불어왔고, 지붕이 단단한 눈으로 덮인 자동차들이 언 눈 더미에 버려져 있었다. 커다란 창문이 있는 비스트로(간이식당: 역주)가 문이 열려 있어서, 커피를 마시고 싶어서 안으로 들어갔다.

나는 좁고 긴 자리에 있는 나 자신을 발견했다. 앞자리는 눈 덮인 광장으로 나 있는 창문의 조용한 빛에 젖어 있었고, 뒤쪽 바 계산대 위에는 해변과 이슬 맺힌 유리잔들이 있는 광고그림이 희미하게 비추고 있었다. 작은 테이블 옆에는 아마도 이 근방에 살며 아침커피를 마시러 온 나이 든 두 여인들이 서로 마주 보고 앉아 있었다.

나는 카페와 비스트로에서 내가 가장 좋아하는 자리, 차가운 전경을 보여주는 창가 작은 탁상 옆에 앉았다. 맞은 편 빈 의자가 이해심 많은 동물처럼 나를 조용히 쳐다보았다. 창밖으로 광장을 바라보고 있는데 갑자기 내게 무엇을 주문하고 싶은지 묻는 상냥한 남자의 목소리가 내 위에서 들려왔다. 종업원이 조용히 내 테이블로 왔지만 나는 그의 발자국 소리를 듣지 못했다. 나는 몸을 돌려 내가 앉아 있는 의자에 바짝 다가서서 허리를 굽히고 있는 종업원의 얼굴을 천천히 바라보았다.

나는 그가 지하 성당에서 미사를 집전하던 남자, 이동 텔레비전에서 역사학자를 질타하던 남자, 그 날 밤 내가 물고기를 가지고 있지 않기 때문에 안내자가 나를 데려갔던 그 남자라는 것을 알아봤다. 스키를 타고 밤 공원을 통과한 나의 도망은 의미가 없어졌다. 나를 추적하던 자는 안락한 카페에서 기다리며 달콤한 색깔 있는 술을 마시고 있었고, 결국 나는 그를 피할 수 없었다. 그러나 신부인 종업원은 나를 덮치지 않았다. 그는 정중한 태도를 바꾸지 않고, 친절한 매너를 유지하며 몸을 펴지 않았다. 조금은 당황한 채 나는 커피를 주문했고 종업원은 바 계산대 뒤로 떠나갔다.

검은 옷을 입은 쇠약한 여자가 내게 커피를 가져왔다. 커피 잔을 담은 양은 받침접시를 테이블로 가져왔을 때, 긴 소매 안에 있는 그녀의 팔은, 대낮에 그들의 소굴로부터 조심스레 기어 나와, 순식간에 어떤 의심스러운 바스락거림의 첫 소리에 안으로 되돌아갈 준비가 된, 짐승을 상기시켰다. 나는 그녀에게 묻지 않을 수 없었다.

"당신의 종업원은 밤의 축제를 좋아하지 않았던가요?"

그녀가 손에 계속 들고 있던 커피 잔이 조용히 달그락거렸다.

"그 사람은 제 남편입니다." 그녀는 초조하게 말했다. 그녀는 바를 향해 쳐다보았고 종업원이 부엌문으로 사라진 것을 확인하자, 그녀는 케케묵은 걱정 어린 목소리로 말했다. "실례지만, 제발 밤에 어디서 제 남편을 만났는지 말씀 좀 해주십시오."

나는 그녀에게 내 테이블 옆 빈자리에 앉도록 청하고, 그녀에게 페트르진 성당에 대해, 카프로바 거리의 텔레비전에 대해, 그리고 물고기 축제에 대해 이야기해주었다. 그녀는 창 쪽으로 얼굴을 돌리고 두 마리의 베이지 색 강아지가 서로 쫓아다니는 하얀 광장을 바라보았다.

"저는 어떻게 해야 할지 모르겠습니다." 그녀는 마침내 말했다.

"남편은 어떤 미지의 도시 시민입니다. 우리가 벌써 26년째 함께 살고 있어도 그는 한 번도 제게 말해주지 않았습니다. 그는 가장 은밀한 순간에도 제게 인정해주지 않았고, 저도 스스로 한 번도 물어보지 않았습니다. 그러나 저는 계속해서 아파트의 구석들에서 그리고 가구들의 심연 속에서 제2의 도시의 흔적을 발견하곤 합니다. 즉 음울한 모습의 작은 신의 조각상들, 때때로 윙윙거리고 눈썹에 붙은 작은 붉은 전구에 불이 들어왔다 나갔다 하는 새와 거북이 모양의 장치들, 무지개 색깔로 빛나고 정글 속의 신전과 호랑이를 묘사하고 있는 삽화가 있는 이상한 알파벳으로 인쇄된 책들이 그런 흔적이지요. 남편이 저녁에 외출하면 저는 그가 음울한 의식에 간다는 것을 알고 있습니다. 저는 그의 도시에 대해서는 전혀 모릅니다. 그것은 금으로 장식된 소굴들의 미로일까요, 아파트 사이에 숨겨진 장소에 있는 끝이 없는 궁전일까요, 밤사이 평원에 자라난 유르트(몽고식 가죽텐트: 역주)의 동그라미일까요, 아니면 공동체의 환영일까요? 저는 제 남편이 이 도시의 왕인지 하인인지 모릅니다. 그러나 저는 그가 어떤 중요한 사무실을 차지하고 있다고 생각해요. 왜냐하면 저는 때때로 그의 사진이 있는 제2의 도시의 신문을 발견하곤 합니다. 제2의 도시에 들어가본 적은 없지만, 저는 그것이 어디 가까이, 벽 너머, 누우면 코 닿을 거리에 있다고 느낍니다. 때때로 저는 밤의 고요 속에서 그 도시의 소음들을, 먼 번화가의 속삭임을, 종소리들을, 프롬 콘서트를 듣습니다. 담 너머 어딘가에 건물의 알려지지 않은 공간에 어떤 숨겨진 바다가 있고, 때때로 배들의 고동소리와 바위에 부딪히는 파도소리가 들리는 것 같습니다."

나는 조용히 내 커피를 마시며 그녀의 슬픈 이야기를 들었다. 첫 관광객 그룹들이 눈 덮인 보도에 나타나기 시작하였고, 몇몇 검은색 외교관 차들이 광장을 지나 외무부 건물로 향했다.

"저는 제 일생 동안 내내 진정한 가정을 원했습니다. 그동안 저는 냄새가 가구의 틈새에 파고들고 모든 대상물에 스며드는 이해할 수 없는 사원의 현관에 살고 있습니다. 저는 가장 일상적인 물건을 만지는 것조차 싫어하는 순간들이 있고, 누군가가 그것을 우리에게 잠시 빌려주어서, 그것이 의도한 것보다 완전히 다른 목적으로 사용되고 있다는 느낌이 듭니다. 특히 우리 딸이 태어난 이후에는 제 남편이 제2의 도시를 잊어버리기를, 그의 인생이 때맞게 가족의 생활에 통합되기를, 가정에서의 그의 위치가 그를 위해서, 그의 가정을 벽 너머로 되돌리기 위해서 그가 행하는 역할이 끝나기를 바랐습니다….

그러고 나서 저는 제 남편에게 있어서 제2의 도시는 가족의 유대보다 훨씬 더 강한 마력을 가졌다는 것을 깨달았어요. 마침내 저는 고독과 화해했고, 그리고 다행히도 제2의 도시와 아무런 관련이 없는 딸이 있다는 것으로 자신을 위로했어요. 저는 딸의 전 인생을 알고 있고, 거기에는 아무런 어두운 구석이 없다고 생각합니다. 그녀는 착하고, 교육대학에서 체코어와 체육을 전공하고 있고, 시간적 여유가 있으면 여기서 우리를 도와줍니다….

그러나 최근에 저는 걱정이 커지고 있습니다. 즉 남편과 딸 사이에 어떤 이상한 음모가 발생하고 있다는 생각이 듭니다. 그들은 요즘 거의 늘 함께 지내고, 계속 뭔가를 서로 이야기합니다. 언젠가 한번 딸이 이상한 알파벳으로 써진 책을 보는 것을 목격한 적이 있습니다. 아마도 그녀가 그것을 어딘가에서 발견해서 우연히 열어봤을 것입니다. 우리 세계에서 태어나 여기서 20년을 산 누군가가 경계선을 뛰어넘어 다른 공간의 주민이 된다는 것은 아마도 불가능할 것입니다. 그러나 그럼에도 불구하고 저는 밤새도록 공포 때문에 잠을 이루지 못했습니다…."

부엌문이 열리고 종업원이 문간에 나타났다. 그는 생크림으로 장식한 오믈렛이 담긴 두 접시가 있는 쟁반을 들고 있었다. 그는 곧바로 나이 많은 부인들에게로 향했지만, 나는 그가 문간에 서 있을 때에 순간적으로 내 테이블 쪽을 힐끗 봤다는 느낌이 들었다. 그의 부인은 즉각 입을 다물었고, 시선을 금방 카페로 들어온 유쾌하고 시끄러운 손님들 그룹에게 돌리면서 일어섰다.

나는 비스트로에 좀 더 오래 앉아 있었지만, 심지어 그녀의 남편이 부엌에 있었을 때도 그녀는 더 이상 내게 말을 하지 않고, 아무런 주의도 기울이지 않았다. 종업원은 내 옆을 지날 때 비스트로 안이 추운 것은, 몹시 추운 바깥 날씨 때문에 내부를 따뜻하게 할 수 없기 때문이라고 내게 사과했다. 그는 내게 이 레스토랑의 특별한 요리라고 극찬하면서 뭔가 끈적끈적한 크림 롤을 강권했다. 우리가 다음에 밤에 만나면 우리는 서로 어떤 인상을 쓸까? 안내자가 나를 다시 그에게 데려가면 그는 내게 어떤 벌을 내릴까?

나는 그 카페의 내부 쪽으로 내 계산서를 흔들었다. 그 순간 문이 열리고, 화려한 색깔의 나일론 운동복을 입고,

물결치는 검은 머리카락을 가진 얼굴이 탄 소녀가 비스트로로 들어왔다. 그녀가 청구서를 쥔 내 손을 보자 소리쳤다.

"제가 손님 청구서를 계산할게요, 엄마. 이리로 나오실 필요 없어요."

"너 참 착하구나, 클라라." 뒤쪽에서 대답소리가 들려왔다.

소녀는 청구서를 들고서 오랫동안 커피와 크림 롤을 계산했다. 그녀는 실수를 하고는 미소를 지어보였다. 마침내 모든 것을 계산하고는 내 앞 테이블에 그것을 놓았다. 숫자들이 써진 종이에 커다랗고 약간 유치한 아이글씨같이 이렇게 쓰여 있었다.

"제2의 도시에 대해서 뭔가 알고 싶고, 그리고 뭔가 특별한 것을 보고 싶다면 오늘 새벽 3시에 말라스트라나에 있는 성 미쿨라쉬 성당의 종탑 갤러리로 오십시오. 성당은 열려 있을 것입니다."

나는 무표정한 얼굴로 돈을 지불하였고, 소녀는 상냥하게 팁에 대해 감사를 표하고 부모가 있는 뒤쪽으로 떠나갔다. 나는 밖으로 나와 도시를 향해 아래로 내려갔다.

제9장

종탑에서

내가 성 미쿨라쉬 성당의 문을 열고 들어갔을 때는 아직 새벽 3시가 되기 전이었다. 나는 어두운 신도 석을 지나, 나선형 계단들을 올라가서 종탑의 회랑에 도착했다. 벽 옆에는 바람에 날려 쌓인 눈 더미가 있었고, 돌난간에는 처녀설이 쌓여 있었다. 내 위로 성이 우뚝 솟아 있었고, 가파른 성 비트 성당의 지붕은 꿈을 꾸듯이 눈부신 보름달 빛 속에서 희미하게 빛났다. 하늘은 반짝이는 별들로 가득했다. 저 멀리 아래에는 말라스트라나 광장이 있고, 완만한 경사를 따라 때 묻은 노란 형광 가로등들이 펼쳐져 있었다. 택시 한 대가 광장을 가로질러 가서 토마쉬

거리로 사라지고 나서는 이제 티끌 하나 움직이지도 않았다.

잠시 후 계단들로 통하는 문이 열리고 비스트로에서 온, 부피가 큰 다운 필드 재킷을 입은 소녀가 거기에 나타났다. 그녀의 재킷은 열려 있었고, 그 속에 입은 검정색 스웨터 위로 진주목걸이가 반짝거렸다. 그녀는 돌난간에 기대었고 그녀의 검은 머리카락 위로 페트르진 산의 송신기의 붉은 불빛이 비추었다.

"저 아래에서 무슨 축제가 벌어지고 있나요?" 나는 물었다. 소녀는 대답을 하지 않았다. 눈썹과 관자놀이 뼈 아래 깊은 그림자가 드리워진 그녀의 얼굴로부터 나는 아무런 표정도 읽어낼 수 없었다.

"당신은 다르구스(Dargoos)의 성스런 육체가 호랑이에 의해서 찢겨진 것을 믿지 않는군요." 그녀는 밤의 고요함을 깨뜨리며 갑자기 거칠고 경멸로 가득 찬 목소리로 선언했다.

"당신은 그가 열병에 걸린 듯이 황량한 공원을 방황하거나, 약아빠진 신부들과 사원 바닥의 번쩍이는 모자이크에 대해 오랜 기간 동안 논쟁에 말려든 것을 믿지 않는군요. 그 신부들은 삼단논법을 사용해서 그를 이기려고 했습니다. 그래봤자 신부들의 주요한 구성 논리들은 지하에서 사는 눈이 먼 말들의 소굴같은 거였지요. 신부들은 길에 있는 먼지를 일으키며 우연히 사원의 열려진 문을 통과해 지나가던, 빛나는 황금 무기를 든 일만 마리 개 미라들의 군대를 향해 그들의 손가락으로 계속해서 가리키면서, 다르구스의 주의를 깨트림으로써 그를 이기려고 했습니다.

당신은 왜 우리 일에 코를 들이미는가요? 다음 사항을 기억만 하세요: 누구든지 경계선을 넘어오는 자들은 구부러진 전선에 얽혀서 꼼짝 못하게 됩니다. 그 전선은 당신이 부서졌다고 생각할지 모르나 실제로는 그것이 원래의 모습대로 되돌아간 물건들로부터 튀어나온 것입니다. 마치 그 모습은 별자리들 가운데에 방황하는 유리별의 표면에 박힌 것과 같습니다. 누구든지 우리들 도시로 침입하고자 하는 자는 다시는 되돌아가지 못하고, 그의 얼굴은 낡은 벽들에 생겨난 틈새의 망들에 뒤얽혀버립니다. 그들의 몸짓은 바람에 휘날리는 숲속으로 사라질 것입니다. 당신은 당신의 건방진 행동으로 우리를 해칠 수 있다고 생각도 하지 마십시오. 그러나 당신이 감히 우리 도시의 경계선 근방을 침범한 사실은 다음과 같은 자들의 기억을 훼손하고 있습니다. 즉 오천년 전에 자신들의 눈에 싸늘한 불꽃을 가진 자들은 숲 속의 빈터에 있는 날개달린 개의 동상을 부수어버리고, 그리고 늘 그랬듯이 그들 자신들도 어느 정도 날개 달린 개들이 되어버렸습니다.

당신은 여기서 무엇을 발견하기를 원합니까? 비록 당신이 왕국의 궁전 안뜰에 있는 샘들에 도달하고, 우리들의 철학자들도 주의 깊게 듣는 그것들의 속삭임을 듣는 것을 성공하더라도, 비록 당신이 궁정 도서관 홀들을 통과하고 그래서 당신 앞에 검은 페이지들에는 불타는 글씨가 있는 무거운 2절판 책들이 펼쳐져 있더라도 당신은 아무것도 이해하지 못할 것입니다.

당신들 모두는 당신의 도시에서 얼마나 어리석고 아둔한가요. 당신들은 당신들의 모국어를 잊어버리고, 당신에게 그 언어로 조용히 말하는 소리가 들리지 않는다는 것을 생각해 보세요. 당신들은 당신들 공간의 경계선 너머에서 무질서하고, 붕괴되고 그리고 분열된 것을 볼 것입니다. 당신들은 그렇게 부지런하고, 근면하고 계속해서 뭔가를 건설하지만, 당신들의 모든 노력은 오직 잃어버린 시작에 대한 과열된 추구일 뿐이고, 당신들의 모든 건물들은 황금으로 지어진 성당과 궁전들의 복구에 대한 절망적인 시도입니다. 그들의 모습들은 음울하고 고집스레 당신들의 기억의 바닥에 고착됩니다. 그리고 동시에 당신들은 공포와 혐오를 가지고, 당신들이 추구하는 살아 있는 진정한 유산을 만날 수도 있는 유일한 공간을, 즉 무시당한 변두리를 피할 것입니다. 당신들 세계의 주변에 대해서 당신이 느끼는 공포가 회귀의 축복의 시작이고, 변두리의 정글들 속에 있는 죽음은 빛나는 부활이라는 것을 당신들은 못 느낄 것입니다. 만일 당신들이 도시 바깥에 있는 고물 처리장이나 쓰레기 처리장 한가운데 앉아서, 부패하는 가면들 아래에 드러나는 모습들에 대해 명상을 한다면, 당신들은 당신들의 계획들과 성과들이 어리둥절할 정도로 돌아가는 순환보다 당신들이 떠나고자 한 여행의 비밀스런 목표에 훨씬 더 가까워질 것입니다."

나는 미소를 지었다.

"왜 당신은 '당신'과 '당신의 도시'에 대해서 계속 이야기합니까? 나는 당신이 우리의 세계에서 자라났고 일년 전에만 해도 당신은 제2의 도시가 존재한다는 것에 대해서 알지도 못했다는 것을 알고 있습니다."

소녀는 내게 가까이 와서 미소를 지어보였다.

"저는 당신이 뭔가 특별한 것을 보도록 당신에게 약속했습니다."

그녀는 갑자기 나를 옆에서 껴안을 자세를 취했다. 그녀는 뒤에서 한 팔로는 내 목을, 다른 팔로는 내 어깨를 감쌌다. 그녀는 나를 회랑의 굴곡진 부분 넘어 어두운 그림자 쪽으로 돌리고는 숨죽여 웃으며 내 귀에 대고 속삭였다.

"그것이 바로 저기 그림자 뒤에 있어요. 조금만 더 가세요, 조금만 더요."

그녀는 나에게 몸을 기대고 회랑의 어두운 면으로 나를 밀고는 스스로 계속 조용히 웃었다. 그녀는 턱을 내 어깨에 기대고 쾌활하게 말했다.

"설마 두려우신 것은 아니죠? 좌우간 당신은 우리 도시를 탐험하고 싶다고 하셨죠. 다른 방법이 없어요. 관광은 종탑에서 시작해야 해요."

실제로 나는 그녀의 조용한 미소 때문에, 회랑의 굴곡진 부분 뒤쪽의 깊은 어둠속 가까이에서 뭔가 무서운 것이 느껴져서 불안했다. 그러나 그럼에도 불구하고 나는 그녀의 포옹으로부터 벗어났고, 그녀를 밀쳐내고 혼자서 어두운 그림자의 경계선으로 향했다.

　결국 그녀가 옳았다. 나는 제2의 도시, 제2의 프라하로 탐험을 시작했다. 나는 내 뒤에서 조용한 웃음소리를 들었다. 나는 달빛이 비치는 지역과 들어갈 수 없는 어둠 사이의 경계선에 도달했다.

　어둠 속, 눈 속에서 뭔가가 일어나 나를 쳤다. 팔도 다리도 없는 차가운 몸체가 나를 바닥으로 넘어뜨렸다. 그것은 내 위에서 나를 짓눌렀다. 나는 내 위에 있는 얼굴 양쪽에 작은 눈을 가지고 있는 상어를 보았다. 그의 이빨은 번쩍거렸다. 나는 상어를 떨쳐버리려고 공허하게 발버둥쳤다. 상어는 내 어깨를 물어뜯었다. 그러나 나는 갑자기 그것을 밀칠 수 있었고, 그래서 상어는 내 목의 옷깃만을 찢었다. 우리는 조용히 눈 위에서 뒹굴었다. 찬란한 달빛이 내 눈을 비추었다. 내 아래에 있는 어떤 집의 다락방 창에 불빛이 들어왔다. 나는 불면증 환자 한 명이 잠옷 차림으로 부엌으로 갔다가 다시 되돌아오는 것을 보았다. 나는 큰 소리로 도움을 요청했으나, 상어와 사악한 소녀를 제외하고는 아무도 내 말을 들을 수 없었다. 잠시 후 다시 불빛이 사라졌다.

소녀가 발끝으로 걸어와서 내게 몸을 구부리자 그녀의 목걸이가 내 이마에 살짝 닿았고, 조용하고 거의 달래는 듯한 목소리로 내게 속삭였다.

"당신은 일생 동안 차가운 유리를 통해서 세상을 보아왔죠. 당신은 카페 창문과 열차를, 산장 오두막의 유리테라스를 좋아했어요. 우리는 당신에 대해서 많이 알고 있습니다. 당신은 유리 뒤에서 편안함을 느낍니다. 당신은 왜 당신의 주거지를 떠나 정글로 들어가는 여행을 시작했어요? 슬라비아 카페에서는 아주 적은 수의 손님들만 상어의 공격을 받아왔어요. 당신은 왜 아무도 당신을 돌보지 않은 미지의 도시로 스스로 출발했지요? 이제 상어가 당신의 머리를 물어뜯어 종탑의 회랑 주위로 굴릴 것이고, 우리 학교에서 어린 어린이들이 당신에 대해서 운율과 숫자놀이로 배울 것입니다."

문이 열리고 웨이터가 문설주에 나타났다. 소녀는 천천히 일어서서 그가 내가 상어와 싸우는 상황을 볼 수 있도록 한쪽으로 물러났다. 웨이터는 웃음을 머금고 만족하다는 듯이 끄덕였다. 소녀는 나를 혼자 남겨놓고 그녀의 아버지에게로 갔다, 그녀의 아버지는 그녀를 포옹하고 얼굴에 키스를 했다. 나는 밑으로부터 별이 빛나는 하늘 아래에서 서로 껴안고 있는 그들 육체의 실루엣을 보았다. 나는 내게 어떤 기적이 일어나 내가 종탑 아래로 내려갈 수 있도록 한다면, 이제 다시는 그 웨이터가 그의 크림 롤 빵을 사라고 내게 말하도록 내버려두지 않겠다고 맹세했다. 그러고 나서 웨이터는 자신의 딸의 손을 잡고 열려진 어두운 문 안으로 사라졌다. 나는 혼자서 잠든 도시 위 종탑의 회랑에서 상어와 남게 됐다.

나는 여전히 오랫동안 눈 속에서 상어와 싸움질을 했다. 나는 내게서 상어를 떨쳐낼 수가 없었다. 그래서 나는 나 자신을 보호하려고, 온 힘을 다해서 상어가 나를 깨물 자세를 취하지 못하도록 했다. 그러나 내 힘은 차츰 약해져 갔다. 그 짐승은 그것을 알아차리고 최후의 일격을 하려고 일어섰다. 순간, 상어는 웅장한 몸뚱이를 들어올리고 아가리를 넓게 벌려서 내 머리를 삼키려고 했다. 나는 내 남은 힘을 모두 모아서 높이 솟아올라 그놈을 밀쳤다. 상어는 불안한 자세로 균형을 잃고는 난간 너머로 떨어졌다. 그의 몸뚱어리는 어둠 속으로 떨어져 성 미쿨라쉬 성당의 흉벽 위에 있는 돌조각들 중 하나에 고정된 높은 강철 십자가에 꽂혀버렸다.

나는 상어가 죽음의 고통 속에서 몸부림치다가 스스로 더욱 심하게 강철 십자가에 깊숙이 박히는 것을 보았다. 잠시 후 움직임이 그치고 축 늘어진 상어의 몸뚱아리가 밤의 깃발처럼 십자가에 걸려 있었다. 나는 계단을 따라서 내려와 성당 안으로 들어갔다. 차가운 바닥 한 기둥 밑 둥치에 넘어져서 곧바로 잠이 들었다.

제10장
차가운 유리

아침에 나는 관광객들의 소리에 잠을 깼다. 나는 그들과 함께 섞여서 눈에 띄지 않게 성당을 나왔다. 바깥은 얼어붙을 정도로 추웠고, 하늘은 맑고 푸르렀다. 비록 떠오르는 태양이 건물의 정면 꼭대기와 눈 덮인 지붕을 비추고 있었지만, 인도와 가게의 진열장들에는 아직도 그림자가 드리워져 있었다.

성당의 담벼락을 따라 아래 광장으로 내려와서 위를 쳐다보았다. 보행자들의 머리 위 높은 곳에 태양의 광선 속에서 십자가에 못 박힌 상어의 몸뚱아리가 반사되고 있었다. 광장을 따라 걸어가는 사람들 중 어느 누구도 죽은 상어를 눈치채지 못했다. 물론이다. 어두운 변두리에서 한 것과 마찬가지로, 우리는 우리들의 공간에서 높은 곳들을 잘라내어 버렸기 때문이다.

우리들은 마법의 섬처럼 우리 머리 위로 항해하는 허우대들의 비밀스러운 풍경에 대해 무엇을 알고 있을까? 만일 사원들과 궁전들로 가득찬 황금의 도시가 지붕 위에서 자란다면 누가 그걸 알아볼까? 아마도 있다고 해도 우리들 자신의 형상을 쫓아서 몽유병자처럼 비틀거리는, 사연이 있는 좁은 통로를 아직 들어가 보지 않은 어린아이거나, 또는 이미 오래 전 그 통로로부터 도망친 패배자일 것이다. 왜냐하면 그 통로를 열심히 찾아다닌 최후의 목적인 매력이 이미 무너졌기 때문이다. 활짝 열린, 번쩍거리는 복구된 공간에서 아무런 목적 없이 방황하는 자는 아마도 최후의 그 패배로 인해서, 그 건물의 허울들이 우리가 일생동안 헛되게 추구해왔던 떠나간 신들의 메시지가 써진 책의 본문들이라는 것을 갑자기 깨닫게 될 것이다.

나는 아침식사를 하러 우흐라데프라는 밀크 바에 가서 음식 카운터 옆 높은 의자에 앉아서, 마멀레이드 잼을 바른 팔라친카(체코식 팬케이크: 역주)를 잘랐다. 무엇보다도 나는 종탑 회랑에서 클라라가 내게 유리에 대해서 애기해준 것을 생각하지 않을 수 없었다. 나는 그녀의 이야기에 완전히 동의할 수는 없었고, 거기 그 위에서 우리들이 이야기를 더 나눌 수 있는 적당한 기회가 없었던 것이 유감이었다.

나는 주의 깊게 팔라친카가 칼날에 짓눌려 일그러지는 것을 바라보았다. 그렇게 하는 동안 양쪽 끝에서 치켜 올려져 약간 열려진, 나선형으로 갈라진 틈새로 짓눌린 마멀레이드 잼이 삐져나와 접시에 두껍게 떨어지는 것을 바라보았다. 그리고 말라스트라나에서 바다 괴물과 싸울 때 계단에서 들었던 농담처럼, 나는 좀 더 호의적인 상황 속에서라면 그 소녀에게 대답할 수도 있었던 것들을 내 머리 속에서 모두 함께 생각해냈다.

"나는 우리의 일생 동안 함께하는 만남의 공포가 무엇인지 알고 있습니다. 모든 진실한 만남은 존재하는 세계를 파괴합니다. 우리들 세계의 경계선 너머 공간으로부터 오는 것과 그리고 그것을 파괴하는 것을 우리는 '괴물스럽다'고 부릅니다. 가장 진실한 만남은 괴물과의 만남입니다. 그러나 창유리가 만남의 위험으로부터, 그리고 괴

물로부터 우리를 보호해주는 주거지의 벽을 이루고 있다
는 추측은 속임수일 뿐입니다. 나는 그 반대로 그것은 만
남을 방지하고, 우리들의 세계를 혼란스럽게 하고, 이상
한 구원을 가져오는 괴물스런 것을 감추는 우리들 나날의
삶을 지배하는 성가심 정도의 가까움이라고 말할 수 있습
니다. 가까운 공간은 우리가 역할을 맡고 있는 연극의 일
부분인 역할들과 가면들을 볼 수 있는 무대입니다. 차가
운 창유리는 가까운 공간을 깨트리고 목표의, 거미들의
그물망을 부숩니다. 그 망 뒤로 현실은 사라집니다. 우리
는 맨 먼저 유리를 통해서 진실을 봅니다. 즉 비밀스러운
존재의 강들이 나타나는 꿈같이 긴급한 제스처의 물결,
우리가 상상하기 시작하는 의미를 가진 변동이 있고 환상
적인 옷 주름의 글씨, 사물들의 내부로부터 불타는 색깔
의 이글거림같은 것 말입니다. 우리는 우리가 실제로 본
것들만을 비로소 만날 수 있습니다. 바깥을 바라보기 위
해서 차가운 창유리 뒤에 앉아 있는 자들은 안식처를 추
구하는 게 아니라 그들이 만날 용기가 있다는 것을 과시
하는 것입니다. 부정직하고 지루한 역할들의 존재를 폭로
하는 유리 뒤에서만 괴물처럼 찬란한 우주가 우리들에게
드러납니다. 즉 고통스러운 꿈과 우리들의 진정한 가정이

드러나지요."

바로 이것이, 웨이터의 딸이 내게 반대하여 내 인생을 유리 뒤에 놓고 나를 제2의 도시 안으로 출발시켰을 때, 그녀가 완전히 옳지 않다고 내가 생각한 다른 이유이다.

우리가 유리를 통해 바라볼 때, 우리는 현실을 중앙과 변두리로 구분하는 것을 그만 둔다. 그리고 우리는 경계선에 모호하게 나타나는 위협적이고 유혹적인 모양들을 알고 싶어 하는 갈망을 느끼기 시작한다. 유리 뒤에서 표면상 나태하게 빈둥거리는 것은 이미 제2의 도시로 들어가는 여정의 시작인 것이다.

음식 카운터 아래 선반에 구겨진 신문이 버려져 있었다. 나는 그것이 카를로바 거리 헌책방에서 발견한 책처럼 똑같은 언어로 인쇄되었다는 것을 알았다. 내가 신문을 펼쳤을 때 첫 페이지에 굵은 글씨체의 머리기사 아래에 종탑 회랑에서 상어와 싸우는 내 사진을 보았다. 물론 나는 그것을 이해할 수 없었으나, 굵은 글씨체로 써진 단어들과 문장들의 양에 나는 충격을 받았다. 인쇄된 레이아웃은 내게 그 기사를 쓴 저자의 불안과 분노를 표현한 것처럼 보였다. 나는 활자체에 쏟아진 어두운 증오의 대상이 웨이터나 그의 딸이나 또는 상어일지도 모른다는 착각은 하지 않았다. 굵은 문자들은 성급하게 나를 짓누르려는 어떤 힘과 함께 종이에 각인된 것 같았다.

나는 팔라친카의 마지막 조각을 먹고 신문을 접어서 주머니에 넣었다. 나는 포호르젤레츠에 있는 비스트로를 보고 싶은 충동을 느꼈다. 웨이터가 내가 아직도 살아 있다는 것을 보고 어떤 얼굴을 할지 궁금했다. 아마도 거기에 클라라도 있겠지. 그러면 우리는 창유리의 형이상학에 대해서 이야기를 나눌 수도 있을 것이다.

나는 천천히 네루다 거리를 따라 걸어 올라갔다. 일련의 늘어선 집들이 끝났을 때 스트라호프 수도원 정원의 눈 덮인 골짜기가 왼쪽으로 펼쳐져 있었다. 골짜기는 마치 꺼진 하얀 불빛이 땅 속에서 다시 살아난 것처럼 태양 속에서 반짝거렸다. 경사진 곳을 따라 정원들의 세계로 침투한 도시의 작은 집들은 눈 속에서 조용히 꿈처럼 평화롭게 빛났다. 도시와 공원 경계선 너머로 불안하게 숨을 내쉬는 걱정거리 위에 조용한 휴전이 펼쳐졌다. 아이들이 경사면을 따라 썰매를 타고 내려가고 있었고, 그들의 멀어져가는 소리가 얼어붙은 공기 속에 선명하게 메아리쳤다. 산비탈 위 수도원 교회 뾰족탑 지붕이 태양 속에서 반짝거렸고, 저 아래 깊은 계곡에는 무성한 잡목 숲들이 서로 뒤엉켜 있었다. 나무 가지들로부터 눈이 조용히 떨어지고 있었다.

반짝이는 눈 때문에 눈이 부셔서 나는 비스트로의 어둠 속으로 들어갈 때 비틀거리며 들어가서 창가에 앉았다. 그 카페 깊숙이 내부의 모습이 천천히 보이기 시작했고, 나는 바 카운터 뒤에 웨이터와 그의 딸이 서있는 것을 보았다. 웨이터는 급히 내게로 와서 어제와 같이 커피를 주문하고 싶은지 물었다. 그는 전혀 놀라운 기색이 없었고 당황하지 않았다. 상어와 종탑의 여인 클라라가 내게 커피를 가져왔다. 그녀는 그날 밤처럼 똑 같은 스웨터를 입고 있었으나 이제 진주목걸이는 걸치지 않았다. 그녀는 내가 그녀를 처음 봤을 때처럼 똑같이 명랑하고 걱정이 없어 보였다. 도시 위에서의 밤의 투쟁에 대해서는 한마디도 없었다. 웨이터가 와서 크림 롤에 대해 이야기를 끄집어냈을 때, 나는 종탑에서의 나의 결단을 상기했고, 크림 롤을 거절했다. 그러나 나는 그들이 둘 다 지난밤의 불쾌한 일들에 대해서 나와 이야기하는 것을 피하는 것 같은 눈치가 실제로 내 맘에 든다는 것을 깨달았다.

아마도 그건 시작에 불가할지도 모른다. 벌써 그들은 놀랄만한 인간사냥을 준비했을 것이다. 딸과 아버지는 매일 밤 종탑의 회랑을 따라서 그리고 눈 덮인 건물들의 지붕을 따라서 사나운 물고기 떼의 머리맡에서 나를 추적하고, 아침에는 친절한 미소를 띠고 내게 아침을 가져올 것이다. 그들 도시의 신문은 우리들에 관해서 기사를 쓸 뿐만 아니라, 또한 이전 시리즈와, 웨이터와 클라라가 한 그림에서 다른 그림까지 계속해서 나를 추적하는 만화들을 쓸지도 모른다.

밤의 투쟁을 들추어내는 것은 갑자기 내게 무례하고 멋없어 보였다. 그래서 나는 그들 둘이 침묵을 지키는 것에 대해 감사한 마음을 가졌다. 마침내 나는 심지어 크림롤 한 개를 가져오게 내버려뒀다. 그럼에도 불구하고 나는 클라라가 가져온 계산서 앞뒤를 세밀하게 조사했다. 하지만 거기에는 숫자만 있었다.

"거기 뭐 계산 잘못된 거 있어요?"

내가 계산서를 자세히 들여다 볼 때 그녀는 내게 물었다.

"저는 계산을 잘 못하거든요."

나는 모든 것이 문제없다고 말하고, 그녀의 상어가 날카로운 이빨로 물어뜯었던 주머니에서 지갑을 꺼내 돈을 지불했다. 창문 너머로 계속해서 눈이 반짝거리고 있었다.

제11장

마이젤 거리의 가게

나는 밀크 바에 놓여 있는 신문의 인쇄 레이아웃으로 볼 때 그것이 광고 같은 짧은 텍스트라는 것을 알았다. 그런 텍스트들 중 하나 옆에 가게 진열장의 창유리 사진이 있었다. 창유리 위에는 제2의 프라하에서 사용하는 커다란 글씨들이 있는 차양막이 고정되어 있었다. 그렇지만 나는 마이젤 거리 건물의 일층 입구 위에 있는 천사들이 새겨진 먼지투성이의 치장 벽토를 즉각 알아보았다. 그 주위를 따라 나는 산책을 하곤 했었다.

그 건물에는 정말 가게가 하나 있었고, 거기에서는 (적어도 낮 시간에) 신발과 양말들을 팔았다. 제2의 프라하 신문에서 양말이나 신발 따위를 파는 가게의 사진을 본다는 것이 내게는 그렇게 놀라울 일은 아니었다. 나는 벌써 우리들의 이상한 이웃들의 생활 방식으로부터 뭔가 눈치를 챘었다. 그래서 인문대학에서 밤과 낮의 강의가 교체되듯이 여기 가게의 선반 위의 물건들이 밤과 낮으로 교체되는 것도 내게 자연스럽게 보였다.

바로 그날 밤에 나는 다시 마이젤 거리로 들어갔다. 가게의 유리 진열장 구석에는 낮 세계 최후의 유일한 잉여품으로써 잊혀진 양말 한 켤레가 구겨져 있었다. 그 외에 진열장에는 마지막 구석까지, 젊은이의 목에 이빨을 박고 있는 호랑이 같은 유명한 장면을 묘사하고 있는 작은 조각품들이 가득 차 있었다. 작은 조각품들은 자기, 목재, 유리, 플러시 천과 생강 빵 등온갖 잡동사니 재료로 만들어졌다. 어떤 목재 조각들은 작은 바퀴가 달려 있어서 분명히 움직일 수 있었고, 호랑이의 아래턱이 경첩에 의해 머리의 나머지 부분에 달려 있어서 움직일 때마다 규칙적으로 열렸다 닫혔다를 반복했다.

나는 유리문을 통하여 안으로 들어갔다. 가게 내부는 카운터에 서 있는 불투명한 유리로 된 둥근 테이블 램프의 희미한 불빛에 의해서 조명이 되어 있었다. 카운터 뒤에서 머리가 허연 노인이 졸고 있었다. 가게 안 둘레를 따라 바닥에서 천정까지 선반들이 뻗쳐져 있고, 거기에는 알 수 없는 물건들이 잔뜩 쌓여 있었다. 램프의 불빛이 너무 희미해서 건반 위 물건들의 윤곽이 어둠 속으로 합쳐졌고, 나는 마치 침몰한 상선의 내부에 있는 것 같음을 느꼈다. 좀 더 먼 구석들은 칠흑 같은 어둠 속으로 빠져들었다.

나는 선반 위의 물건들을 살펴보기 시작했다. 거기에는 목둘레에 해마가 달린 목걸이를 걸친 미소 띤 비스트로 웨이터의 저질 초상화가 그려진 유리가 있었다. 거기에는 또 칼라 그림엽서가 있었는데, 거기에서 나는 검푸른 바다 한가운데 있는 섬을 보았다. 섬 한가운데에는 성비트 성당의 탑이 야자수 꼭대기 위로 솟아 있었다. 그 배경에는 구름 한 점 없는 맑은 창공이 펼쳐져 있고, 하얀 요트가 모래 해변에 닻을 내리고 서 있었다. 또 해변에는 햇볕에 탄 젊은이들이 줄무늬 파라솔 아래에서 자유분방한 파티를 즐기고 있었다.

내게는 마치 그림엽서로부터 소리가 나는 것 같았다.

내 귀를 엽서에 대고 멀리서 들려오는 조용한 웃음소리, 축음기로부터 나는 음악소리, 유리잔 부딪히는 소리, 앵무새의 울음소리와 파도소리 속에 잦아드는 사람들의 목소리를 들었다. 거기에는 뭔가 공기로 부풀릴 수 있으나 공기가 빠진 고무로 된 동물이 있었다.

내가 고무에서 흡입구를 발견하고 공기를 불어넣기 시작하자, 여러 가지 돌출부들이 천천히 살아나고, 커지고 비틀거리며 확장되기 시작하였다. 그것은 공기로 부풀릴 수 있는 색깔 있는 작은 조각품들이었다. 이번에는 그것은 사람을 잡아먹는 호랑이가 아니라 허리에 날이 두 개인 도끼를 찬 전사들의 무리를 묘사하고 있었다. 그들은 소나무들로 에워싸인 숲속 빈터에서 제2의 프라하의 문자와는 구별되는 간결하게 각진 글씨가 새겨진 높은 주춧돌로부터 날개 달린 황금 개 조각품을 잡아당기고 있었다. 제2의 프라하의 주민들은 틀림없이 조각상들에 대해, 심지어 이번 경우에는 조각상들 속에 있는 조각상들에 대해 특별한 흥미를 가지고 있다.

만일 그들이 클라라가 종탑에서 설명한대로, 시작을 위해서 아직도 살고 있다는 것을 믿는다면, 그들이 조각상들에 대해서 매력을 느낀다는 것은, 그들이 근원으로부터 절대로 벗어나지 않은(용감해서, 아니면 불안해서?) 존재처럼 시간을 파괴하는 것이다. 그렇지만 아마도 두 가지 경우 그것은 환상일 뿐이다. 똑같은 방법으로 조각상은 시간을 통과하여 떠오르고, 석화된 불변은 실제로 느린 풍화의 음악일 뿐이다. 그래서 또한 시작은 고정된 채 남지 않고, 변신하고, 이상한 방법으로 자신의 결과들 중의 결과가 된다. 연설의 의도처럼 연설자에게 낯설어 보이고, 그리고 마치 악마의 목소리와 놀라울 정도로 닮은, 말해버린 언어로부터 나타날 뿐이다.

　나는 많은 조각 무리들 중에서 마개 하나를 뽑았다. 나무들과 인형들이 쪼그라들고, 함몰하기 시작하였다. 그동안 빠져나온 공기는 아마도 제2의 도시 "나의 조국"의 한 구절 같은 축제분위기의 선율을 불어 대는 기계장치를 통과하였다. 나는 오므라든 조각 무리들을 선반에 되돌려놓았다. 조금 더 멀리에서 투명한 공기가 든 유리공을 발견했다. 그 안에는 손에 십자가를 든 성인의 조각이 서 있었다. 십자가 위에는 찔린 상어의 몸이 그 무게로 인해 타원형으로 매달려 있었다. 내가 공을 흔들었을 때 그 내부에는 눈이 떨어졌다. 하얀 알갱이가 상징하는 눈은 천천히 액체로 변해 바닥으로 떨어졌다.

나는 벌써 불빛이 비치지 않은 구석에 도달했다. 여기 저기 선반 위로부터 덜거덕거리는 소리, 찰칵거리는 소리, 끼익 소리와 부드러운 휘파람 소리가 들려왔다. 뭔가 째깍대는 소리가 규칙적으로 들려오다가 갑자기 조용해졌다. 나는 팔꿈치까지 깊숙이 오른쪽 팔을 선반으로 넣어 거기에 뭔가 있는가를 찾도록 내버려두었다.

내 손가락은 가장자리가 날카로운 많은 광물들, 부드럽고 무거운 금속 원뿔들과 그 위에서 정교한 홈이 파진 작은 톱니바퀴들이 움직이는 작은 장치들, 철로 된 빗, 녹이 손가락에 묻어나는 얼킨 와이어 등을 더듬어갔다. 그러고 나서 얼마 동안 내 손은 오직 작은 둥근 과일들이 꽂혀 있는 작은 8개의 뾰족한 별들만을 더듬거렸다. 별들을 더듬고 나서 나는 규칙적인 열을 이루고 있는 수평으로 놓인 작은 톱니바퀴들에 부딪쳤다. 그것들은 가벼운 손가락의 터치에도 힘없이 물러나기 시작하였다.

그러나 내가 손가락을 치우자 작은 톱니바퀴들은 다시 원래의 자리로 튀어 올랐다. 즉 작은 톱니바퀴들은 내려갔다가 다시 올라왔을 때, 조용히 달가닥거리는 소리가 그 주위에서 들려왔다. 작은 톱니바퀴들은 마치 거기로 올라가는 사람의 발 아래에서 무너지는 이상한 계단의 모델처럼 서로서로 위에 겹쳐져 있었다. 그것들은 아마도 비밀의 성소에 도달하는 계단일지 모른다. 그것들의 목적은 거기에 오는 자들에게, 신에게 오르는 것은 동시에 계속해서 심연으로 떨어지는 것이라는 것을 상기시키기는 것이다.

내 손가락이 이러한 역설적인 계단들을 따라 올라갔을 때 손가락들은 좁은 구멍의 가장자리에 도달했고, 그 밑바닥에서 어떤 촘촘한 창살을 느꼈다. 그 뒤에 이상한 짐승이 숨어 있을까? 갑자기 나는 내가 타자기를 만지고 있다는 것을 알게 됐다. 나는 자판 문자 하나를 눌렀고, 다른 손에서 키보드 위에서 타이프 바가 마치 수많은 무의미한 마디들로 쪼개지는 이상한 곤충처럼 힘차게 불안하게 뛰어 오르는 것을 느꼈다. 그리고 그 마디들은 힘을 썼다가 즉시 무너지고, 그리고 마침내 잠시 동안 멈추기 전에 공중 속으로 튀어 오르다가, 옆에서 옆으로 흔들리고, 그리고 나서 마침내 갑자기 모든 마디들은 부서지고 아래로 무너져 내렸다. 내 손이 그 타자기의 다른 면의 끝에 닿았을 때, 부드러운 삐걱거리는 소리를 들었고, 손가락들은 급히 뒤로 물러났다. 마치 타자기에 어떤 특별한 기억이 깨어난 것처럼 그리고 그것은 처음에 그렇게 불쌍하게 행했던 것을 다시 한번 하고 싶어 하는 것처럼 이제 키가 진동하면서 스스로 정렬되고 있는 것을 확인했다.

타자기 뒤에서 내 손은 마른 과일 같은 것이라고 생각이 드는 물건들 속을 더듬었으나 마지막 순간에 그것이 움직이는 것이라는 것을 확인했다. 마른 과일이라고 생각했던 것들 중 하나가 마침내 내 손에 달라붙어서 마치 어린아이가 어머니에게 달라붙듯이 내 손에 매달려 떨어지고 싶어 하지 않았다. 나는 그것을 털어내고 떼어냈다가, 몇 번인가 다시 잡아서 다른 마른 과일들 사이로 되돌려 놨지만 그것은 다시 되돌아와서 내 손바닥에 달라붙었다.

나는 거기에 놓여 있는 닫힌 책을 건드렸다. 가죽장정의 앞면에는 어떤 가파른 산 밑에서 베일을 쓰고 춤추는 여자를 양각한 부조가 있었고, 책 옆면에는 바위 도시가 새겨져 있었다. 나는 책장들을 넘기기 시작하였는데 책장들은 계속해서 더 단단하고 더 무거웠다. 성가신 마른 과일 하나가 내 손가락을 방해했고, 내가 부주의로 무거운 책장을 그 위에 뒤집어 놨을 때, 들릴까 말까 하는 꽥 소리가 들려왔다. 나는 즉각 책장을 들어 올렸고, 마른 과일은 움직이는 것을 그만두었다.

책장들은 점점 더 무거워지고 딱딱해져서 마침내 나무 판자로 변했다. 나는 그것이 물레방아 바퀴의 패들이라는 것을 알아챘다. 바퀴는 갑자기 움직였고, 천천히 돌아가기 시작했다. 플라스틱 홈통을 통해서 나무로 된 패들 속으로 흘러가는 차가운 물속에 손가락을 넣었다. 물방아를 돌리는 용수로 바닥에 부드러운 모래가 가라앉아 있었고 거기에서 내 손가락은 거칠고 뻣뻣한 털이 나고 껍질을 벗긴 삶은 계란처럼 탄력이 있는 타원형 모양을 만났다. 나는 그것을 물에서 꺼냈고, 그 타원형 물건의 표면은 팽팽해서 내가 좀 세게 누르자 터져버렸다. 내 손가락은 뭔가 바깥으로 흘러나오는 끈적끈적한 것 속으로 밀고 들어갔다. 잠시 후 뭔가 기분 나쁜 점액이 내 소매 안으로 흘러드는 것을 느꼈다. 나는 희미한 달가닥 소리를 들었다. 곧 그것이 파열된 타원형 물건 내부로부터 흘러나오는 주스의 썩은 냄새가 유발한 마른 과일들의 소리라는 것을 알게 되었다. 그 마른 과일들은 타자기 키보드를 넘어 내게로 기어오고 있었다. 곧 그것들은 내게로 와서 내 손을 덮쳤다. 나는 그것들을 바닥에 떨어뜨렸다. 그것들이 바닥에서 다시 일어나서 내 바짓가랑이 속으로 기어들기 시작하였다.

나는 밝은 장소로 되돌아갔다. 선반으로부터 시계태엽이 달린 악마 모양의 주석 장난감을 집어 들었다. 내가 그 장난감 태엽을 감자, 그것은 선반을 따라 코사크 춤을 추기 시작하였다. 그 와중에 그것은 무거운 잉크병을 바닥에 떨어뜨렸다.

카운터 뒤에서 졸고 있던 노인이 일어나 내게로 다가왔다. 그는 춤추는 장난감을 집어 들어 내 손에 쥐어주면서 말했다.

"이것은 나를 펄럭이는 흰 커튼의 심연으로부터 해방시킨 영혼이야. 만일 맘에 들면 가져. 좌우간 자네는 우리의 돈을 가지고 있지 않으니까. 나는 자네가 누군지 알아. 나는 그들이 자네가 상어와 싸우는 장면을 텔레비전을 통해서 생방송으로 보여줄 때 보았어. 나는 자네를 응원했었지. 나는 자네가 부럽네. 밤의 도시에서 상어와 싸운다는 것은 정말로 아름다울 것이야. 내게는 그런 일이 한 번도 일어나지 않았어. 단지 한 번 내가 젊었을 때 바다 밑에서 굴들의 노래를 들은 적은 있었지만. 굴들의 노래를 들은 사람들은 다시는 수면 위로 돌아가고 싶지 않다고 말하지. 그들은 해저도시의 변두리에 있는 우울한 호텔방에서 하루 종일 밤새도록 침대에 누워서, 해저도시 전차의 덜커덕거리는 소리를 듣고, 창밖 정원에서 물결치는 해초를 바라보면서 혼자 살고 있어. 그러나 나는 되돌아왔어. 여러 해에 걸쳐 굴들의 멜로디는, 밤의 시골로 뻗쳐 있고 깊은 정원 속에서 달빛 아래에서 빛나는 긴 피아노 키보드에서 연주하는 57명의 피아니스트를 위한 음악작품으로 성숙되었어. 바다 밑에서 굴들과 함께 노래를 부르는 것은 아름다웠어. 그러나 종탑에서 상어와 싸우는 것 하고는 비교가 될 수 없지. 알웨이라에게 화를 내지 말게나. 그녀는 좋게 생각했어. 그녀는 이방인들로부터 도시를 방어하고 싶어 했지. 그녀는 그들이 이방인들이 아니고 돌아온 탕자들이라는 것을 이해하지 못했을 뿐이야. 만일 도시에 이방인이 유일한 생명체라면 도시는 사라졌을 것이네. 내 말 이해하겠지?"

"이해할 것 같습니다. 제가 종탑에서 들은 이야기에 의하면, 저는 당신 도시의 정당함은 다른 곳에서는 잊힌 시작을 보호하고 보존한다는 것에 있다는 것을 깨달았습니다. (물론 저는 이것이 고대의 법률, 훗날 단어로 확고하게 된 음악작품, 수증기의 소용돌이, 크리스털, 깨끗한 불빛, 피라미드의 내부 방에 대리석으로 조각된 수학의 등식, 또는 자신 속에 모든 모양들의 기본들을 숨기고 있는 벽에 흠뻑 젖은 얼룩에 관한 것인지 모르지만요.) 어떤 사람을 이방인으로 간주한다는 것은 바로 그 시작에 대한 그의 존재의 관계를 부정하는 것입니다. 그것이 무엇이든지 간에요. 만일 누군가가 시작의 힘에 반항한다면, 시작은 시작으로 존재하는 것을 그만 둘 것입니다. 알웨이라는 포호르젤레츠 비스트로의 웨이터의 딸이지요? 제 생각인데 그녀의 이름은 클라라였는데요."

"아무도 이방인이 아니지. 모두들 그저 되돌아오는 것이네. 심지어 때때로 긴 열을 이루고 도시로 침투하는 굴들도 되돌아오고. 그들의 떼는 우리들의 침실을 통과하며 조용히 달그락거리지. 어둠 속에서 그들의 느릿느릿 걸어가는 사랑스러운 소리를 듣는 것은 언제나 기쁜 일이야. 물론 굴들이 완전히 죄가 없는 것은 아니지. 가끔 그들 패거리의 우두머리가 이불 속으로 기어들어 와서 껍데기 끝머리에 있는 독침으로 잠자는 자의 옆구리를 찌르고, 그러고 나서 나머지 다른 굴들은 기어들어 와서 마비가 된 몸체를 질식시켜 죽이고, 뼈만 남을 때까지 빨아먹지. 그렇지만 특히 굴들이 우리들 입 안에서 비통스럽게 소리칠 때 그들을 산 채로 먹어치우는 것은 정의롭지 못하고 잔

인해. 알웨이라의 아버지는 정말로 낮 동안 강 맞은편 둑 언덕 꼭대기에 있는 긴 방에서 음료수와 음식을 팔고 있네. 그는 우리들의 대사제야. 자네의 도시에서 알웨이라를 어떻게 부르는지 궁금하군."

"그녀는 내게 별로 잘 대하지 않았어요." 나는 불평했다. "그녀는 나를 종탑으로 유혹하고 바다짐승이 나를 공격하게 버려두었어요. 상어가 내 머리를 먹어치우려 했고, 내 주머니와 바지 가랑이를 물어뜯었습니다."

"젊은이, 그녀를 용서하게나. 우리들 모두는 그녀를 무척 좋아한다네. 그녀는 매우 부지런하고 독실하다네. 그녀는 여러 날 동안 서가의 유리창에 반사된 야간열차의 불빛에 대한 복잡한 논문을 공부하고 있다네. 그녀는 이제 곧 다르구스의 여사제로 임명될 것이네. 그녀 나이의 소녀들에게 일반적으로 흥미를 불러일으키는 유일한 고대 전통은 물고기 축제 기간 동안 스키 리프트를 타는 것이지. 그러나 그들은 심지어 그들의 풍습대로 제대로 옷을 입지 않는 것을 상관하지 않고, 당신 도시의 유행에 따라 옷을 입는다네. 알웨이라가 자네에게 상처를 입혔다고 느낀다니 미안하네. 자네에게 뭔가를 줌세."

그는 선반 깊숙이 손을 뻗쳐서 검푸른 액체가 담긴 작

은 병을 꺼냈다. "자 이거 받게나. 우울해지거든 마셔보게. 도움이 될 걸세."

털모자를 쓴 건장한 체격의 신사가 들어와서는 가게주인에게 정중하게 인사를 하고 자기가 필요한 것을 설명했다.

"저는 표면이 반짝거리는 비늘이 있고, 내부에 작은 금속 프리즘이 달그락거리며, 너무 고딕 스타일이 아닌 것으로, 적어도 목요일이나 금요일까지 필요합니다. 200볼트짜리이거나 아가미가 있으면 더욱 좋습니다. 그것이 노래를 할 필요는 없어요. 사실 저는 그것이 전혀 말을 못하면 더 좋으니까요. 담벼락 너머로부터 초록별 괴물이 다가올 때 가끔 꽥꽥 울 수 없다는 것을 말하는 것은 아닙니다만."

가게 주인은 이해한다는 듯이 고개를 끄덕였다. 신사가 말하는 것을 멈추었을 때 그는 잠시 생각에 잠겼다가 말했다.

"잠시만 기다려주십시오. 여기 당신을 위해서 뭔가를 가지고 있는 것 같아요." 그는 뒤쪽 장소로 갔다가 손에 작은 상자를 들고 돌아왔다. 하지만 그는 문간에서 놀라면서 한숨을 내쉬었다.

"아, 너무 고딕 스타일이 아닌 것이라고 말했었지요. 이제 저는 모든 것을 잊어버리곤 합니다." 그는 다시 뒤로 사라졌다가 다른 상자를 들고 와서 손님에게 건네주었다.

"이제 만족할 것입니다. 사용하기 전에 먼저 흔들어야 합니다. 전기쇼크가 일어나거나 조금 찍찍 소리가 나면 대규모 주거지역을 통과하는 야간 버스의 좌석 밑에 잠시 놔두십시오. 그 주거지역의 어두운 정자로부터, 한때 여기에 버려진 고장난 자동 설교자들이 때때로 말한 문장의 일부분이 들립니다. 그 말들은 시들어버린 꽃들과 먼지 쌓인 잡풀이 무성한 철둑의 플라톤 철학의 이상에 대한 설교의 초록입니다."

"철둑이라…." 손님은 생각에 잠겨 반복했다. "사악으로 번쩍이는 사냥터들의 경계선에 우리가 저축은행을 건축하려는 계획을 처음으로 세웠던 것은 철둑이었습니다. 그 은행은 복잡한 무명의 처녀림, 밤에 침실에서 급증하는 잊어버릴 수 없고 역겨운 행위들을 먹이기 위해서 돈을 어둠 속으로 끊임없이 던져 넣었습니다."

손님은 그 노인에게 감사를 표하고 지폐뭉치를 지불하고는 가게를 떠나갔다. 나는 그 지폐에서 호랑이의 머리를 얼핏 보았다. 가게 판매원 노인은 다시 카운터 뒤에 앉았고, 그의 머리는 그의 가슴을 파고들기 시작했다. 나는 갑자기 그가 나를 친절하게 대해준 제2의 프라하 첫 주민이라는 것을 깨달았다. 아마도 그는 나의 방황을 도와줄 수도 있을 것 같았다.

"할아버지." 나는 그가 잠들기 전에 얼른 말했다. "제가 어떻게 할아버지네 도시의 중심에 도달할 수 있는지 충고 좀 해주십시오. 그것은 제게 아주 중요하답니다. 저는 궁전 정원들과 분수대들에 대한 이야기를 들었습니다."

"하지만 그게 무슨 소용이 있단 말인가. 자네가 중심을 찾는 것은 자네가 그 중심으로부터 멀어진다는 것만을 의미할 뿐이지. 자네가 그것을 찾는 것을 그만 두고 그것을 잊어버리는 순간에, 자네는 그것을 포기하지 않았다는 것을 확신하는 것이네."

"그러나 그러면 누구나 중심에 산다는 것이 아닌가요." 나는 이의를 제기했다. "어떻게 그렇게 중심들이 많을 수 있나요? 좌우간 당신은 시작은 오직 하나뿐이라고 한 제가 말한 것에 동의했었잖아요. 당신은 또한 잃어버린 아들의 귀환과 굴들의 귀환에 대해서 말하셨지요. 그러나 귀환은 당신이 지금 부정하는 고향으로부터 멀어진 거리를 추정하지요."

"중심이 다수일 수는 없어. 오직 하나의 중심, 하나의 시작만 있지. 좌우간 그 시작은 그것으로부터 성장한 모든 것들의 전체이지. 귀향은 메타포일 뿐이야. 실제로 귀향은 언제나 우리가 집에 있고 우리가 고향을 한 번도 떠나지 않았다는 사실에 대한 기억일 뿐이지. 우주 진화론은 불 내부의 역사이지. 존재는 타올랐다가 언젠가는 꺼지는 불꽃이지. 자네는 불꽃 속에서 무엇이 근원이고 무엇이 파생된 것인지 분리할 수 있는가? 자네는 불꽃의 중심을 어떻게 찾을 수 있는가? 불꽃은 오직 중심일 뿐이지…."

노인의 머리는 또 다시 그의 가슴을 파고들었고 나는 코고는 소리를 들었다. 나는 아직도 많은 것을 물어보고 싶었지만 그를 깨우지 않았다. 그러나 잠시 후 벽시계가 치기 시작했다. 긴 바늘이 가장 높은 곳에 도달했을 때, 그 위에서 작은 네모난 시계 문이 열리고 작은 까만 구슬들이 쏟아져 내려서 바닥에 톡톡 소리를 내며 어두운 구석들로 굴러갔다. 가게 주인은 두 눈을 떴다. 나는 즉각 그 찰나를 이용하여 우리의 토론을 이어갔다.

"좋아요, 저는 중심 찾기를 그만 둘 때에야 비로소 중심을 여기서 발견할 수 있다는 것을 인정합니다. 그러나 그렇게 될 수 있는 유일한 것은 제가 의식적으로 중심에 대해서 잊어버리려고 노력하거나 아니면 그것이 스스로 제 생각으로부터 사라질 때만 가능하지요. 그러나 첫 번째의 경우, 중심에 대해 생각을 하지 않으려는 제 노력은, 결국 중심을 찾으려는 새로운 징후에 불과해서 그래서 그것은 아무런 결과도 가져오지 못합니다. 두 번째의 가능성에 대해서는, 저는 중심에 대해서 그렇게 쉽게 잊어버린다는 것은 불가능할 것 같습니다. 제 인생에서 모든 연관성들이 부서졌습니다. 중심은 우연한 혼란이 되어, 모든 곳에 부서진 파편들이 튀어나와서 그 날카로운 가장자리가 제 살갗을 찔렀습니다. 제가 전혀 대처할 준비가 안 된 완전한 미지의 세계가 어둠으로부터 제게 돌진할 때 매순간들은 새롭고 근거 없는 시작입니다. 저의 모든 벌어져 있는 상처들이 중심으로부터 분출하는 통합을 외칠 때 저는 잃어버린 중심에 대해 잊어버리기가 쉽지 않습니다."

"자네가 틀렸어. 혼란은 완전한 통합이지." 노인은 속삭이고 두 눈을 지그시 감기 시작하였다. "매순간 완전히 새롭게 일어나는 것은 단순히 열정의 가장 강력한 결합을 드러내지. 부서진 것들의 가장자리가 정말로 자네에게 아픔을 야기하는 것을 확신하는가? 존재의 불 속에서 수영하는 법을 배우게나, 그건 아주 쉽다네. 어디를 가거나 무엇을 추구할 이유가 없네, 자네는 결국 비상구조차 찾을 필요가 없네. 그러나 자네가 벌써 그것을 찾기 시작하였다면, 또한 아무것도 일어나지 않을 것이네. 물론 우리가 벌써 찾지 않은 상태를 찾는 것은 우리가 도망갈 수 없는 사악한 원이지. 그래서 무엇이란 말인가? 왜 자네는 언제나 어딘가로부터 도망가려고 하고, 어딘가로 침투하려 하는가? 사악한 원은 다른 모든 것들과 똑같이 아름답지. 왜 똑바로 가는 것이 원을 그리는 것보다 더 좋아야 할까? 모든 것은 그렇게 아름답고 자네 도시의 모든 것들은 취하게 만들지. 여기서 낮에 판매하는 신발은 사라진 문명의 성스러운 물건들처럼 그 검은 신발구멍과 더불어 매우 시적이고 불가사의하지…. 나도 왜 밤마다 물건들을 바꾸어 놓아야하는지 모르겠네. 아마도 그건 옛 풍습이라 그런가

보네. 그리고 옛 풍습들은 매우 아름답지…."

"그러나 클라라, 아니 알웨이라가 종탑에서 저의 도시의 주민들은 시작을 결코 이해할 수 없다고 말하면서 저를 조롱하였습니다."

"맞아, 나는 알웨이라가 자네에게 무엇을 말했는지 알고 있네. 나는 자네를 텔레비전에서 봤어. 자네들 둘이는 잘 어울리더군. 자네들 둘은 멋진 짝이 될 거야. 그리고 그 상어, 얼마나 아름다워. 물론 자네도 알다시피, 알웨이라는 아직 많은 것을 배워야 해. 자네는 어떻게 전혀 아무 것도 이해를 하지 못하는가? 자네는 아직 시작을 완전히 이해하지 못하는데 어떻게 더 단순한 문장을 말할 수 있단 말인가? 자네 자신이 만일 시작이 아니라면, 별자리가 태어난 그 장소가…."

노인은 다시 눈을 감고 머리를 아래로 내려뜨렸다. 잠시 후 천천히 숨 쉬는 소리와 어두운 선반의 뒤쪽으로부터 째깍거리고 찰깍거리는 소리가 뒤섞여서 들려왔다.

제12장
싸움

나는 그 가게를 떠나 밤거리를 걸어갔다. 쉬로카 거리
에서 어두운 건물 정면들 사이 눈 속에 서있는 원양정기
선을 목격했다. 그 갑판은 4층 높이의 건물과 맞먹었고,
배의 검은 페인트가 칠해진 선채 옆구리의 둥근 창들로부
터 불빛이 새어나왔다. 배의 둥근 옆에 가까이 가서 손으
로 차디찬 강철판을 만져보았다. 위쪽에서 목소리가 들려
왔다. 나는 뒤로 물러서서 머리를 뒤로 제치고, 내 위쪽
간판 위에 두 사람이 나타나서 난간에 기대어 서 있는 것
을 보았다. 거리의 램프 불빛이 밑으로부터 그들의 얼굴
을 비추었다. 그들은 젊은 사나이와 소녀였다. 나는 배 옆

면의 강철판이 굽이치는 곳에 숨어서 그들의 대화를 엿들었다.

소녀가 말했다.

"항해는 벌써 오래 걸렸어. 우리가 결코 목표지점에 도달할 수 없을 것 같아서 나는 두려워. 아마 선장이 길을 잃은 것 같아. 우리는 어떤 이상한 곳에 와 있는 걸까? 나는 저 쭉 늘어선 창문들이 싫어. 창문들은 어두워. 마치 깊은 숲 속에서 어두운 밤의 샘물들 표면에 나타나는 물귀신 램프의 불빛처럼 등불의 반사가 어두운 창문유리를 통하여 차차 사라질 때, 나는 저 창문들이 무서워. 또 창문에 불이 들어오고 그리고 움직이지 않는 커다란 가구들이 창문을 통해 보이고, 오랫동안 파닥거리는 물고기처럼 열렸다가 닫히는 입들이 있는 육체에서 분리된 머리들이 기이하고 불안감을 불러일으키는 패턴으로 그려진 벽들이 보일 때, 나는 점점 더 무서워. 마침내 우리는 언제 이 우울한 지역을 벗어날 수 있을까? 여기는 회색의 안개 속에서 나타나는 환상적인 유빙들이 있는 빙하의 들판보다 훨씬 더 슬퍼. 우리가 여기에 항해해왔을 때 아무도 우리에게 이러한 장소들에 대해 이야기해주지 않았어. 우리는 길을 잃은 것이 분명해. 악마들이 자신들의 **빠르고** 가느다란 보트로 우리 앞에 가면서 우리를 유혹했어. 내 생각에는 만일 어떤 기적에 의해서 우리가 우리의 목적지에 도달한다면 우리는 그 무겁고 무의미한 가구들에 의해서 꼼짝달싹 못하고, 비틀린 벽지의 패턴들은 우리들의 모든 정신을 그리고 우리들의 모든 생각을 압도하고 집어삼킬 거야. 아마도 우리는 토박이와 연락을 취해야 할 것 같아. 아마도 그들은 우리가 어디에 있는지를 설명해주고 어디로 가야 할지 길을 가르쳐 주겠지…."

"걱정하지 마." 안심을 시키는 사나이의 말소리가 들려왔다.

"걱정하지 마, 우리 선장은 경험이 많아. 그의 가족은 가장 오래된 가문에 속하고, 아마도 아메리카표범들로부터 유래했을 거야. 그는 별자리와 건물 벽들의 먼지 낀 치장 벽토 장식을 기준삼아 배를 잘 조종할 거야. 그는 밤에 현명한 뱀들과 대화를 나누지. 우리는 오래된 신성한 지도를 가지고 있고, 그리고 빛나는 격언처럼 가장 신성한 신화들이 배의 컴퓨터 프로그램에 설치되어 있어. 밤새도록 숫자들이 희미한 불빛으로 날개달린 황소의 프레스코화를 비추고 있는 디스플레이 광고판에 나타나지. 나는 선장이 초야권의 권리에 따라 너를 포옹했을 때, 그 변화하는 디스플레이 불꽃 속에서 처음으로 그 육체를 본 것을 기억하고 있어."

"나는 그때 네가 나와 함께 있어서 내 손을 잡아준 것이 너무 기뻤어."

"너도 보다시피 모든 게 잘 될 거야. 토박이들한테 길을 물어볼 필요는 없어. 그들은 야만적이고 교육을 받지 못했어. 그들 문장의 황금빛 나는 글씨는, 벽 하나가 멋진 차가운 폭포를 보여주고 있는 방의 크리스털 탁상 위에 놓여 있는 우리의 고문서의 어두운 페이지들 속에서 천년 간 희미하게나마 비추고 있는데, 도대체 왜 우리가 그들의 문장보다 그들의 말을 믿을 수 있겠어? 게다가 이불 커버의 주름살에 따라서 예언을 하는 예언자들과 교외 벽들 뒤의 작업장에 있는 기계들의 웅얼거림에 따라서 미래를 점치는 자들도 승리의 도착에 대해 말하고 있어. 우리는 아크로폴리스에서 해변가로 경사진 하얀 대로의 야자수 아래에서 가벼운 해변의 옷차림으로 곧 걸어갈 거라고 말하고 있지. 총독이 우리를 맞이하고 우리는 그의 조용한 궁전 안뜰에서 멋진 도자기 잔으로 차를 마실 거야. 바다에서 불어오는 온화한 바람이 색깔이 다양한 잡지의 장들을 넘기는 테라스에서 이슬 맺힌 차가운 유리잔이 우리들의 오래된 열정을 진정시킬 거야. 벌써 줄무늬 파라솔들이 펼쳐지고 가느다란 둥근 모양의 레몬을 자르고 있어."

"나는 두려워. 나는 목적지가 존재하지 않고, 야자수가 있는 하얀 대로들이 없는 것이 무서워. 나는 오직 밤과 램프 불빛 속에서 눈보라의 돌풍만이, 불비치는 창에 어두운 가구들의 조각들만이, 그들 입의 충치 구멍 속에서 눈 내린 벽들 위에 있는 찡그린 가면들만 있는 게 무서워…."

"자, 가자 자기야. 선실로 돌아갈 때가 됐어. 내가 너를 위해 욕실에 따뜻한 물을 준비할게. 아마도 내일 아침에 우리는 해변을, 하얀 절벽을 보게 될 거야…."

말소리가 조용해졌다. 나는 배의 완곡한 측면의 아래에 조금 더 서 있다가 다시 텅 빈 거리를 걷기 시작했다. 나는 슬펐다. 나는 노인이 내게 선물한 조그마한 병을 상기해냈고, 그것을 주머니에서 꺼냈다. 램프 불빛이 그 속에 찬 녹색의 광채를 깨어나게 했다. 이것은 알코올, 마약 또는 독약일까? 나는 단 한 번에 그 절반을 마셨다. 액체는 걸쭉하고, 끈적거렸고, 너무 달콤했다.

　잠시 후 나는 이상한 가벼움을 느꼈다. 나는 눈으로부터 뛰어올라, 두 팔을 몇 번인가 흔들며 공중으로 부상해서 몹시 추운 밤의 텅 빈 거리를 날기 시작했다. 나는 갑판 위에서 소녀에게 그런 슬픔을 자아냈던 일련의 어두운 창문들을 따라 지나갔다. 나는 눈 덮인 지붕들 위로 높이 날아올랐다. 조용한 방안의 스토브에서 나오는 가느다란 연기를 뿜어내는 굴뚝들을 지나갔다. 그리고 나서 다시 낮게 내려가서 인도 가까이 주차한 자동차들 위로 낮게 날아갔다. 가끔 나는 내 신발 끝으로 자동차 위에 있는 눈에 자국을 남겼다. 나는 인적 없는 사거리의 눈에 반사되는 단조롭게 깜박거리는 노란불빛의 신호등 위로 날아갔다. 나는 가로등의 꼭대기의 굽이에 앉아서 앞뒤로 그네를 타다가 다시 날아올라 내 축 주위로 천천히 한 바퀴 돌아서 클레멘티움 도서관 벽을 따라, 벽기둥들의 꼭대기의 단조로운 정면들의 긴 줄을 따라 계속 날아갔다. 나는 거품이 이는 보 위쪽의 어두운 강 건너로 날아갔다. 말라스트라나의 성 미쿨라쉬 성당 옆으로 날아갈 때 얼어서 굳어진 상어의 몸체 주위로 지나갔다. 내 팔을 더 힘차게 펄럭이며 성을 향해 경사진 지붕들 위와 어둡고 좁은 정원으로 날아오르기 시작했다.

나는 벌써 피로해서 조금 휴식을 취하려고 성 비트 성당의 지붕 용마루 위에 내려앉았다. 내 밑으로는 정원에 궁전의 벽들에 붙어 있는 원형을 이루고 있는 램프들이 눈 위에서 비추고 있었고, 저 멀리 잠자는 도시의 불빛들이 차갑게 반짝거렸다. 그때서야 비로소 지붕 위에 나 혼자 앉아 있지 않다는 것을 알아차렸다. 탑의 그늘 밑 조금 떨어진 곳에 술이 달린 스키 모자를 쓴 젊은 청년이 느긋하게 앉아서 담배를 피우고 있었다. 그의 다른 손으로는 새장을 잡고 있었는데 새장에는 앵무새를 닮았으나 오리 주둥이를 가진 흰 새가 앉아 있었다.

나는 미지의 사나이에게 인사를 건네고 성 비트 성당의 지붕에 자주 오는지 공손하게 물었다. 그는 누구와 이야기를 나누는 것을 기뻐하는 것 같았다.

"저는 일 년에 한두 번 이곳에 오곤 합니다." 그는 대답했다. "하지만 이 장소를 특별히 좋아하지는 않습니다. 저는 펠릭스를 위해서 옵니다."

그는 손을 새장으로 넣어서 새의 머리를 쓰다듬었다.

"새는 높은 곳을 그리워합니다. 그래서 자주 얘를 지붕이나 탑 꼭대기로 데려가곤 합니다. 그렇게 하지 않으면 애는 우울해져서 먹지를 않고, 그리고 무엇보다 더 나쁜 것은 애가 기억을 상실하는 것입니다."

"왜 새가 좋은 기억을 가지는 것이 그렇게 중요한가요?" 나는 놀라서 물었다.

"왜냐하면 아주 단순한 이유죠. 새의 기억이 저를 먹여 살립니다. 펠릭스는 의식 행사에서 낭송하는 새입니다. 저는 당신이 우리 도시 출신이 아닌 걸 알겠군요. 우리 도시에서는 작은 아이들까지도 펠릭스를 알고 있습니다."

"저는 한 번도 낭송하는 새들에 대해서 들어 본적이 없다는 것을 인정해야겠군요."

"낭송하는 새 없이 우리 도시에서는 어떤 중요한 사회 생활이 이루어지지 않습니다. 사실 낭송하는 새 연구소에 대해서는 벌써 우리 헌법 제2조에 언급되어 있습니다. 낭송하는 새는 민족의 서사시 〈불어진 숟가락〉을 암송하고, 의식에서 행할 미리 정해진 문장들을 암송합니다. 그 서사시는 원시림 한가운데에서 우리 도시 건설에 대해 이야기해주고 그것이 일리아스와 오디세우스를 합친 것보다 더 깁니다."

"펠릭스가 저를 위해 뭔가 암송할 수 있을까요?"

"물론이지요. 펠릭스는 당신에게 바로 지금 우리가 있는 곳과 관계있는 것을 암송할 겁니다."

"성 비트 성당의 지붕 말입니까?"

"바로 이곳은 아니지만, 성당이 위치한 언덕의 꼭대기에 대해서요. 펠릭스가 암송합니다. '저녁 무렵 그는 도착했다….'"

새는 여러 번 시의 운각을 바꾸고는 머리를 한쪽으로 기울이고 귀에 거슬리는 목소리를 암송하기 시작하였다.

"'제국의 변두리, 거기는 중앙의 권력이 닿지 않는 곳….'"

젊은이는 너무 갑자기 급하게 일어나다가 하마터면 경사진 지붕 아래 떨어질 뻔 했다. 내가 그의 소매를 붙잡아야 했다.

"하나님 맙소사, 너 뭘 지껄여대고 있는 거니!"

그는 펠릭스에게 소리쳤다.

"그건 〈부러진 숟가락〉이 아니야."

그는 내게로 몸을 돌려 사과라도 하듯이 말했다.

"펠릭스가 어디서 그따위 것을 배웠는지 정말 모르겠습니다. 좌우간 언젠가 얘는 나를 곤경에 처하게 할 것입

160

니다."

그는 다시 새에게 말했다.

"자 이제 그런 실수는 충분해, '저녁 무렵 그는 도착했다….'"

이번에는 새가 올바른 텍스트를 중얼거리기 시작했으나 분명히 마지못해 암송하는 것 같았다. 새의 주인이 새를 쳐다보지 않자 새는 사악한 인상을 썼다.

"저녁 무렵 그는 동굴 입구 쪽 언덕 꼭대기에 도착했다.

동굴의 황금 문은 잠겨 있었고,

귀중한 금속이 태양의 광선에 빛났고,

검은 처녀림 속으로 가라앉았다.

그것은 피 흘리는 다르구스의 머리처럼 붉게 번쩍거렸다.

호랑이의 발톱이 그의 얼굴에 파고들었을 때,

성스러운 피가 정오의 태양빛 속에서 하얀 대리석으로

떨어졌다.

고귀한 동반자가 그림자 진 정원 테라스에서

부당하게 그녀의 머리카락을 뜯고 있었고,

어리석게도, 좌우간 호랑이의 하얀 이빨이 살짝만

건드려도

연약하고 혼란스러워 하는 인간은 빛나는 성인으로 변신
하였다.

동굴 아래 깊은 숲으로부터 수증기와 안개가

솟아오르고,

나무들 위로 작은 황금성당의 둥근 지붕이 솟아나 있고,

성당에서는 경건한 처녀들이 숲의 신을 자극한다.

계곡으로 차가운 강이 굽이쳐 흘러가고,

섬 위에 살고 있는 고약한 성질의 악마들이

인간보다 더 큰 딱정벌레 등을 타고 다니며 천박한

노래를 하네…."

"그것으로 충분해, 펠릭스."

새의 주인은 그의 낭송을 멈추게 했다.

"훈고학자(訓詁學者)의 견해에 의하면 이 구절은 이
서사시의 주인공인 프라하 창립자가 여기에 도래했을 당
시의 프라하 분지에 대한 설명을 포함하고 있다고 합니
다. 그 주인공은 왕의 아들이고 다르구스의 7번째의 화신
(化身)입니다. 그는 자신의 열두 딸들과 이웃 왕과의 결혼
식에서, 얼이 빠져서 숟가락을 부러뜨렸고, 이 이웃 왕은
이를 자신의 선대왕들 중의 한 왕에 일어난 사건에 대한

불손한 의미로 생각했습니다. 그 한 왕은 하루 종일 이글 거리는 태양 속에서 사악한 식물과 싸웠습니다. 그리고 그는 궁전 돌담 위에서 개미들이 햇볕이 많이 내리쬐는 성당 복도에서의 잠에 대해, 그리고 넓고 텅 빈 광장 분수 대의 단조로운 속삭임에 대해 이야기하는 문장의 단어들을 이루었을 때의 순간을 놓쳤습니다. 왕은 분노했고 그 앙갚음으로 우리 주인공의 조국에서 가장 높은 종교적인 권위자들이 초록 도마뱀들(그것은 사실이기도 하고 사실이 아니기도 하지요. 하지만 그건 상관없습니다)이라는 사실에 대해 조롱하기 시작했습니다. 술 취한 주인공은 호수에서 갤리선 전투를 묘사하고 있는 부조가 있는 무거운 황금 술잔을 잡아 왕의 머리에 일격을 가했습니다. 그가 신탁에게 자신의 살상에 대해 스스로 숙청을 요구했을 때 여 사제는 그에게 즉각 왕국을 떠나, 원시림 깊숙이, 이상한 외래어를 말하고 숲 속 빈터에 서있는 날개 달린 개를 숭배하는 원주민을 만나는 바로 그 장소에 도시를 세우라고 명령했습니다. 하지만 저는 당신에게 모든 이야기를 할 수는 없습니다."

"암송하는 새를 기른다는 것은 멋진 직업이군요." 나는 말했다. 나는 잠자기를 좋아하는 범신론인 가게 주인을 통해서 제2의 프라하에 대해 뭔가를 알아내는 것을 실패한 후에 새잡이로부터 뭔가를 알아내기 위하여 그에게 아첨을 하려고 시도했다.

"당신은 틀림없이 당신의 그 옛 시에 깊은 인연을 가지고 있군요."

"전혀 그렇지 않아요. 왜요? 제 개인적인 견해로는 그 전 서사시가 매우 성공적이지 못한 지난 세기의 위작이라고 생각합니다."

"그렇다면 저는 당신이 왜 그러한 직업을 택했는지 이해하지 못하겠군요."

"아주 단순해요. 의식을 행할 때 새의 암송 덕택에 벌이가 아주 좋아요. 그게 전부예요. 의식은 늘 행해지거든요. 우리 도시의 주민들은 아이들 같고, 계속 뭔가를 기념해요. 그들은 자신들의 민속에 대해 조롱하기도 해요. 그들은 계속해서 자신들의 의식들이 당신의 세계 제도들의 비밀스러운 원형이라고 떠들어대고, 그 잊어버린 의미는 감추어버려요. 저는 그것이 의심스러워요. 저는 차라리 그것의 반대가 더 진실하다고 말하고 싶군요. 즉 우리들 도시 생활을 함께 지탱하는 의식들의 망은 단순히 당신의 세계에 일어났던 역사적 사건들의 무질서한 반영에 불과

합니다(우리는 시작과 반복에 대한 숭배 때문에 아무런 역사적인 것을 결코 이룰 수 없습니다). 우리 신학의 우울한 신조는 단순히 당신들의 합리적인 법률의 알쏭달쏭한 모방이고 모작일 뿐입니다. 우리 주민들은 우리가 여기에 당신들보다 수천 년 전에 도래했다고 말하곤 하지요. 그러나 우리 자신들의 오만한 주장은 의심스러운 것에 기원을 둔 편향되고 천박한 전설에만 의존하지요. 당신들이 건설한 빈 변두리와 공간의 빈틈에 정착하기 위하여 우리들이 어떤 표준을 통하여 이곳으로 기어들어 왔는지 누가 알겠습니까. 우리는 당신들의 도시에서 기생하고 있는 겁니다. 우리의 신화는 당신들 사상의 쓰레기에서 발생하고 있습니다. 좌우간 그건 전혀 상관없어요. 하지만 펠릭스가 벌써 잠들었네요. 저도 가야겠습니다. 당신을 만나서 무척 기뻤고요. 언젠가 다시 여기서 만납시다."

새 사육자는 펠릭스가 든 새장을 집어 들고 어둠 속으로 사라졌다. 나는 아직도 조금 더 성당의 지붕 위에 앉아서 먼 가로등들의 슬픈 불빛을 바라보다가 날아올라 비행을 계속했다. 그러나 벌써 공중부양을 가능하게 하는 액체의 효과가 떨어져서 나는 힘들게 날아갔다. 이제는 오히려 팔을 흔들어가며 간신히 추락을 버텨냈다. 그래서 나는 차라리 어두운 엘레니 도랑에 안착하기로 마음먹었다. 나의 두 발은 처녀 설에 빠졌고 어두운 높은 나무의 꼭대기가 내 머리 위에 얽히고설키었다. 눈 덮인 경사지가 높이 솟아나, 벽들과 성의 지붕 위로 아주 높이 하늘을 배경으로 어렴풋이 나타났다.

제13장

카렐다리

이튿날 밤 나는 모스테츠카 거리를 따라 걷고 있었다. 내 앞에는 한 노인이 힘없이 걸어가고 있었다. 나는 우리 도시 청소부의 옷차림을 닮은 헐거운 바지와 패드 재킷을 입은 그의 굽은 등을 보았다. 그는 앞에 바퀴가 둘 달린 손수레를 밀고 있었고 거기에는 여러 가지 깡통과 봉지들이 가득했다. 그 손수레로부터 각종 연장 같은 것들의 나무 손잡이들이 툭 불거져 나와 있었다. 다리에 도착하자 그는 성 코스마와 다미안 동상 앞에서 걸음을 멈추고 동상 받침대에 숨겨져 있는 눈에 잘 띄지 않는 작은 문을 열었다.

아, 이 얼마나 놀라운 일인가. 나는 일생 동안 거의 매일 카렐다리를 걸어 다녔지만 동상 받침대 밑에 작은 문이 있다는 것을 눈치채지 못했다. 그 문 뒤에 움푹 파진 곳으로부터 불빛이 나타났고 눈 위에 반사되었다. 동상으로부터 도깨비가 기어 나올까, 그 틈새로부터 용의 머리가 튀어나올까, 아니면 지하 호수로부터 솟구치는 용암의 뜨겁고 빨간 격류가 흘러나올까?

불 켜진 틈새로부터 작지만 약 오십 센티미터 정도 되고, 빛을 발하는 주걱모양의 가지 진 뿔을 가진 엘크가 뛰어나왔다. 엘크는 쾌활하게 눈 위를 뛰어다니기 시작했고, 아마도 건초 사료가 들어 있는 자루에 머리를 쑤셔 넣으려고 발버둥치는 것 같았다. 패드 재킷을 입은 사람은 손수레에서 꺼낸 빗자루로 엘크를 쫓아버렸다. 그러고 나서 그는 조심스럽게 열려진 문 뒤 움푹 파진 곳을 쓸어냈다. 그는 자루에서 신선한 건초 사료를 꺼내서 안쪽으로 뿌리고 구멍으로부터 그릇을 꺼내서 깡통에 있는 물을 부어서 동상들의 내부에 되돌려놓았다.

그는 이 과정을 끝내고 손수레를 다음 동상인 성 바츨라프 동상으로 밀고 갔다. 여기서 그는 또 동상의 받침대에 있는 작은 문을 열었고, 여기 또다시 불 켜진 틈새로부터 작은 엘크가 뛰쳐나왔다. 청소부는 성 바츨라프 동상 내부를 쓸어내고 거기에 건초 사료를 넣고 그릇에 물을 부었다. 이러한 것이 다리 위 모든 동상들에서도 되풀이 되었다. 작은 문은 계속 열려 있었고, 거기서 뛰쳐나온 엘크들은 먹이를 먹는 동안 눈 위를 뛰어다닐 수 있었다.

나는 좀 멀리서 이 동상으로부터 저 동상으로 먹이를 먹이는 과정을 지켜보았고, 성 아우구스티누스 동상에 도 달했을 때 나는 호기심으로 머리를 내부로 들이밀었다. 나는 마구간 냄새를 맡았고, 동상 받침대와 동상이 모두 텅 빈 것을 발견했다. 텅 빈 내부공간은 동상의 외부의 윤 곽과 일치했다. 즉 돌의 두께는 실제로 약 2센티미터 정 도였다. 내부 공간은 히포 주교(성 아우렐리우스 아우구 스티누스 히포는 5세기 알제리 및 이탈리아에서 활동한 기독교 신학자이자 주교로, 개신교, 로마 가톨릭교회 등 서방 기독교에서 교부로 존경하는 사람이다. 히포 사람 아우구스티누스라고도 불린다.: 역주)의 텅 빈 머리 위에 달려 있는 한 개의 전등에 의해서 밝혀져 있었고, 물이 든 그릇은 초기 기독교 이단자들인 마니와 밸런타인의 책자 들을 밟고 있는 텅 빈 부츠의 내부를 이루고 있는 벽감 속 에 놓여 있었다.

제2의 프라하는 수많은 동상들로 가득한 것 같다. 그 도시의 주민들은 아직도 교활하게 우리들의 동상들을 자신들의 가축우리로 사용하고 있다고 나는 생각했다. 그들은 구석진 곳들과 우리 공간의 텅 빈 곳에 자리 잡았을 뿐만 아니라 또한 그들은 우리가 그처럼 신뢰하고 또 우리가 충분할 정도로 가득 찼다고 생각하는 우리 사물들 내부에 새로운 구멍을 팠다. 우리가 그렇게 자신감을 가지고 다루는 형태가 때때로 이상한 짐승들의 어두운 굴을 둘러싸고 있는 엷은 껍데기에 불과하다는 것을 깨닫는다면, 우리들의 공간의 범위를 정하는 우리들의 자신감 있는 제스처는 얼마나 빨리 상실될는지. 하지만 우리는 사물들의 엷은 표면이 닳아지고 그리고 표면에 있는 구멍들을 통해서 실내 여우원숭이들의 호기심 많은 두 눈이 우리들을 보고도 못 본 체 할 것이라는 사실을 고려해야 한다.

나는 패드 재킷을 입은 사람이 제2의 프라하 시청 직원이라고 결론을 내렸다. 엘크에게 먹이를 주는 것 외에 그는 다른 의무도 가지고 있었다. 즉 그의 손수레에는 접어진 포스터를 담은 가방과 접착제 용액을 담은 금속 용기가 있었다. 그는 프란시스 보르지아의 동상과 성 크리스토퍼 동상 사이에서 발걸음을 멈추고, 포스터들을 펼쳐서 그 중에 한 장을 꺼냈다. 거리 가로등이 그의 얼굴을 비추었다. 나는 이 사람이 바로 말라스트라나 카페에서, 자신 애인의 아파트에 있는 신비로운 문에 대해 이야기해주었고, 말하는 중간에 대리석 전차가 싣고 가버린 그 사나이라는 것을 알아보고는 놀라지 않을 수 없었다.

나는 그에게 무엇을 먼저 물어봐야 할지 몰랐다.

"초록색 전차 안에 무엇이 있습니까? 그들이 당신을 어디로 데려갔습니까? 그들이 당신으로 하여금 그들의 하인이 되라고 강요했습니까? 제가 도망가도록 도와주는 게 두렵지 않으세요? 그 흰 문들 뒤에서 무엇을 봤는지 말 좀 해주세요!"

그는 무표정하게 나를 바라보고는 말 한마디도 없이 자기 일을 계속했다. 포스터를 펼쳐서 열심히 그것을 돌다리 난간에 붙였다. 그러고 나서 손수레를 밀고 성 크리스토퍼 동상 가까이로 다가가서는 그 내부로부터 엘크를 끌어내기 시작하였다. 그 동물은 나오고 싶어 하지 않았다. 나는 혼돈에 빠진 채 가로등 불빛을 받아 하얗게 빛나는 포스터를 따라 서 있었다. 포스터의 텍스트는 이상하게도 우리의 알파벳으로 인쇄되었다. 그것은 이렇게 쓰여 있었다. "비밀의 문 뒤에 무엇이 숨겨져 있을까? 우리가 죽은 후에 우리는 섬에서 하얀 동상이 될까? 암송하는 새 펠릭스가 가게에서 절도죄로 기소되었다. 물리학자들이 묻고 있다. '다리에 사는 엘크는 빅뱅 이후 벌써 몇 초 내로 나타났을까? 종탑에서 상어를 잔혹하게 죽인 미치광이는 아직 체포되지 않았다. 잡지 『황금 발톱』의 최신호에 난 이러한 이야기와 다른 흥미로운 이야기들을 읽어보십시오. 올해 창간 3,500주년을 맞이하는 잡지 『황금 발톱』을 읽어보십시오. 뱀과 번쩍이는 기계를 묘사한 프레스코화가 조용한 오후에 궁전의 하얀 벽에 나타나기 시작했을 때 우리들의 고귀한 여성 후원자가 얼굴을 가린 그 잡지를 읽어보십시오."

마구간 대신 술집이 있는 다리 위의 성 바르보라, 마르케타 그리고 알쥬베타 동상들을 제외하고 다른 모든 동상들 안에는 마구간이 있었다. 동상들 앞 눈 속에는 네 개의 높은 탁상들이 불안정하게 놓여 있었다. 받침대 틈새로 하얀 옷을 입은 바텐더의 상체가 보였다. 그 뒤 선반 위에는 병들이 가지런히 놓여있고, 텅 빈 동상의 내부 위쪽으로 채색 불빛들이 비추고 있었다.

신비로운 전차 속에서 납치되었던 그 사람은 자신의 손수레를 조금 떨어진 곳에 세워두고 높은 술집의자에 앉아 있었다. 바텐더는 그의 앞에 돌로 된 카운터 위에 짙은 액체가 담긴 잔을 놓았다. 그 잔으로부터 형광의 자주색 증기가 피어올랐다. 나는 그 옆 높은 의자에 앉아서 한쪽 팔꿈치를 바의 카운터에 기대고 다른 한손으로 납치당했던 사람의 소매를 끌어당겼다.

"자, 그 문과 그 전차는 도대체 어떻게 되었어요? 제발 청컨대, 모든 것을 말해주세요. 그건 제게 아주 중요한 일입니다."

나는 강요했다. 엘크에게 사료를 주는 사람은 단순히 고개를 돌리고 조용히 페트르진 경사면을 바라볼 뿐이었다. 이에 바텐더는 동상으로부터 몸을 내밀고는 화를 내며 소리쳤다.

"노인에게 그렇게 말하다니 부끄러운 줄도 모르세요! 당신에게 한방 먹이고 싶군요. 무례함도 한계가 있다는 것을 알아야 합니다. 당신은 지금 우아한 술집에 있지 술 취한 문어들이 끽끽 소리치는 바다 밑 싸구려 술집에 있는 게 아니오. 나는 여기서 오랫동안 일해 왔어요. 그리고

나는 이 모든 동상들 속에 멋진 술집들이 있었던 더 좋던
시절을 기억하고 있어요. 그것은 그들이 그 바보 같은 엘
크 사육을 한답시고 다리를 확장 공사하기 전이었지요.
나는 여기서 온갖 것들을 견뎌냈어요. 그러나 나는 이러
한 외설스러운 욕을 정말 아직까지 들어본 적이 없어요."

　모든 엘크들이 동상들의 구멍으로부터 튀어나와 무리
를 지어 구시가지 쪽 교탑을 통과하여 십자가 광장을 지
나 카렐 거리 입구로 사라졌다. 나는 그들 뒤를 따라 갔
다. 그들의 가지 진 뿔은 눈 위에 빛을 비추고 어두운 가
게 진열장의 유리에서 밝게 빛났다. 엘크들은 카렐 거리
가 작은 광장에서부터 카렐 거리가 넓어지는 곳에 있는
클레멘티움의 입구 쪽에 도달하자, 그들은 흩어지기 시작
하더니 눈 속에서 서로서로 쫓기 시작하였다.
　나는 뱀 집이라고 불리는 와인 바의 큰 창문 옆에서 걸
음을 멈추었다. 큰 창문은 땅에까지 닿아 있었고 낮게 내
리는 눈보라가 창 가장자리 밑으로 기어들어갔다. 가게
내부는 불이 꺼져 있었고 어두운 창유리에 야광을 내뿜는
가지 진 뿔들이 반사되어 깜박거렸다. 가로등의 희미한
불빛 속에서 나는 밝은 색깔의 옷을 입은 젊은 여자가 창

가 안쪽 자리에 앉아서 생각에 잠겨 광장을 내다보고 있는 것을 목격했다. 그녀는 클라라-알웨이라였다.

제14장
뱀 집 레스토랑

나는 안으로 들어가서 알웨이라 옆에 나란히 앉았다. 나는 그녀가 또다시 어둠 속에 날카로운 이빨을 가진 짐승을 숨기고 있든지 상관하지 않았다. 우리는 말없이 앉아서 눈 위에서 뛰어노는 작은 엘크들을 바라보았다. 알웨이라의 얼굴 절반은 어두웠고 다른 절반은 거리 가로등 불빛을 받아 빛났다.

"저도 유리를 통해서 차가운 불빛을 바라보고 있어요."

그녀는 피로한 기색을 지며 미소를 띠었다.

"저는 숲 속으로 너무나 깊이 들어갔었어요. 시작의 불빛이 저를 유혹했어요. 아버지가 제게 되돌아가는 길을 가르쳐주었을 때, 저는 저의 잃어버린 고향 가까이에 와 있다고 생각했어요….”

그녀는 침묵했고, 엘크들이 우아하고 거대한 도약을 하자, 그들의 가지 진 뿔들은 어둠 속에서 마술 같은 불빛을 그렸다. 릴리오바 거리로부터 증기 썰매가 왔다. 거기에는 거리 가로등 불빛에 반사되어 반짝거리는 이브닝드레스를 입은 여인이 연주하는 오르간이 실려 있었다. 썰매는 눈 덮인 작은 광장을 지나 어둡고 굽이진 세미나 거리로 사라졌다.

“그러나 되돌아간다는 것은 부도덕해요.”

어둠 속에서 알웨이라는 또다시 말했다.

“시작에 대한 사랑은 활기 없는 닫힌 원이고, 혐오감을 불러일으키는 단조로운 근친상간입니다. 우리는 차가운 침대 시트 위에 누워서 매혹에 사로잡혀 어둠 속에서 떠도는 기하학적인 모습을 바라볼 겁니다. 침실에서 갯가재가 집안 깊숙한 곳에 숨겨져 있는 차가운 별을 찾으면서 우리들의 육체 위로 기어오를 겁니다. 되돌아올 때 우리는 언제나 우리들 유년시절의 침실에서 고기로 만든 작은 조각상들과 함께 ‘끈적끈적한 사람아, 화내지 마’ 라는 게

임을 하는 괴물들과 마주칠 겁니다. 왜 나는 방구석의 양탄자에서 희미하게, 무관심하게 반짝거리는 경계선을 넘었을까요!

그렇습니다. 우리가 살았던 도시는 우리의 진짜 고향이 아니었습니다. 오히려 깊은 숲 속에서 철학 기계는 이렇게 말하지요. '고향은 오로지 품위있게 바깥 세상을 향해 나가서 살 때만 가능하다'고요. 고향, 조상의 들판, 괴물의 천국…. 시작과 고향에 대한 그리움은 괴물의 올가미입니다. 일단 한번 되돌아가면 때맞게 멈추기가 불가능한 올가미 말입니다. 우리는 돌아가는 고향이, 우리가 알고 있는 집이 아니라 집 앞에 있었던 원초적인 숲이고 습지라는 것을 너무 늦게 깨닫게 됩니다. 결국 숲과 습지들이 내뿜는 호흡이 집의 토대로 스며들고, 그 공기를 지배하고 간교하게 집들의 대열 속으로 파고듭니다. 그것은 우리를 피해갑니다. 왜냐하면 그것은 법률의 강조와 멜로디 속에 형상화되었기 때문입니다. 그러나 강조와 멜로디는 법의 테두리 내에서만 실제로 지배적인 것입니다. 집은 원초적인 숲의 꿈속에 있는 하얀 형상일 뿐입니다. 그들은 시작을 살해하고, 샘은 언제나 독으로 가득합니다. 돌아갈 곳이 없습니다. 로토파고스족(로토파고스족

(Lotophagoi)은 그리스 신화의 전설적인 민족으로 로터스 (lotus)를 먹고 사는 민족이다. 오디세우스가 트로이에서 귀국할 때 로토파고스족의 땅을 방문한 것으로 알려져 있다. 그때 오디세우스의 부하들은 환각 성분이 있는 로토스(lotus)라는 식물을 먹고 모두 환각에 취해 고국으로 돌아가기를 거부했다고 한다: 역주)의 가장 수상쩍은 기쁨은 여행의 마지막 기착지 이타카(호메로스에 나오는 오디세우스의 고향이며, 실제로 그리스의 서해안 이오니아 해의 이오니아 제도를 이루는 섬 중 하나: 역주)보다도 더 순수합니다…."

어두운 창문을 통해 부부의 말다툼소리가 들려왔다. 여자와 남자의 발작적인 비명이 들려왔고, 발코니 문이 열리고 잠옷 차림의 남자가 거대한 양은으로 된, 뛰어오르는 말 위에서 칼을 뽑은 장군의 동상을 밖으로 밀어냈다. 그 다음 잠옷 차림의 여자가 나타나서 그 동상을 다시 방안으로 밀어 넣고는 문을 닫았다.

알웨이라는 머리를 내 어깨에 기대고 속삭였다.

"어두운 구석들의 아시아에서는 에메랄드 빛 구렁이가 자신의 꼬리를 물고 있답니다. 다르구스는 잔인하고

시간을 삼키고, 동상들의 군인들을 유리별로부터 집의 야
간 계단으로 내보냅니다. 우리가 비록 동상들과 더불어
암울한 전쟁을 이기더라도 결국 우리들을 비현실적이고
불 밝힌 길가 여인숙으로 몰아넣는 역겨움이 가득한 승리
가 될 거예요. 인생의 사건은 차츰 끝이 없는 역겨운 축제
로 변해갈 겁니다. 높은 창문에 커튼이 펄럭이고 흑표범
이 부드러운 하얀 양탄자를 따라 조용히 지나가는 거대한
홀에서의 힘겨운 불멸은 저를 역겹게 해요. 시작은 혼돈
보다 뭔가 더 무서운 법입니다. 혼돈은 계속해서 질서에
부수적이고 우리들 세계에 속하나, 반면에 시작은…."

그녀는 지쳐서 그녀로부터 사라져간 단어를 찾으려 했
다. 창 앞에는 두 마리의 젊은 스핑크스가 나타나서, 그들
의 작은 발톱으로 창을 두드리고는 킥킥거리며 사라졌다.

"…시작은 단어들이 연결되는 곳으로부터 온, 미친 신
의 침묵이며, 정신나간 웃음소리입니다…."

나는 그녀를 포옹하고 내 앞으로 당겼다. 내 얼굴에 숱
이 많은 그녀의 검은 머리털이 스쳤다. 나는 여름 밤 정원
에서 수풀 속을 헤매던 것을 상기했다. 거기 어둠 속에서
다가오는 알 수 없는 육체의 비밀스럽고 어두운 향기가

나에게 퍼졌었다. 엘크들이 눈 위에서 쉬고 있었다.

나는 알웨이라를 어떻게 위로해줄 줄 몰랐다. 나는 그녀의 머릿결을 쓰다듬었다. 공허와 어둠으로부터 자라나는 것들은 공감으로부터 비롯한 마지막 위로였다. 그 공감은 근거없었고, 그래서 더욱 반박불가한 것이었다. 공감은 시간의 꿈속에서, 한 형상에서 다른 형상으로 굴러가는 맛없이 미지근한 존재의 문제만이 남게 될 바로 그때, 특이하게 존재들을 하나로 묶어준다. 또 그 공감은 혐오감 자체가 의미를 잃어버리는 바로 그때, 시간의 바다위 무관심한 파도 위에서 표면을 부드럽게 어루만진다.

우리는 조용히 서로 끌어안았다. 우리들의 두 육체는 별들의 평원을 따라 살금살금 기어가는 괴물처럼 그렇게 끔찍하게 뭔가 어둠과 서리에 닿는다.

세미나 거리로부터 여섯 마리의 기계장치 장난감 개들이 끄는 썰매가 나타났다. 각각의 개 등에는 큰 열쇠가 불거져 나와 있었다. 다리 관절에는 나사로 연결되어 있었고, 눈 위에서 뻣뻣하게 빠르게 달가닥 소리를 내며 움직였다. 그 썰매는 검정색으로 칠해져 있었고, 뒤쪽 의자는 붉은 색 천을 입혔고 안락하게 만들기 위해 아치형을 이루고 있었다. 거기에는 알웨이라의 아버지가 앉아 있었다. 그는 단추가 잠겨 있는 비버모피 코트 아래로 웨이터의 복장을 입고 있었고 목에는 다이아몬드 해마 장식이 달랑거리는 묵직한 금목걸이가 걸려 있었다.

작은 광장에서 기계장치 장난감 개들이 멈추어 섰다. 아마도 구동태엽이 다 풀어졌기 때문일 것이다. 개다리들의 움직임이 늦어지다가 달가닥거렸고 마침내 완전히 멈추어버렸다. 엘크들이 개들을 에워싸고 주둥이로 그들을 밀었다. 개들은 무기력하게 눈 속으로 넘어졌다. 웨이터가 안절부절못하며 건물들의 정면을 살펴보았다. 아마도 창 뒤 불 꺼진 어둠 속으로 침투하고 싶어하는 것 같았다. 나는 테이블 밑으로 들어가서 알웨이라를 내게로 당겼다. 그 순간 참을성 없고 불안한 목소리로 외치는 소리가 들려왔다.

"알웨이라, 너 어디에 있니? 네가 내일 축제에서 다르구스의 여사제로 봉임되는 것을 잊어버렸니? 네가 얼마나 그것을 고대해왔었니! 벌써 준비할 때가 다 되었어. 축하객들이 벌써 계단에 밀치고 야단이다. 벌써 샴페인을 터트리고 있고, 상어 알 덩어리가 굴러다니고, 벌써 구름 동상을 만드는 기구들에 바셀린 기름을 칠하고 있다…"

나는 알웨이라의 손을 잡았다. 그러나 그녀는 나를 뿌리치고 조용히 일어서서, 마치 꿈속에서처럼 술집의 커다란 창문을 통과하여 밖으로 나가버렸다. 그녀의 아버지는 뛰어올라 그녀에게 달려가서, 그녀를 끌어안고 썰매로 데려가서 자리에 앉히고 그녀에게 담요를 던졌다. 마침내 그는 모든 개들을 한 마리씩 묶고는 자기 발밑에 몰려든 엘크들을 발로 차버리고 썰매에 뛰어올랐다. 썰매는 출발했고 릴리오바 거리의 어두운 입구로 사라졌다. 잠시 후 엘크 사육자가 도착하고 엘크들이 그의 뒤를 따라갔다. 그는 엘크들의 수를 헤아리며 카렐 다리를 향해 돌아갔다.

제15장
침대보

　나는 오랫동안 창가에 앉아서 아직 텅 빈 작은 광장을 내려다보았다. 내 두 눈이 감기기 시작했고, 반수면 상태에서 다가오는 자동차 소리에 깨어났다. 나는 두 눈을 뜨고 클람-갈라스 궁전 방향으로부터 다가오는 쓰레기차를 보았다. 그것은 완전히 유리로 되어 있었고, 그 투명한 옆면을 통해서 반짝거리는 귀금속 더미가 보였다. 그것을 따라 초록 뱀이 기어가고 있었고, 보석들 한가운데 금속 다리를 한 불 켜진 침실램프가 높이 켜져 있었다. 그 아래 하얀 침대보가 깔린 침대가 놓여 있었고 그 위에서는 발가벗은 두 연인이 포용하고 있었다.

쓰레기차가 '푸른 창고기 선술집' 앞에 멈추어서고, 미화원들이 트럭 뒤에서 뛰어내려 인도 옆에 있는 쓰레기 통을 들어올렸다. 쓰레기차가 쓰레기통을 자동으로 뒤집 어엎자, 더 많은 보석들과 더 많은 꿈틀대는 초록 뱀들이 거기서부터 쏟아져 나왔다. 보석들이 침대 주위로 굴러갔 고, 뱀들은 램프 다리 주위를 휘감았다. 두 연인이 쨍그랑 거리는 금붙이 소리를 들었을 때 그들은 더욱 세게 포옹 하고 더욱 빨리 몸을 움직였다. 나는 또 다시 눈을 감고 쓰레기차가 떠나가는 것을 들었다. 쓰레기차가 벽 뒤로 사라지자, 소음은 잦아들었다.

나는 갑자기 점점 커지는, 멀리서 들려오는 윙윙대는 소리를 들었다. 잠시 후 작은 광장 위에 하얀 헬리콥터가 나타났다. 그 밑 부분에는 포효하는 호랑이의 머리가 그 려져 있었다. 그것은 아래로 내려와 사람 키 높이에서 맴 돌다가 멈춰 섰다. 헬리콥터 창문 하나로부터 아주 센 탐 조등이 비추었고, 밝은 광선이 건물들의 정면들을 훑고 지나갔다. 텅 빈 술집 내부로 불빛을 비추고, 다락까지 올 라갔다가 다시 내려와 어두운 방으로 뚫고 들어갔다. 나 는 술집으로 비추는 불길한 불빛을 기다리지 않고 뒷문을 통해서 건물의 내부로 사라졌다.

나는 어두운 복도들, 현관문들, 안마당들과 계단들의
미로를 통과했다. 그리고 유리가 달린 베란다에서 걸음을
멈추었다. 거기에 있는 창문이 작은 안마당으로 통했다.
거기 눈이 내린 바닥에는 양탄자 터는 검은 틀이 있었다.
나는 헬리콥터의 윙윙대는 소리를 더 이상 듣지 않았다.
주위는 조용했다. 베란다 끝 쪽에 있는 수탉 모양의 수도
꼭지에서 물방울이 깨진 접시에 떨어지고 있었고 문 뒤에
서는 코고는 소리가 들려왔다.

나는 베란다로 통할 거라고 생각하고 마지막 문을 열
었으나 그것은 아파트 내부로 들어가는 문이었다. 어두운
현관에서 코트와 부츠의 냄새가 풍겨왔다. 좁고 불 꺼진
방을 지나가서 마침내 침실에 다다랐다. 창을 통해서 반
대편 거리의 말없는 건물들의 정면들이 보였다. 아파트는
비어 있었고 추웠다. 바스락거리는 소리에 놀라서 거의
울 뻔 했다. 하지만 그건 어딘가에서 튀어나온 고양이었
다. 고양이가 내게로 다가와 반짝이는 눈으로 나를 살펴
보았다. 내 눈길은 가지런히 놓인 침대로 향했고, 낮잠을
자고 싶은 충동을 느꼈다. 그래서 옷을 벗고 내의를 입은

채 무겁고 차가운 이불 속으로 들어갔다.

누워서 반대편 건물들의 검은 창문들을 바라보았다. 그러고 나서 반대편으로 누워서 팔을 어둠을 향해 뻗쳤으나 내 손은 아무런 벽에도 닿지 않았다. 그것은 나를 불안하게 했다. 나는 또 다시 그 깊은 곳에서 누군가가 나를 기다리는 어떤 동굴 속의 가장자리에 있는 게 아닐까? 나는 침대 위에 무릎을 꿇고 흔들거리는 매트리스를 따라 어둠 속에서 네발로 기어 다녔다. 침대는 끝이 없었고 그 반대로 더 넓어졌다. 나는 일어서서 내 맨발 밑에서 흔들거리는 부드러운 평지를 걸어갔다. 그것은 주름진 침대보, 베개와 하얀 평원 위에 떨고 있는 극광에 의해서 희미하게 비쳐진 이불로 덮여 있었다. 그 희미한 불빛 속에서 침대보와 이불의 구김살은 누워 있는 그리핀(사자 몸통에 독수리의 머리와 날개를 지닌 신화적 존재: 역주)과 스핑크스의 모습처럼 보였다.

나는 마치 눈보라 속에서처럼 이불 속을 헤맸고, 그 속에서 꼼짝 못하게 되었다. 나는 나의 추락을 부드럽게 하며, 내 밑에서 흔들리기 시작한 평지로 떨어졌다. 여기저기서 잠자는 자들의 숨소리, 꿈꾸며 중얼거림과 악몽으로 인한 외침소리가 들려왔다. 여기저기서 내 발은 잠자는 사람들의 몸을 건드렸다. 산들바람이 불어왔고, 부풀어 오르는 침대보와 함께 평지는 물결치고, 그들의 속삭임은 잠자는 자들의 숨소리와 합쳐졌다.

침대보의 평지는 상승하기 시작하고 내 앞에는 침대시 트와 이불로 덮여진 경사가 나타났다. 남자들과 여자들 이 파자마, 잠옷과 속옷을 입은 채 침대 시트에서 스키를 타고 있었다. 나는 크르크노세 산에 있는 십자로란 식당 을 상기시키는 가파른 지붕이 있는 유리건물에 도착했 다. 그 오두막 앞에 백에 든 스키가 매트리스 사이 공간에 끼여 있었다. 스키는 작은 꽃들, 줄무늬와 다른 이불보의 디자인으로 장식되어 있었다. 나는 안으로 들어갔고 거 기에는 사람들이 잠옷을 입은 채 작은 테이블 주위에 앉 아 있었다. 나는 창가에 앉아서 경사진 곳에서 스키 타는 사람들을 바라보았다. 내 옆 작은 테이블 주위에는 잠옷 을 입은 두 명의 부인들이 앉아 있었다. 나는 그들의 대화 를 들었다.

"내일 우리들과 함께 산등성이로 소풍가지 않겠니?"
"나는 무서워. 눈사태 경고가 있어. 나는 내 급우가 눈 사태에 파묻혀서 이불 밑에서 몇 시간 어둠 속에 파묻혀 있다가 마침내 구조견이 그녀의 냄새를 맡아 찾아낸 것을 잊어버릴 수 없어. 그 순간 그녀는 깨어 있는 두뇌 속에서 빛나는 황금 오토바이에 대해, 그리고 패배가 승리와 더불어 연민을 가져야 하는 것이 필요하다는 것에 대해 옳은 시를 생각했었지. 양들의 행동 때문에 슬픈 손님이 가득한 호텔 에브로파의 카페로 들어가는 길고 두꺼운 케이블의 구멍 어딘가로부터 고집스럽게 이동하는 양들에 대한 그 시의 단어들은 거대한 프레스코화의 주제가 되었어. 그 프레스코화 앞에서 철학 대회로부터 돌아오는 나의 처남이 그의 논문에서 형이상학의 주요한 문제는 개암 뮤즐리(곡식, 견과류, 말린 과일 등을 섞은 것으로 아침식사로 우유에 타 먹는 것: 역주)의 방침에 따라 해결되어야 할지도 모른다고 주장했어. 그는 생선 파는 여인들에게 공격을 받았지. 그녀들은 그에게 주먹으로 얼굴을 치며 소리쳤어. '잘 숨겨진 황금 아스팔트길의 망은 모두들 피아노 소나타에서 사냥을 하는 짐승처럼 고상해! 우리에게 새로운 백설 공주 놀이를 해줘, 이 천치야.' 그러나 그 후에도 그는 형이상학의 주요문제가 실제로 무엇을 의미하는지 설명할 수 없었어."

"그거 정말 슬픈 일이군."

나는 비밀스러운 공간으로 더 깊숙이 들어가고 싶었다. 매트리스 산을 올라가려고 시도했으나 잠시 후 그 경사가 너무나 가파르게 시작되어 포기했다. 다시 내려와서 산언저리를 돌아가려고 했다. 그러나 어두운 도랑의 바닥에 있는 부드러운 이불의 산은 점점 더 가파르게 올라갔다.

나는 조용히 윙윙대는 소리를 들었고 신경이 곤두섰다. 깜빡거리는 붉은 불빛이 평지 위로 나타나 내게로 빠르게 더 가까이 다가왔다. 그것은 옆구리에 포효하는 호랑이 그림을 그린 헬리콥터였다.

나는 달아나기 시작했으나 곧 침대보에 휘말려 꼼짝달싹하지 못하고 매트리스 위에 넘어졌다. 헬리콥터는 멈추더니 평지 위를 낮게 맴돌기 시작하였다. 돌아가는 모터 날에 의해 생겨난 바람에 침대 시트가 펄럭이다가, 공기 중에서 떠올라 미친 춤을 추기 시작하였다.

나는 탐조등의 밝은 불빛에 눈이 부셨다. 스피커에 의해서 일그러진 거친 소리가 들려왔다.

"당신은 불법적으로 경계선을 넘어온 죄, 성스러운 상어를 살해한 죄, 그리고 금지된 말을 언급한 죄를 범했다.

반항을 멈추고, 땅에 엎드려서 두 손을 머리 위로 올려라!'

나는 달리기 시작하여, 나를 계속 추적하는 눈부신 탐조등 속에서 공기 중으로 뿜어대는 침대 시트의 차가운 간헐천 사이로 도망갔다. 카리용 종소리를 상기시키는 예민한 소리와 더불어 헬리콥터의 기관단총의 총소리가 울려 퍼졌다. 총알들이 베개와 이불로 날아들고, 털구름이 찢어진 틈 사이로 피어올라 물결치는 침대보 위에서 맴돌았다.

나는 달려가면서 매트리스의 스프링을 사용해서 내 걸음을 더 길게 하는 방법을 터득했다. 나는 길게 점프를 해서 더 세게 평지에 떨어질수록 매트리스가 더 세게 더 높이 나를 쏘아 올렸다. 마침내 나는 침대보 더미 위로 그리고 수십 미터나 길어진 잠자는 아치형의 육체 위로, 날아올랐다. 그러나 헬리콥터는 내 주위를 빙 돌고나서 이제 마치 거대한 징그러운 곤충처럼 나를 향해 날아들었다.

나는 침대보 속으로 떨어졌다. 헬리콥터가 가까이 다가와 내려왔고 시트가 계속해서 위로 올라가는 것을 보았다. 침대 시트 하나가 프로펠러에 엉켜버려서 계속 돌아가며 시트, 침대보와 매트리스를 찢고 깃털들, 천 조각들,

스펀지 고무를 공기 중으로 흩트렸다. 그리고 나서 마치 수십 개의 관악기에 의해서 연주되는 화음 같은 폭발음이 들려왔고 이어서 헬리콥터는 차가운 푸른 불꽃 속으로 사라졌다.

나는 넘어진 그 자리에 누워서 잠시 잠을 잤다. 나는 그 사나운 추적에 의해서 무척 지쳤다. 그래서 더 이상 산으로 돌아가서, 다른 공간 깊숙이 침투하는 길을 찾을 힘이 없었다. 그래서 침대의 평원을 따라 어두운 아파트로 들어갔다. 나는 창문을 격렬하게 두드리는 소리를 들었을 때, 옷을 입고 떠나려고 했다.

유리창 밖에는 암송하는 새 펠릭스가 앉아 있었다. 다시 그 새를 만나는 것이 기뻤다. 나는 즉각 창문을 열었다. 그러나 펠릭스는 바깥 창틀에 남아 있었다. 새는 머리를 숙이고 성 비트 성당 지붕 위에서 처음 만났을 때 내게 행했던 시를 읊기 시작하였다. 새는 중요하다고 생각되는 구절에서는 날개를 퍼덕이며 온몸을 흔들며 강조하며 불균형한 파토스를 가진 시를 열렬하게 읊었다. 그래서 나는 새가 창틀에서 떨어지지나 않을까 두려웠다.

"제국의 변두리, 중앙의 법이 닿지 않는 곳,

치켜 올라간 눈을 가진 평원의 바바리아인은

한 탁상에서 세관원과 말없이 앉아 있다.

패자가 이상한 승리를 즐기는 망명지에서

강을 따라 걷는 끝없는 산책에서

광장 과자집의 어두운 뒷방에서

그는 조용하고 번쩍이는 공간에서

목적 없이 사물들을 건드린다.

옷장에 비친 오후의 태양의 광선과

정원으로부터 들려오는 알 수 없는 소리

새로운 멋진 역사가 된다.

변두리에서 열 지어있는 틈새로 빛나는 것은

옛 권력의 흔적,

잊혀진 그러나 비밀스럽게 통치하는

수도의 밝은 홀에서도

다음 방으로 통하는 반쯤 열린 문에서

들려오는 옷 스치는 소리

세상의 소리를 한 대 묶는 속삭임 속에서

단어에 처음으로 의미를 부여하고

단조로운 원시림의 발레를 조직하기 위해

우리들의 계획을 이용하는 권력의 흔적

우리들의 몸짓의 숲 속에서

무기력하게 스스로 스트레칭을 하는 권력

그 몸짓은 깊은 산속에 있는 황금 홀보다 덜 눈에 띄네.

변두리에서 들려오는 너무 길게 끄는 망령의 노래

우리는 밤에만 들을 수 있네."

이 말들을 하는 순간 펠릭스는 암송의 반주로 너무나 세게 날개를 퍼덕거려서 정말로 창틀에서 떨어졌다. 저 밑으로부터 무서운 꽥꽥 소리가 들려왔다. 그러나 다행히도 추락을 멈출 수 있었다. 잠시 후 새는 다시 창틀에 앉아서 낭송을 계속했다.

"변두리로부터 괴물의 길게 빼는 노래 소리 들려오고,

우리는 오직 고요 속에서만 들을 수 있네.

이층 화장실의 물 내려가는 소리와 더불어

머나먼 절망의 구름다리 위로 지나가는 열차의 소리와 더불어

차갑고 잊을 수 없는 음악으로 합쳐지고,

음악으로부터 우리들의 정확한 개념이 나타나네.

도마뱀들이 하얀 요트로 항해하고 다시 그 속으로

사라질 때에.

우리가 거주하고, 우리가 변두리라고 부르는 장소는

비밀의 중심이네.

회랑을 돌아다니는 번쩍거리는 로봇의 어깨에

앉아 있는 암송하는 새 펠릭스는 선언하네.

비밀의 중심은 그 자체로 더 먼 중심의 변두리에 지나지

않는다고.

최후의 중심은 수천의 경계선을 넘어 꿈속에서 희미하게

빛나고

그대는 결코 거기에 도달할 수 없네.

비록 그대가 나처럼 모든 하얀 예배당들을

지나갈지라도,

황혼의 숲 속 은빛 길을 따라 나아가면서

나처럼 그대도 웨이터가 손님의 가방으로부터 새참을

꺼내서 먹어치우는

카페들을 지나갈지라도,

그래서 손님이 휴대품 보관소에 남겨둔 석관의

내용에 대해

정말로 걱정을 하는 것은 완전히 이해할 만하네.

그리고 정말로, 휴대품 보관소 안내원에게 그것을 되돌
려주기를 청할 때에."

고양이가 창턱에 조용히 뛰어올랐다. 펠릭스는 다시
한번 꽥꽥거리고 날아가 버렸다. 나는 그가 되돌아와서
내게 변두리에 대해, 또는 물품보관소의 석관에 대해 뭔
가를 이야기해주길 기다렸다. 그러나 그는 이제 되돌아오
지 않았다. 그래서 나는 아파트를 나와 어두운 계단을 내
려와 건물의 현관 홀로 들어갔다. 건물 출입문 위 아치형
채광창을 통해 거리 가로등의 불빛 속에서 눈이 내리는
것이 보였다.

제16장
가오리

나는 어둠 속에서 건물의 차가운 출입문 손잡이를 느꼈다. 문은 삐걱거리며 열렸고, 눈이 어두운 통로 안으로 불어와서 내 얼굴을 때렸다. 나는 건물 내부의 연결통로를 통해서 성 안나 광장에 도달한 것을 알게 됐다.

어딘가로부터 맹렬한 개 짖는 소리와 낑낑대는 소리가 번갈아 들려왔다. 나는 주위를 살펴보고 폐허가 된 수도원 정문 앞에서 큰 개가 이빨을 드러내고 구시가지 광장에서 만났던, 그리고 틀림없이 물고기 축제에서 살아돌아온 것이 분명한 가오리를 괴롭히고 있는 것을 보았다. 가오리는 눈 속에서 개의 이빨을 피하고 있었고 전기 충격을 통해 자신을 보호하려고 발버둥쳤다. 개는 전기 충격을 받을 때마다 끙끙거리며 뒤로 물러섰다가 즉시 다시 물고기에게 덤벼들었다. 가오리는 분명히 피로해 보였고 전기충격도 점점 약해졌다. 개의 공격은 점점 더 맹렬했고 반면에 가오리는 벌써 여기 저기 피를 흘리고 있었다. 그의 가느다란 몸은 날카로운 개의 이빨에 의해서 상처를 입었다.

불공평한 싸움이 거의 끝이 나고 있었다. 나는 싸움 현장으로 달려가 개를 쫓아버렸다. 피로에 지친 가오리는 눈 위에 조용히 누워 있고, 상처에서는 피가 흘러나오고 있었다. 물고기는 감사에 넘치는 눈길로 나를 바라보았다. 나는 차가운 몸체를 쓰다듬었다.

나는 옛 사냥꾼들이 사용하던 납작한 작은 병을 가지고 있었다. 가오리에게 한 모금만 주려고 했으나 곧 더 좋은 생각이 떠올랐다. 공중으로 부상하는 액체가 담긴 작은 병을 주머니에서 꺼냈다. 조심스럽게 가오리를 들어 올려 몸체 반대편에 있는 아가미에다가 병을 대고는 소리쳤다.

"마셔. 너는 곧 좋아질 거야."

가오리는 게걸스럽게 초록색 액체를 다 마셔버렸다.

그 묘약이 효과를 발휘하기 시작하자 가오리는 본능적으로 무엇을 해야 할지를 알아차렸다. 가오리는 몸체의 가장자리 술을 물결치듯 움직이며 공기 중으로 떠올랐다. 삼층 높이로 수평을 이루며 광장 주위를 우아하게 활공하고 나서 다시 한 번 내 발 아래에 눈 위에 내려앉았다. 그 액체는 분명히 에너지를 재생시키고 심지어 상처에서 피가 흐르는 것도 멈추게 했다.

가오리는 멀리 날아가지 않고 내게 계속해서 돌아와서 내 발 가까이 착륙해서 초초하게 나를 바라보았다. 나로 하여금 뭔가를 행하기를 요구하는 것 같았다. 나는 즉각 알아차렸다. 나는 조심스레 그 물고기의 등에 올라타고 터키 식으로 책상다리를 해서 앉았다. 가오리는 기쁜 듯이 몸체의 가장자리를 물결치고 나와 함께 비상하기 시작했다.

나는 다시 한 번 천천히 떨어지는 눈보라 속을 지나 어둠 속에서 나타나는 도시 위로 항해를 계속했다. 밤은 벌써 떠나가고 내 도시의 첫 보행자들이 거리에 나타나기 시작하였다. 가오리는 곡선을 그리며 떠오르기 시작하였고 곧 우리는 구름 위를 날아갔다. 우리는 구름 위로 나와서 벌써 희미해지는 별 밑으로 날아가고 있었다. 가오리는 점점 더 높이 날아오르고 우리 밑에 구름의 바다가 펼쳐지고, 동쪽은 환하게 밝아지기 시작했다. 곧 붉은 태양의 꼭대기는 수평선에 나타났다. 그 햇살은 갑자기 구름의 평야를 밝혀 핑크색으로 바꾸고, 천천히 변하는 구름 물결 주름의 검은 그림자도 핑크 색으로 변했다. 가오리는 천천히 핑크빛 바다를 날아가고 나는 그의 등에 편안히 앉아서 옛 사냥꾼의 병마개를 따고 액체를 한 모금 마셨다. 가오리의 두 눈은 몸체의 위쪽에 있어서, 구름 위의 아름다운 해오름 장면을 보지 못하는 것이 안타까웠다.

가오리는 천천히 내려가기 시작했고, 지금은 나와 함께 태양을 향해 구름의 핑크 빛 수평선 위로 낮게 날아가면서 속도를 내기 시작했다. 우리들 앞에 천천히 두 구름의 동상들이 평야 위로 나타났다. 그들은 말을 타고 손에 창을 잡고 있는 형상을 하고 있었다. 그 동상들은 오층 건물높이나 되었고 우리를 향하고 있었다.

그것들은 틀림없이 알웨이라의 아버지가 말해준 구름의 동상들이었다. 제2의 프라하의 예술가가 분명히 수중

기로 동상을 만드는 기술을 터득한 모양이다. 그 두 동상은 천천히 변해갔다. 왼쪽의 기수는 피라미드로 변했고, 그 뾰족한 곳에는 공들이 아홉 개의 하트처럼 고정되어 있었다. 오른쪽 기수는 남아 있었지만 그의 말 머리는 꿈속의 미소를 지으며 우리들을 바라보는 아름다운 여인의 머리로 변했다. 마침내 두 개의 구름 동상들은 수직으로 뻗친 두 팔을 형성하기 위하여 위로 뻗었다. 꽉 쥔 두 손에는 뒤집은 토끼 가죽을 잡고 있었다. (저 알 수 없는 동상은 무엇을 말하려고 하는가?) 붉은 태양은 핑크빛 평야 전체로 그림자를 드리운 두 거대한 팔 사이의 수평선 위로 낮게 이글거렸다. 가오리는 아주 무서운 속도로 점점 가까워지고 점점 더 커지는 두 개의 팔 사이로 직행하면서 구름 위를 날아왔다. 마침내 우리는 유령의 관문을 통과했다. 나는 뒤로 돌아서 그들이 우리들 뒤에서 서서히 무너지고 구름의 바다에 다시 가라앉는 것을 목격했다.

가오리는 속도를 줄이고 하강하기 시작했다. 공중부양 액체가 아마도 벌써 효력을 잃는가 보다. 우리는 한 번 더 구름 속으로 급락했고 잠시 후 눈 덮인 도시의 지붕들이 나타났다. 눈은 그쳤고 거리에는 사람들이 북적댔다.

우리가 소지구 쪽 교탑의 회랑 주위를 날아갔을 때 나는 그 기둥들 사이에서 알웨이라의 아버지인 웨이터의 웃는 얼굴을 언뜻 보았다. 총구가 그림자 뒤에서 보였다.

"조심해!"

나는 소리쳤다. 그러나 그 순간 총소리가 들렸다. 가오리는 비틀거리고 등에서 피가 솟아났다. 사악한 웃음이 교탑에서 터져 나왔다. 가오리는 강 쪽으로 가파른 나선형을 그리며 떨어졌다. 나는 캄파 공원 위 조금 떨어진 곳에서 그의 등에서 뛰어내렸고 인도에 쌓아놓은 눈 더미 속으로 나동그라졌다. 가오리는 강 수면 아래로 사라지고 다시는 떠오르지 않았다.

나는 하루 종일 목적 없이 거리를 배회했다. 오후쯤 아이들이 오래된 아파트의 길고 똑 바른 정면 사이의 눈 속에서 뛰어노는 교외에 도달했다. 그 근방에는 기차역이 있었고 거기서부터 열차엔진 소리와 금속 완충기의 쾅쾅거리는 소리가 들려왔다.

나는 선술집에 앉았다. 거기 창문은 회색 거리의 반대편까지 길게 뻗어 있는 공장의 담을 향해 나 있었다. 포미카로 덮인 빈 테이블은 부드러운 빛을 반사하고 있었다.

다른 유일한 손님들인 배가 나온 세 사람이 술을 마시며 벽 선반에 있는 컬러텔레비전에서 아이스하키 시합을 보고 있었다. 바텐더도 그들과 함께 앉아 있었다. 그는 일어서서 내게 맥주를 가져왔고, 다시 돌아가 뚱뚱이 그룹과 어울려서 하키 시합에 대해 논평을 했다.

텔레비전의 화면은 갑자기 초점이 맞지 않더니 이중으로 보였고, 소리는 사라지고 때때로 다른 채널로부터 흐릿한 신호가 나타나곤 했다.

"이게 벌써 또 말썽을 부리네. 저따위 텔레비전, 지옥에나 가버려. 바츨라프, 도대체 언제 그걸 고칠 거냐?"

손님들 중 한 명이 시큰둥하게 바텐더에게 소리쳤다. 그는 대꾸했다.

"어제 수리공이 왔었는데 전혀 어떻게 할지 알지 못했어. 아마 여기 어디 수신전파를 방해하는 아주 센 송신기가 가까이 있나봐."

그는 텔레비전에 다가가서 주먹으로 치기 시작했다. 세 번을 때리자 하키 운동장이 완전히 사라지고 인공적인 조명에 의해 밝혀진 커다란 실내를 보여주는 선명한 화면이 나타났다. 나는 그것이 페트르진에 있는 지하 사원의 내부라는 것을 알아보고도 전혀 놀라지 않았다.

사원의 모든 자리는 꽉 찼다. 두 줄로 된 좌석 사이 복도에서 이동식 받침대 위의 텔레비전 카메라는 이리저리 움직였다. 그 받침대에는 사원의 벽들에 얽혀 있는 것들과 마찬가지로 경련하듯 일그러진 문양들이 장식되어 있었다. 제단 앞에는 1.5미터 높이의 유리항아리가 서 있었다. 거기에는 가장자리까지 찰 정도 황금빛 액체가 가득 담겨 있었다. 그 앞면에는 작은 사다리가 붙여져 있었다. 그 항아리 왼쪽에는 핑크색 양깃의 붉은 제의를 입은 웨이터가 서 있었다. 오른쪽에는 6명의 소녀들이 앉아 있었다. 그들은 황금색 용들이 장식된 흰 명주로 된 예복을 입고 있었다. 그들 중 마지막에는 알웨이라가 있었다.

물 표면에 떨어지는 물방울 소리를 상기시키는 조용하고 단조로운 음악이 울려 퍼졌다. 웨이터-대제사장이 거꾸로 뒤집어서 아마도 내부에 철사로 뻣뻣하게 댄 문어로 만든 의례용 모자를 쓰고 있었다. 촉수 끝에는 금으로 된 작은 종들이 달려 있었고, 그것들이 내는 딸랑딸랑 거리는 소리는 조용한 물방울 음악과 뒤섞였다. 뚱뚱한 손님들은 웃음을 터뜨렸고 바텐더는 그의 장딴지를 치며 소리쳤다.

"그것 멋지군! 이보게 신사양반들, 날 좀 잡아 봐요!"

첫 번째 소녀가 일어서서 예복을 벗어던졌다. 선술집 안은 조용해지고 모두들 주의 깊게 바라보기 시작하였다. 발가벗은 소녀는 작은 사다리를 올라가 항아리로 들어갔다. 그녀는 항아리의 액체 표면에서 사라져 약 45초 동안 가라앉았다. 액체는 천천히 항아리 옆으로 흘러내렸다. 그것은 틀림없이 꿀이었다. 꿀 덩어리가 사원의 바닥에 떨어지는 소리가 들려왔다. 그러고 나서 소녀는 꿀 때문에 눈이 감긴 채 표면으로 떠올랐다. 웨이터가 그녀에게 손을 내밀어 항아리로부터 밖으로 나와 사다리로 내려오는 것을 도왔다. 그녀는 걸어가서 항아리 왼쪽에 꼼짝하지 않고 서 있었다. 꿀로 뒤범벅이 된 머리와 온 몸으로부터 꿀이 떨어지고 있었다. 모든 소녀들이 꿀 속에 몸을 담갔다.

알웨이라가 마지막으로 꿀로부터 나왔을 때 꿀로 뒤범벅이 된 그녀의 얼굴이 근접촬영으로 텔레비전 화면에 나타났다. 그녀는 꿀이 코에까지 차서 입으로 겨우 숨을 쉬고 있었다. 마치 그녀가 나를 바라보는 것 같았다. 그러나 화면이 갑자기 흔들리기 시작하다가 멈추자, 화면에 하키 선수들이 경기하는 아이스링크가 다시 나타났다.

"이것으로 충분해!" 뚱뚱이들 중 한 명이 투덜댔다.

"이거 정말 또다시 멍청한 짓이군!" 지하 사원의 두 번째 방송이 언급했다.

"그들이 야나체크 제방의 갑실(閘室)에서 고래를 보여준 그 당시와 같이."

"때때로 그것은 아주 좋은데요." 바텐더가 자신의 텔레비전을 옹호했다. "그 미치광이가 종탑에서 상어와 싸움을 벌인 것은 정말이지 괴이한 장면이었어. 그때 우린 박장대소 했었지."

나는 맥주 한 잔을 더 마시고 하키 시합을 구경했다. 그러나 지하 사원은 더 이상 나타나지 않았다. 나는 돈을 지불하고 다시 눈이 내리기 시작하는, 어두워지는 거리로 나왔다.

제17장
수문에서

나는 도시의 중앙을 향해 출발했다. 20세기 초부터 있어왔던 거대한 행정부 건물을 지나 눈이 내려 하얗게 된 공원의 철책을 따라 강가로 내려갔다. 세찬 바람이 불고 있었다. 내 두 눈 속으로 작은 눈 가시가 날아들었다. 내가 두 눈을 가늘게 뜨니, 가로등과 차량의 불빛이 흐려보였다. 나는 강둑을 따라 발가벗은 어두운 나무들 밑으로 걸어갔다. 거리의 반대편에는 여인상들로 장식된 기둥들에 받쳐 있는, 조용한 긴 발코니의 정면들이 길게 늘어서 있었다. 철제 난간 밑으로 육체의 조용한 삶처럼, 그리고 구석의 유령처럼 이 장소에서 저 장소로 발걸음을 재촉

하는 보행자들에게는 보이지 않는 검은 강이 흘러가고
있었다.

불빛이 흔들거리는 어두운 표면을 응시했다. 최근에
나의 시력이 얼마나 변화했는지 깨달았다. 나는 웃었다.
나는 옷장들과 방들로부터 온 사람들과 똑 같았다. 나는
겨우 나머지 세계만을, 그 존재에 대해 나의 세계에서는
아무도 알지 못하는 변두리만을 볼 뿐이다. 반면에, 나의
시선이 여러 해 동안 안전하게 떠돌아다녔던 모습들은 안
개 속에 흩어져버리기 시작한다. 나 자신은 언제 유령으
로 변할까?

내가 강둑과 섬 사이의 수문을 지나갈 때 나는 그들이
선술집에서 하던 말을 상기했다. 나는 차가운 난간에 기
대어 아래로 내려다보았다. 수문의 양쪽 문들은 닫혀 있
었고 그들 사이의 수위는 보 위쪽의 물과 같은 높이였다.
그늘 속에서 긴 화물선박이 수문의 섬 쪽 석조블록에 붙
어 있었다. 선박에는 강모래가 원뿔 모양으로 싸여 있었
고 그 위에는 눈이 덮여 있었다. 나는 온 사방을 조망할
수 있는, 선장이 근무하는 선실의 텅 빈 어두운 내부를 볼
수 있었다. 나는 다리를 건너서 섬으로 가고, 철제 계단을

이용하여 수문의 돌 벽으로 들어간 후 배의 간판으로 내려갔다.

나는 계단을 따라서 선실 속으로 들어갔다. 계기판에는 빛이 반사되었고, 문자반이 조용히 째깍거렸다. 선실의 유리벽을 통해서 젖은 돌 벽이 보였고, 또한 닫힌 철 수문 위쪽으로 눈 덮인 숲 위를 비추고 있는 붉은 불빛이 보였다. 그리고 이라셰크 다리 옆에 있는 탑의 실루엣이 보였다.

갑자기 선박이 흔들리기 시작하였다. 수문의 물 수위가 낮아지기 시작했다. 나는 벽으로부터 사각형의 잡석벽 돌들이 하나씩 둘씩 나타나는 것을 보았다. 잠시 후 수위가 오래 전에 보 아래 강의 수위에 도달했어야 하는 것을 깨달았다. 그렇지만 물은 어딘가로 없어지는 것을 멈추지 않았고, 양쪽 수문들이 벌써 물 수면까지 떠올라서 그것들이 돌 벽 위에 서 있게 되었다.

선박은 조용히 사면이 돌 벽으로 둘러진 깊은 틈새로 내려가기 시작했다. 불빛이 깊이 수면 아래로 비쳐지기 시작하고 천천히 올라갔다. 잠시 후 불 밝힌 창문들이 나타나고, 이어서 점차적으로 일련의 창문들이 뒤를 따라 나타났다. 사면 모든 벽에 창문들이 있었다. 어떤 창문들은 어두웠지만 대부분 불이 켜져 있었다. 나는 그들 뒤에 있는 방들을 볼 수 있었다. 그것들은 우리가 살고 있는 도시의 방들과 거의 다르지 않았다. 다만 방들의 무늬 진 벽들에는 호랑이에 의해 상처를 입은 다르구스를 묘사한 화려하게 채색으로 새긴 부조가 걸려 있었다. 물속으로부터 더욱 많은 방들이 나타났고, 선박의 선실 창문을 지나 위로 올라 더 높이 사라졌다.

그 방들 중 하나에는 한 가족이 저녁식사를 하고 있었다. 티셔츠를 입은 또 다른 방에서는 대머리 남자가 신문의 십자말풀이를 하고 있었고 그리고 또 다른 방에서는 쪽진 머리를 한 여자가 재봉틀 위에 몸을 굽히고 있었다.

약 한 시간 후 선박은 멈춰 섰다. 나는 위를 쳐다보았다. 마치 마천루의 정원에 서 있는 느낌이었다. 내 위로 수십 층의 창문들이 불을 밝히고 있었고, 수직선들이 저 높이 보이지 않은 틈새로 향해 아찔한 시각으로 모여들었다. 그 틈새로부터 선실의 지붕으로 눈송이들이 떨어지고 있었다. 이따금씩 어떤 창문들의 불빛이 사라지고 다른 창문들의 불빛이 들어오곤 했다. 또 때때로 어떤 창문이 열리고 거기에 어두운 그림자가 나타나고 귀에 거슬리는 여자의 목소리가 들려왔다. 선박의 측면 바로 위로 텅 빈 어두운 방의 창문이 보였다. 창문의 반대편 벽에 있는, 불 켜진 옆방으로 통하는 광채가 없는 유리문을 통하여 희미한 불빛이 보였다. 두 번째 방의 희미한 불빛은 가구들의 윤곽을 어둠 속에서 어렴풋이 보이게 했고, 찬장과 유리의 부드러운 표면에 반사되었다. 육중한 가죽 안락의자 위 벽에는 그림이 하나 걸려 있었는데, 그 희미한 형체에서 나는 뒤로 넘긴, 물결치는 머리카락을 한 알웨이라의 미소 짓는 얼굴을 알아볼 수 있었다.

나는 창문이 열려 있는 것을 알고, 선박으로부터 기어 올라 방으로 들어갔다. 덮개와 금이 간 진열장의 냄새를 맡았고, 불 켜진 옆방으로부터 들려오는, 겨우 조금 이해할 수 있는 여자의 목소리를 들었다. 뒤꿈치를 들고 살며시 그림 가까이로 다가갔다. 희미한 불빛이 나를 속였다. 그것은 알웨이라도 아니고 전혀 초상화도 아니었다. 그것은 금박을 입힌 석고 액자 속에 있는 유화였다. 그 밑에는 호화스러운 빌라의 현대적인 실내장식을 묘사하고 있는 숫자 2092년이라고 쓰인 타원형으로 된 작은 금속판이 박혀 있었다.

넓은 창문과 테라스로 향해 열려 있는 문을 통하여 햇

볕이 많이 내리쬐는 바다의 수평선이 펼쳐져 있었다. 테라스 너머에는 세 개의 고리버들로 만든 의자들이 마치 누군가가 금방 일어나면서 팽개친 것처럼 아무렇게나 바닥의 타일에 흩어져 있었고, 테니스 라켓 한 개가 희게 칠한 난간 모퉁이에 비스듬히 기대어져 있었다. 둥근 바다의 만이 보였고, 모래해변에는 수영복을 입은 사람들이 더워서 나른하게 누워 있었다. 야자수와 올리브 숲으로 덮인 언덕이 갑자기 해변위로 솟아났다. 빌라들이 언덕 위로 높이 떠올랐고, 빌라의 하얀 벽들은 나뭇잎 사이에서 빛났다. 벽에는 창문과 테라스 문을 향해 수직으로 어두운 그림이 걸려 있었다. 그 밑바닥에는 밝은 색 옷을 입은 생명이 없는 젊은이의 육체가 놓여 있었고, 무서운 짐승이 그에게 구부려서 무자비하게 머리를 뜯어먹고 있었다. 나는 그 당시 제2의 프라하 예술의 일상적 모티브를 보곤 했지만, 이번에는 살인적인 동물이 호랑이가 아니고 성인처럼 큰 개미였다. 붉은 피가 바닥에 흘러나오고 양탄자 속으로 스며들었다.

그 방의 앞부분에는 그림이 그려진 책상이 있었고, 그 위에는 몇 개의 편지들이 흩어져 있었다. 그 중 한 봉투에는 '바다의 수영협회' 라는 글씨가 써져 있었다. 책상 끄트머리에는 두꺼운 책이 한 권 펼쳐진 채 있었다. 옆방으로부터 불빛이 여기에 비췄다.

그래서 나는 그 페이지에 있는 텍스트를 읽을 수 있었다. 거기에는 『오디세우스』에 나오는 다음과 같은 대목이 연필로 밑줄 쳐져 있었다.

'오 하나님, 나는 지금 어느 나라에 와있단 말인가요?'

그리고 그 페이지 비어 있는 공간에 연필로 작은 글씨로 이렇게 덧붙여 써져 있었다.

"마침내 여러 해 후에 팽팽한 고통의 끈이 요동치다가 끊어졌다. 옷장에서 아침 무렵 노래하던 그자가 원한에 가득 찬 야간의 불빛으로 번쩍거리는 황금 마스크를 쓰고 갑자기 나타났다. 형체들이 떨다가 터졌다. 우리에게 쏟아져 나온 것은 가장 머나먼 기쁨과 역겨움의 경계선 넘어 땅으로부터, 침대 밑의 텅 빈 여행 가방으로부터 도래했다. 놀랍게도 알고 보니, 엉망진창이 된 표면 위로 천천히 굴러가는 잊힌 내부로부터 나타난 악명 높은 용암이 아마도 세계의 통합을 달성할 것 같다. 그 통합 때문에 우리는 자두나무들이 줄 서 있는 텅 빈 시골길을 방황하면서, 유동적인 온천에서 벌써 희망을 접기 시작했다. 우리들은 인생에서 처음으로 그 괴물들이 우리들의 친구들이라는 것을 알게 됐다. 초기 통합의 접착제가 냄새나는 폐기물이 된다면 무슨 문제가 될까. 중요한 것은 우리들의 얼굴들은 정글 한가운데 서 있는 하얀 기둥들 위에서 다시 채색될 것이다. 그 꼭대기에는 초록 원숭이들이 앉아 있고, 호수로부터는 북아메리카 표범의 포효소리가 들려올 것이다. 오늘부터 우리들은 빈손으로, 그리고 우리들이 이전의 법률을 어기는 것보다도 원주민들에게 더 큰 모욕을 불러일으키는 웃음과 함께 모든 해변에 다가갈 것이다. 그것은 재미있을 것이다. 이 세상의 어떤 것도 우리들의 고집스러운 친절을 이겨내지 못할 것이다. 적어도 선로를 따라 있는 아파트들의 진열 상자에 있는 유리잔들의 조용한 쨍그랑 소리를 언급하는 '괴물에 대한 친절'이라는 표어는 백과사전에 다시 한 번 포함되고, 고통스럽게 번쩍거리는 얼음 성당을 보여주는 성스러운 그림에 기반을 둘 것이다. 우리들의 몸짓에서 방황하던 짐승은 해방되었고, 이제 매일 밤 종탑 아래 광장에서 춤을 출 것이다. 우리들에게는 이제 더 이상 아무것도 일어나지 않을 것이고, 아무것도 두려워 할 것이 없다. 향기 나는 피부의 부드러운 접촉과 날카로운 이빨들의 찬란한 성취는 한 성좌에서 다른 성좌로 퍼지는 똑같은 축제에 속한다. 나우

시카(난파한 오디세우스를 구하여 아버지의 궁전으로 안내한 공주: 역주)가 그녀의 하녀들과 함께 오게 하고, 괴물들의 떼가 모래를 기어오게 해…."

텍스트는 전체 페이지를 걸쳐서 나 있는 줄에서 끝났고 한 지점에서 그 페이지는 찢겨져 있었다. 그것은 아마도 거대한 개미가 글씨를 쓰던 사람의 목덜미를 물어뜯고 책상으로부터 끌고 가버린 순간의 흔적 같았다.

개미와 젊은이의 위 벽에 걸려 있는 그림은 프라하 중앙역의 밤 모습이었다. 그림의 맨 뒤쪽에는 언덕 밑의 마지막 선로에 한 창문을 제외하고 모두 창문의 불이 꺼진 열차가 서 있었는데, 그 불 켜진 창문은 강한 자주색 불빛을 내뿜고 있었다. 그 불 켜진 창문을 향하여 열차 간의 불빛과 정거장의 붉고 푸른 시그널의 불빛이 반사되는 얽힌 선로들을 넘어 사람들이 모여들고 있었다. 그들은 커다란 박제된 동물들과 알 수 없는 복잡한 기계들 같은 이상한 선물들을 들고 있었고, 커다란 그림을 운반하는 두 철도원들이 철길을 건너면서 비틀거렸다. 그 그림에는 작은 도시들에서 볼 수 있는 광장, 시청 그리고 은행과 나란히 있는 어떤 호텔 식당의 홀이 그려져 있었다. 음산한 오전의 불빛이 비치는 그 식당에는 신문에 몸을 굽히고 있는 흰머리의 신사를 제외하고는 인적이 없었다. 그의 위 벽에는 연기에 그을린 그림이 하나 걸려 있었는데, 그것은 내가 지금 마주하고 있는 것과 똑같은 것 같았다. 즉 바닷가 빌라의 내부에는 거대한 개미가 젊은이를 살해하고 있었다.

내가 벽 위의 그림과, 그리고 그 그림 속의 그림을 살펴보고 있는 동안 내내 유리문 뒤에서 소근거리는 여인들의 목소리가 들려왔고, 또 거기서부터 웃음소리도 들려왔다. 나는 그림에 너무나 몰두하여 옆방에서 들려오는 소리에 신경을 쓰지 않았다. 갑자기 문 뒤에서 내가 살고 있는 거리 이름을 언급하는 것을 들은 것 같았다.

문 옆 벽에 가까이 가서 문설주에 귀를 기댔다. 유쾌하게 떠드는 여자의 목소리를 들었다.

"…그는 이 길이 도시들, 숲들과 평원들을 지나 정글에 있는 황금 궁전에 도달하는 옛날의 그 긴 길의 일부라는 것도 모르고 있어. 대부분 사람들은 길이 갈래진 연관성을, 그리고 그 길에 도달하는 방향을, 그리고 그 방향이 계속 그 길을 비밀히 지배하고 있다는 것을 잊고 있어. 길은 자주 시골 풍경 속에서 잃어버리고 풀 속에서는 보이지 않아. 길의 가장자리는 숲의 가장자리와 합쳐지고, 길의 이정표들은 수백 년 동안 비바람에 의해 닳아빠지고 이끼가 끼어서, 거의 누구도 보통의 돌과 구분을 하지 못해. 심지어 길의 연관성을 상상하는 자라 할지라도 구분 못하지. 오직 석회반죽과 흔들거리는 타일들의 눅눅한 냄새가 나는 시골 선술집의 통로를 통하여, 농가의 진흙 길을 따라 쐐기풀이 무성한 뒷마당을 통하여, 그리고 오래된 쓰레기 더미가 쌓인 베란다를 통하여, 여러 달과 여러 해 동안 걸어갔을 때에야 그는 비로소 의혹을 가지기 시작하겠지. 그는 자신에게 말하겠지, '이 냄새나는 공간들은 결코 궁전으로 가는 길이 될 수 없어.' 그가 길을 떠났을 때, 그는 장엄한 균형과 대리석 기둥들의 조망을 상상했지. 그런데 지금은 자기가 길을 잃어버렸다고 생각하기 시작할 거야. 그러다 실제로 궁전의 장엄한 홀로 가는 붕괴 직전의 바로 그 문 앞에서 자신의 탐험을 포기할 거야."

"그래 맞아."
다른 여인이 크게 웃으며 말했다.

"길은 시골풍경 속에서 잃어버릴 때, 그리고 우리가 이제 길이 더 이상 없다고 생각할 때인 바로 그 순간에 올바른 길이 있지. 그런데 그 순간 목표는 공중으로 사라지지. 그 목표는 언제나 도중에 우리를 혼돈에 빠뜨리거든. 왜냐하면 목표는 우리가 출발하고 그리고 끊임없이 다시 우리를 그리로 되돌려보내는 그 장소에 뿌리박고 있는 우리의 상상이니까. 즉 우리는 우리가 목표와 길을 잃어버릴 때, 우리가 공간으로 들어가고 우리들 자신을 조용한 흐름에 의해서 데려가게 놔 둘 때, 우리가 길의 끝에 도달하는 유일한 희망을 비로소 가지지. 우리가 언젠가 한 번 우리가 본 것에 대한 우리들의 꿈을 오래 전에 잊어버렸을 때 왕궁은 나무등치 사이 밤의 문지방에서 반짝거리지."

"이거 정말 웃기지."

세 번째 여성이 쾌활한 목소리로 말했다.

"그는 여행의 끝이 그 여행의 모든 단계를 지배한다는 것을 모르고 있어. 즉 그는 알고 있는 길을 따라가고 있으면서도 그가 황금의 궁전을 향하고 있는지, 거기로부터 떠나가고 있는지를 알지 못해."

"지금 실제로 그는 무엇을 하고 있는 거지?"

그들 중 한 목소리가 웃음소리를 방해하며 말했다.

"그는 옆방에 있어. 그림을 살펴보고 있어."

나는 꼼짝하지 않고 벽에 기댔다.

"그는 이제 살펴보고 있지 않아, 아마도 지금 문 뒤에서 엿듣고 있을 거야. 그가 우리말을 듣는다고 생각해?"

"들으라지. 마찬가지야, 아무것도 이해하지 못할 테니까."

"그는 이해하지 못해, 이해하지 못해."

여자들의 목소리는 유쾌하게 울려왔다.

"똑같이 그는 개미에게 물린 자가 그에게 남겨놓은 그 메모를 이해 못할 거야."

"그는 바보야."

그들은 의기양양하게들 말했다.

"그가 어떻게 물린 자의 말들을 이해하겠어!"

목소리 중 하나가 웃다가 숨이 막혔다.

"그는 틀림없이 그림에서 본 것에 의해 겁을 먹었을 거야. 그는 훨씬 더 큰 곤충이 그의 아파트에서 여러 해 동안 그와 함께 살고 있는 것을 눈치채지 못해! 그건 커다란 파리라고 생각돼."

"파리야! 파리야!"

목소리가 유쾌하게 울려 퍼졌다. 또 다시 의기양양한 즐거운 웃음소리가 터져 나왔다. 목소리들이 서로를 향해 소리치기 시작하였다.

"파리는 그의 책장 속의 책과 함께 살게 될 거야. 그것은 긴 주둥이로 서가로부터 책들을 꺼낼 거야!"

"그것은 그에게 충실할거야. 그가 여행을 가면 도로에서 그의 뒤를 따라갈 거고, 그는 파리를 쫓아버리지만 소용없을 거야!"

"열차 칸에서 파리는 몸을 움츠릴 거야!"

"그가 성의 대저택을 관람할 때는 파리는 덧신 속에 기어들어가서 부드러운 나무판 바닥 위를 따라 이 방에서 저 방으로 옮겨 다닐 거야!"

나는 문을 세차게 열었다. 나는 불이 켜진 방 문지방에 섰다. 거기에는 주방이 있었는데, 앞 쪽에는 금이 간 크림색 니스 칠을 한 오래된 찬장이 있었고, 플라스틱 테이블보가 덮여 있는 둥근 테이블이 있었다.

거기에는 아무도 없었다. 벽 옆, 낡아빠진 재봉틀 위에 있는 축음기 위에서 음반이 돌아가고 있었다. 벽에 기대어 놓은 음반표지에는 어떤 알프스 호텔의 천연색 사진이 있었다. 여성들의 목소리가 축음기 옆에 서있는 작은 스피커에서 흘러나오고 있었다. 그들은 계속해서 파리에 대해서 뭔가 소리치고 웃음을 터뜨렸고 그리고 축음기의 음관이 음반의 한가운데로 가더니 멈추었다. 소리도 조용해졌다.

내가 음관을 들어 몇몇 홈 뒤에 놓으니 다시 소리가 들려왔다.

"…훨씬 더 큰 곤충이 그의 아파트에서 여러 해 동안 그와 함께 살고 있는 것을…."

모든 것이, 똑같은 말이, 똑같은 웃음이 다시 반복되었다.

물소리가 들려왔다. 나는 수문의 수위가 다시 올라가기 시작하는 것을 알아차렸다. 나는 빨리 주방과 어두운 방을 지나 창가의 난간으로 뛰어 올랐다. 벌써 난간을 넘어 물이 안으로 들어찼다. 마지막 순간에 사라지는 갑판을 잡고 배 위로 올라갔다.

눈 덮인 모래 위에 누워서, 위로 눈이 내려오는 긴 수직의 터널 속을 쳐다보았다. 음반에서 들려오던 여자들의 목소리가 물 아래로 사라지고, 불 켜진 창문들이 수평선 아래로 사라지고, 그리고 얼마 동안 선박은 내가 선박을 처음 발견한 그 장소에 정박하고 있었다.

제18장
정거장에서

레기에 다리 위에는 아무도 밟지 않은 신선한 눈이 가로등 불빛 속에서 반짝거리고 있었다. 나는 주위를 돌아다보았다. 모래를 실은 선박이 수문 갑실의 그늘에서 조용히 휴식을 취하고 있었다. 해변가 빌라에 걸려 있던 그림 속의 버려진 열차를 상기해냈다. 이것을 찾아보아야겠다고 속으로 말했다. 나는 중앙역으로 출발했다.

나는 예루살렘 거리를 통해서 기차역으로 접근했다. 유리로 된 역의 대합실은 눈 덮인 공원의 어두운 나무 등치들 사이로 희미하게 빛났다. 대합실 안, 돌 벤치에는 몇

몇 사람들이 코트를 둘러싸고 자고 있었다. 반짝이는 바닥을 따라 작은 청소차가 거의 소리 없이 지나가고 있었고, 그 위에는 상하가 붙은 밝은 작업복차림을 한 젊은이가 앉아 있었다.

나는 타일로 된 지하통로를 지나 마지막 플랫폼으로 가는 계단을 올라갔다. 플랫폼 너머로 벌써 희미하게 번쩍거리는 엉켜 있는 선로가 어두운 철도 조차장에 있었다. 긴 플랫폼을 따라서 브라티슬라바 행 급행열차를 기다리던 몇몇 여행객들이 분주히 지나가고 있었다. 열차는 벌써 플랫폼 반대편에 서 있었고, 내려진 창문으로 꼼짝하지 않는 병사가 보였다.

유리창 내부가 증기로 덮인 불 켜진 매점에서 나는 종이컵 맥주 한 잔을 샀다. 매점 옆에 붙어 있는 카운터에 팔꿈치를 기대고 천천히 맥주를 마시며 거미줄 같은 선로들을 바라보았다. 그 선로들은 알 수 없는 구조물의 검은 그림자에 의해서 잘려져 있었다. 그것들이 정거장의 기구들인지, 아니면 제2의 프라하로부터 온 성스러운 동상들인지 확신할 수 없었다. 아마도 그것들은 그 두 가지의 혼합인지도 모르겠다.

나는 뒤쪽 선로에서 꼼짝하지 않는 사람들과 화물열차

를 보았다. 제일 뒤쪽 가파른 산허리 아래에는 잡목이 우거져 있고, 해변가 빌라의 벽에서 본 그림 속의 열차가 서 있었다. 그 열차의 모든 창문들은 어두웠다.

나는 몸을 굽혀 머리를 수평으로 해서 매점의 창구로 들이밀고, 토키털 조끼를 입고 있는 노파 판매원에게, 저 마지막 선로에 서 있는 열차에 대해서 뭔가 알고 있는지 물었다. 그 여자는 나보고 꺼지라고 소리치고 그런 것에 대해서는 아무것도 모르고, 자신의 일을 하기도 바쁘다고 했다…. 그녀의 목소리에는 불안의 낌새가 있었다.

나는 맥주를 마지막 한 모금까지 다 마시고 쓰레기통에 종이컵을 버리고 플랫폼에서 선로로 뛰어내렸다. 나보고 되돌아오라고 하는 판매점 노파의 불안해 하는 외침 소리를 들었다. 그녀의 외침을 무시하고 선로 위를 비틀거리며 멀리 있는 어두운 열차를 향해 걸어갔다. 열차는 다른 열차들과 다른 점이 전혀 없었고, 더러운 창문들이 뭔가 특별한 것을 감추기 위한 것이라는 징후도 없었다. 열차의 마지막 차간의 마지막 문을 열고 계단으로 올라갔다. 열차간 안의 어두운 칸막이 객실들을 지나갔다.

경사면에 자라고 있는 숲의 나뭇가지에 의해서 창문에 조용히 긁히는 소리가 들려왔다. 내가 다음 열차 칸에 도착했을 때 그 칸의 유리문을 통해서 내부가 한 개의 방으로 된 것을 보았다. 거기에는 벤치가 있었고 내게로 등을 향하고 어린이들이 앉아 있었다. 그 열차 칸의 반대편 끝에는 회색 재킷을 입은 남자가 거대한 책상 뒤, 안락의자에 앉아서 몸을 흔들고 있었고, 그의 옆에는 한 소녀가 서 있었다. 그 열차 칸은 틀림없이 학교의 교실 역할을 하고 있었다. 그 속은 어두웠고, 어린이들은 형광 잉크로 종이에 뭔가를 쓰고 있었다. 나는 조용히 문을 살짝 열었다. 교사가 소녀에게 말하는 것을 들었다.

"격(格) 어미의 유래에 대해서 아는 거 있으면 말해봐."

여학생은 불분명하게 암송하기 시작하였다.

"격 어미는 원래 악마의 주문입니다. 존재에 대한 인간 관계의 모든 개개의 수단은 그 자신의 수호 악마를 가지고 있습니다. 악마의 이름은 언제나 사물의 이름 다음에 유래했습니다."

"맞았어. 그럼 지금 어떻게 악마의 주문으로부터 격의 어미가 되었는지 우리에게 이야기해봐."

"눈먼 자칼과 함께 외국 여자들이 차가운 계단에 도착했습니다."

"잠깐, 너는 과거완료시제의 기원과 혼동하고 있어. 그 것이 어땠는지 기억하지 못해?"

소녀는 침묵했고 조용히 이 발 저 발을 신경질적으로 교차시켰다. 교사는 교실로 고개를 돌렸다.

"누구 다른 학생 아는 사람 없어? 너 어때?"

그는 첫 번째 벤치에 앉아 있는 남학생을 가리켰다. 그는 일어서서 소리쳤다.

"녹슨 순양함이 그루터기 우거진 평야에 나타났을 때 악마의 이름들은 강조를 잃어버리고 천천히 명사와 합해 집니다. 사람들은 그것들의 원래의 의미를 잊어버렸습니다. 문제의 악마가 자신의 통제하에 둔 특별한 유대관계의 연관성이 단순한 문법의 기능으로 변했습니다."

"아주 좋아. 자, 너 앉아도 돼. 그래서 우리는 말하지, '문법이 무엇에 적용되었을까?' 라고."

교사는 한 번 더 단상에 있는 소녀에게 머리를 끄덕였다.

"문법은 적용되었다고…, 우리들은 말하지요. 문법은 귀신학 연구에 적용되었다고요."

"그래, 너는 잘 알고 있군. 자, 지금 우리가 미래의 격어미들의 변화에 대해 무엇을 알게 될지 우리에게 말해봐."

"격 어미들은 점차적으로 자신들의 모욕적인 위치로부터 자신들을 해방시키고 자신들의 과거의 영광 속에 빛을 발할 것입니다. 그것들은 점진적으로 명사의 어근으로부터 자신들을 분리시키고 그들이 시작에 있었던 것, 즉 악마의 주문이 될 것입니다. 명사의 어근은 그 중대성을 잃어버리고 점점 더 조용히 발음되고 마침내 사라질 것입니다. 언어에 남는 모든 것은 이전의 어미이고, 사람들은 다른 모든 것은 실제로 피상적이라는 것을 깨달을 것입니다. 홀의 조용함 속에서 들리는 것은 오직 외풍 속에서 커튼의 바스락거리는 소리일 뿐이고 우리가 지금 곡용어미(曲用語尾)라고 부르는 악마의 무서운 이름일 뿐입니다."

소녀의 목소리는 점점 더 확신에 찼고, 마침내 그 목소리에는 그 어떤 심술궂은 승리의 느낌이 울렸다. 교사는 매료되어 그녀에게 귀 기울였다.

"커튼의 바스락거림과 고대의 이름들…."

그는 약간 떨리는 목소리로 말했다.

"그래, 그것은 마지막에 오지. 그런데 무엇이 그 전에

올까!'

"괴물들의 골프장이 우리들의 침실에 펼쳐질 것입니다. 유리 파이프라인이 옥수수 밭을 가로질러갈 것이고, 명주로 된 속옷을 입은 여자들이 정기적 간격으로 그것을 통과할 것입니다. 침실의 어두운 끝에 있는 숲은 통과할 수 없을 것이고 하얀 램프가 그들의 심연 속에서 비출 것입니다."

교사는 눈을 감고 손을 펼쳐 책상의 가장자리를 잡았다.

"그래, 그래." 그는 마치 황홀경에 젖은 듯이 속삭였다.

"마침내 나는 설탕에 졸인 백과사전과 그 사전을 열 수 있을 것이고 그 페이지들로부터 모든 달콤한 것들을 빨아먹을 것이야. 나는 안락의자에 앉아서 오랫동안 그것들을 빨아먹고 씹어 먹을 것이고, 그리고 그동안 아름다운 동물들이 가족의 아버지를 고문하는 장면을 보여주는 컬러 텔레비전이 저녁 초원을 천천히 날아가는 것에 대한 내 꿈을 꿀 거야. 마침내 중포병대가 내 아파트로 되돌아 올 것이고, 찬란한 새로운 이단들이 식물들의 자궁에서 생겨날 거야. 그 뒷맛은 간이식당에서의 지나간 야간 보르스치 수프를 상기시킬 거야."

소녀가 교사 가까이 다가갔다.

"자신을 속이지 마십시오."

그녀는 거칠게 말했다.

"중포병대원들은 절대로 다시 돌아오지 않을 것입니다. 그들은 냄새나고 부패한 옥스퍼드 쓰레기통에서 연구할 것입니다. 설탕에 졸인 책들은 몰수될 것이고, 빛나고 잔인한 기계들의 영광을 위하여 그것들은 사열대로부터 도마뱀에게 던져질 것입니다. 그 당시 도마뱀들은 순종적으로 네 마리씩 나란히 행진을 할 것입니다. 그러나 이것들은 그러고 나서 곧 우리들, 작은 소녀들과 음모를 꾸미고 그리고 수세기 동안 은폐되었던 것을, 즉 개들은 객관적인 존재를 가지고 있지 않다는 것을 큰 소리로 선언할 것입니다."

"아니야, 그것은 불가능해."

교사는 시선을 앞에 고정시키고 숨찬 목소리로 말했다.

"분명히 그것은 불가능해. 나는 여러 해 동안 내 타자기를 기체 상태에서 액체로 바꾸려고 애썼어. 그리고 극지의 동물들의 기하학적 구조를 제거했어. 대중교통 시스

템에 잔인한 다신교를 소개했어. 비록 운송회사의 사장이 처음부터 그 아이디어를 이해하지 못했고, 내 앞에서 피하려고 했지만. 우리는 물의 요정의 노래 소리가 은은하게 들려오는 밤 호수 위의 거대한 잠자리처럼 팔을 흔들며 서로를 추적했어. 자, 이 모든 것이 완전히 소용없었다고 고집할 거니?"

소녀는 무례하게 웃음을 터뜨렸다.

"물론이지요, 그것은 소용없었어요. 바보 같으니라고요."

그녀는 경멸적으로 말했다.

"선생님이 극지의 동물들의 기하학적 구조를 제거했다고요…. 선생님은 기하학적 공간에는 언제나 한두 마리 펭귄이 있다고 유클리드의 첫 공리가 말하는 것을 잊으셨습니까? 선생님의 그 얼음자동차 안에서 내 허벅지에 그 문맥을 새긴 분이 선생님이 아니었나요? 그리고 또 좌우간 그동안 선생님은 암스테르담의 데카르트(1596 ~ 1650 프랑스 철학자, 계몽사상가: 역주)로부터 그의 양손이 스스로 떨어져 나와 그를 공격하기 시작하였다고 한 그것이 바로 그 원칙이었다고 제게 설명했었지요. 그것들은 미치광이처럼 그에게 덮쳤고 운하를 따라 그를 추적했고, 그를 물속으로 던져버리고자 했습니다. 마침내 그는 그것들 앞에서 크리스티나 여왕(1626 ~ 1689, 스웨덴의 여왕: 역주)한테 피신했지만, 그러나 그녀의 궁정에서도 그의 손들이 가만두지 않았다고, 아르나울드(Antoine Arnauld, 1612 ~ 1694, 프랑스 철학자, 신학자, 철학자, 수학자: 역주)에게 쓴 편지에서 그는 인정하고 있습니다. 선생님이 관여한 그러한 무의미한 것들을 제외하고 만일 선생님이 슈핀들러의 방앗간 위의 의자식 리프트에서 차라리 저녁 불빛을 희미하게 하였었다면, 만일 선생님이 도시에서 충분히 기능적인 신학적인 자동판매기가 많았기를 지켜보았더라면, 만일 선생님이 책장의 유리 뒤의 장벽이 더 낮게 유지되도록 주의를 기울였었다면…. 우리 어린이들에게는 또한 선생님이 저녁에 우리 가정에 와서 옥으로 된 동상으로 우리 부모를 때리는 것이 맘에 들지 않았어요. 우리가 선생님이 화장실에서 오렌지를 휴대용 계산기에 짓누르는 것을 알게 되었을 때, 선생님은 우리들로 하여금 선생님을 싫증나게 했답니다. 우리는 선생님을 좋아하지 않고, 선생님은 우리들의 웃음거리입니다."

교사는 침묵했고, 손바닥으로 머리를 감싸고 책상머리에 앉아 있었다. 어린이들의 웃음소리가 울려왔고, 교실 전체가 자신들의 교사에게 끊임없이 잔인하고 저주스러운 웃음을 웃어보였다. 계속해서 새롭고 새로운 소동이 또다시 일어났다.

나는 문을 닫고 옆 차 칸으로 돌아와서 열차에서 내렸다.

나는 마지막 선로와 숲이 우거진 경사면 사이에 있는 좁고 눈 덮인 좁은 길을 따라 걸었다. 숲의 나뭇가지들이 내 얼굴을 불쾌하게 스쳤다. 경사면의 숲 사이에서 지하 주거지로 들어가는 입구를 상기시키는 중무장한 문을 발견했다. 나는 힘을 써서 그것을 열었다. 그 너머로 천정 아래에서 통풍으로 흔들거리는 백열전구가 켜져 있고, 더러운 타일로 덮인 아치형 통로가 나 있었다. 녹슨 자전거가 바로 문 안쪽 벽 지지대에 고여 있었다. 통로의 한쪽을 따라 전선과 이음새로부터 불거져 나온 꼭지들이 달린 파이프가 늘어져 있었다. 통로의 다른 쪽 벽에는 그림들이 일정한 간격으로 걸려 있었다. 그것들은 수십 개의 유화였고, 모두 똑 같은 크기였고, 분명히 동일한 것들이었다.

각각의 그림들은 해변가 빌라의 똑같은 실내의 전경을 묘사하고 있었다. 그것은 수문 아래 아파트에 있던 그림에서 본 것과 똑같은 방이었고, 그 그림들 속에는 젊은이도 거대한 개미도 없었다. 나는 모든 그림들의 액자 아래 한가운데 가장자리에 작은 구리로 된 안내판이 붙어 있는 것을 발견했다. 첫 그림의 작은 구리판에는 숫자 1이 양각되어 있었고, 이어서 각각 다른 그림들에는 숫자가 하나씩 더 많아지고 있었다.

나는 감탄을 하며 똑 같은 그림들이 있는 화랑을 걸어 갔다. 그렇지만 그림들을 세밀히 살펴보았을 때, 그들이 서로서로 다르다는 것을 자세히 알 수 있었다. 즉 커튼의 주름이 다르고 물결의 모습들과 해변가의 사람들의 자세가 달랐다. 그러고 나서 모든 그림에는 책상 위에 있는 자명종의 초침이 있었고 각각의 그림은 이전의 그림보다 60초 더 지난 원을 가리키고 있다는 것을 알게 됐다. 나는, 전 화랑이 그 방의 사건을, 지금까지 오직 커튼의 흔들림과 시계 문자반 초침의 단조로운 여행으로 이루어진 사건을 초단위로 묘사한 그 어떤 영화필름 같다고 느꼈다.

나는 입구로 돌아갔다. 첫 번째 그림의 자명종은 정확하게 열두시를 알려주고 있었다. 자전거를 타고 그림들을 따라 지나가기 시작했다.

자전거를 타고 구불구불한 통로를 약 2킬로미터나 달

234

려갔다. 변화하는 것이라곤 물결과 커튼의 모양뿐이었다. 내가 그림 번호 1032(거기 괘종시계의 바늘은 막 12시 15분을 지나고 있었다)에 도달 했을 때에야 비로소 끔찍한 아래턱뼈를 가진 개미의 머리가 문 출입구에 나타났다. 개미가 방에 아무도 없는 것을 알자 종종 걸음으로 방을 지나서 창가 커튼 뒤에 숨었다. 그림 1034에서 1039는 그 움직임의 개별적인 단계를 보여주고 있었다.

내가 자전거를 타고 그림들을 지나가면서 보니 그것들은 마치 그림 액자 속에서 일어나는 스릴러 영화처럼 한데 모아졌다. 그러고 나서 다시 약 1킬로미터 그림들을 따라 달려가 보니 아무것도 변하는 것이 없었다. 그림 1471에 와서야 한 젊은이가 흰 옷을 입고 등장했다.

이어서 오는 다른 그림들에서 그는 자신의 편지를 대충 읽고 호메로스에 몰두하기 시작하였고, 피로에 지친 율리시스가 파이아케스인(人)의 섬의 해변 가에서 나우시카와 그녀의 동반자들의 목소리에 의해서 깨어났을 때, 자신에게 말한 문장에 밑줄을 그었고, 책의 여백에다가 자신의 이상한 해설을 쓰기 시작하였다. 개미가 가만히 그에게 다가와서 그림 2054에서 아래턱을 그의 목덜미에 꽂아 넣었다. 그리고 다른 그림들에서 개미는 그를 의자로부터 끌어내려 벽으로 끌고 갔다.

그림 2092는 없었다. 그것은 수문 아래 방에 걸려 있었던 그림이었다. 젊은이는 움직이지 않았고 개미의 아래턱뼈는 계속 열려지지 않고 어두운 저주의 발작으로 악물고 있었다. 그림 2173에서는 테라스에 하얀 천사가 내려왔다. 그는 방으로 뛰어 들어갔고, 그 순간 개미가 그에게 덮쳤고, 그들은 사납게 방바닥에서 싸웠다. 그동안 검푸른 바다에서는 계속해서 무관심한 사람들이 수영을 하고 있었다. 개미가 천사를 물어뜯어서 그로부터 황금색 피가 흘러나왔고 햇볕 속에서 번쩍거렸다. 그러나 마침내 천사는 개미를 바닥에 핀으로 고정시키고 그에게 양발을 벌리고 올라타서 목을 오랫동안 졸라서 개미의 거대한 검은 더듬이는 2895번 그림에서 경련을 멈추었다.

괘종시계는 12시 40분을 가리켰다. 천사는 일어서서 서랍을 열기 시작하고, 거기서 종이를 열심히 찾았다. 그러고 나서 그는 책장으로부터 책을 한 권씩 끄집어내어 털었다. 마침내 하얀 소책자로부터(그 표지에는 『헤겔(Hegel)과 근대적 사고 : 1967-1968년 프랑스 대학에서 장 히폴라이트 (Jean Hyppolite)가 주관한 헤겔 세미나』라는 제목이 있었다) 그가 찾던 것이 바닥으로 떨어졌다.

정말로 우연하게도 그것은 알웨이라와 내가 어두운 '뱀 식당' 큰 창가에 앉아 있는 것을 보여주는 사진이었다. 천사는 그 사진을 조심스럽게 갈기갈기 찢어서 테라스에서 바다로 날아가서 물결 사이로 찢어진 사진을 날려버리고 수평선으로 사라졌다.

숫자 3600번을 달고 있는 마지막 그림에서 천사는 하늘빛 푸른 바다의 위에서 밝은 점으로 변했다. 때는 오후 1시였고, 바다 만(灣)의 해변가에서 사람들은 태양의 이글거리는 광선에 자신들의 육체를 드러내고 있었다. 그 그림 뒤로 통로는 닫힌 문에 의해서 끝나 있었다. 나는 자전거에서 뛰어내려 그것을 벽에다 세워두고 문 손잡이를 눌렀다.

제19장

계단

나는 갑자기 어두운 방에 오게 되었고, 또다시 알지 못하는 공간의 냄새를, 혼란스럽고 슬픈 냄새의 심포니로부터 온 또 다른 화음을 느낄 수 있었다. 나는 넓은 창문을 통하여 조각난 구름들이 불안하게 질주하는 밤의 창공을 볼 수 있었다. 그들 사이로 밝은 달이 나타났다. 달빛은 벽지에 아른거렸고, 내면 깊숙한 장소의 유리잔에 번쩍거렸다. 그리고 화분에 담긴 식물의 부드럽고 윤기 나는 잎사귀에 반사되었다가 곧 다시 꺼져버렸다.

나는 창가로 갔다. 유리에는 계곡이 항해했고, 계곡의 부조는 벽들과 지붕들의 수많은 측면들로 산산조각이 났다. 나는 즉각 내가 어디에 왔는지 깨달았다. 화랑의 구불구불한 통로를 통과하여 비노흐라디 아래로 통과했음에 틀림없었다. 지금 나는 누슬레 계곡 계단의 맨 꼭대기 끝에 있는 집들 중 하나에 와 있다. 창문을 통하여 누슬레 계곡을 내려다보았다. 남모르는 사람의 아파트 창가에 서서 저 아래, 눈 속에서 빛나는 가로등 불빛이 있는 어두운 계곡을 내려다보았다. 저 멀리 계곡은 판크라츠를 향해 경사면이 올라가고, 그 정상에는 호텔 유리 탑이 높이 솟아 있었다. 그 벽들은 밝아졌다가 수시로 변하는 달빛 속에 다시 어두워졌다.

창가 스탠드에는 조정이 가능한 망원경이 있었다. 나는 접안렌즈에 눈을 대고 천천히 망원경을 움직여, 집들의 앞면들과 눈 덮인 거리들을 따라 이리저리 살펴보았다. 조용하고 버려진 트럭들, 어두운 공장의 눈 덮인 안마당, 희미한 불빛이 비치는 유리로 된 수위실, 헤쳐 나갈 수 없을 정도로 풀이 웃자란 철둑들과 함께 어두운 창문들이 접안렌즈에 나타났다. 이따금씩 불 켜진 창문이 접안렌즈에 빛을 비추었다.

나는 다락방 침실의 내부를 살펴보았다. 침대 밑에 바닥으로부터 샘이 솟구쳐서, 가는 물줄기가 되어 어두운 구석으로 흘러가고 있었다. 아마도 제2의 프라하에서 그 것은 어둠 속에서 거품을 일으키는 다른 물줄기와 합쳐져 서 힘차고 천천히 그러나 도도히 흘러가는 강으로 변할 것이다. 우리는 돌 스핑크스와 수면 밑으로 내려가는 넓 은 계단과 함께 화강암과 대리석으로 된 강둑과 나란히 흘러가는 그 강의 속삭임 소리를 벽 너머 밤의 고요함 속 에서 듣게 될 것이다.

무거운 코트가 걸려 있는 옷걸이 밑에서 어둡고 위험 한 계단을 통하여 어떤 얼음 봉우리를 올라가는 등산가들 이 텐트를 치고 있었던 현관을 보았다. 구겨진 빨래할 옷 들이 안락의자 주위에 흩어져 있는 침실을 보았다. 거기 쪽모이 세공을 한 마루 바닥에는 신비로운 천극(天極)이 희미하게 빛나고 있었다. 하나님 맙소사, 어떤 금속이 초 초하게 하는지 누가 알겠는가. 어떤 스파이크가 어둠 속 에서 스스로에게 매력을 발하는지 누가 알겠는가.

여행자는 계속 동그랗게 말려지는 양탄자의 주름들을 넘어서 최후의 힘을 다해 기어가고, 길고 하얀 커튼을 지 그재그로 헤치며 나아갔다. 그리고 정돈되지 않은 침대에 산더미처럼 쌓인 구겨진 침구더미 위로 올라갔다.

나는 집 내부 깊숙이 숨겨져 있는 화산의 분화구 위에

서 침실을 발견했다. 그것은 차가운 용암에 의해서, 틈 사이로 올라가고 그리고 천천히 옷장의 금간 곳으로부터 천천히 흘러나오는 푸르스름한 빛으로 환하게 빛났다. 책장에 있는 책들 사이의 틈새 사이로부터 그리고 침대 옆 테이블의 조금 열려진 서랍으로부터, 꿈결처럼 번쩍이는 침대 이불 속에 두 발가벗은 소녀들이 누워서 서로 끌어안고 자고 있었다.

도박꾼들이 불이 켜지지 않은 거울 홀의 대리석 테이블 위에서 불타는 카드를 가지고 내기를 하는 것을 보았다. 불타는 카드의 불꽃은 검은 거울의 어둠 속에서, 보티체 강의 얼어붙은 표면 위 다 허물어져 가는 집의 창문에 독을 가진 광휘가 가득 찬 어둠침침한 성수태고지에서 영원히 반사되고 있었다.

열려진 문을 통하여 조용히 부르는 소리가 들려오는 것 같았다. 나는 옆방으로 들어갔다. 방의 앞부분에 깔려 있는 복잡한 아라베스크 무늬로 이루어진 카펫에 달빛이 빛을 비추었다. 멀리 불안한 외침이 들려오는 방의 뒷부분은 뚫고 들어갈 수 없는 어둠 속으로 잠겨 있었다.

나는 바로 방의 깊숙한 곳으로 들어가서 어둠 속에서

가구의 모서리를 두들겼다. 의자에 걸려 비틀거리다가 용수철이 든 소파에 넘어졌다. 그 순간 목소리가 조용해졌으나 고함소리가 들려왔고 그것은 규칙적으로 커졌다 작아졌다 했다. 뭔가 부드러운 것이 내 얼굴을 스쳤다. 나는 그것이 야간에 활동하는 곤충의 날개라고 생각했으나 내 앞의 어둠 속을 더듬으니, 그것은 높은 금속 다리에 천으로 된 램프 갓의 가장자리의 밑 부분에 달려있는 가느다란 천으로 짠 술이었다. 나는 맨 끝에 부드러운 볼이 달린 스위치코드를 발견하고 그것을 당겼다. 상아색 램프 갓이 어둠 속에서 밝아졌고, 램프가 차갑고 험악한 바닷가에 서있는 것을 보았다. 그것은 어둠 속으로부터 내 발을 향해 밀려오는 초록색 물결을 비추었다. 물결은 카펫 장식 위에서 잦아지고, 다시 카펫으로 흘러오는 거품으로 변했으나 곧 새로운 파도에 휩싸여버렸다.

다시 한 번 부르는 소리가 들렸다. 램프로부터 비치는 밝은 원 안에 소녀가 매달려 있는 가로대가 나타났고, 얼어서 퍼렇게 된 그녀의 육체에는 찢긴 누더기가 걸려 있었다. 이어서 오는 파도가 그녀를 거의 침실의 하얀 천정까지 싣고 갔다가 내 앞 카펫 위에 내려놨다. 소녀는 꼼짝하지 않고 램프 밑에 누워 있었다. 나는 그녀의 젖은 누더

기를 벗기고 팔로 안아서 바로 램프 옆에 있는 침대 위 침
대보 밑에 눕혔다. 나는 젖은 그녀의 머리를 뒤로 젖혔다.
그녀는 쉬로카 거리 선박 갑판에 서 있었던 바로 그 소녀
였다.

나는 옆방으로 가서 가스버너를 켰다. 버너의 푸른 불
빛 속에서 중국의 용 그림이 있는 깡통을 발견했고, 그녀
를 위해 차를 끓였다. 나는 돌아와서 침대머리에 앉아서
찻잔을 그녀의 입술에 갔다 대었다. 그녀가 차를 다 마셨
을 때 그녀는 나의 눈을 바라보고는 조용히 말했다.

"배가 어떤 대형 도서관의 책장 사이의 거친 해협을 통
과해서 항해할 때 우리는 조난당했습니다. 그것은 아마도
화석화된 책의 암초에 부딪혔거나 아니면 배의 컴퓨터 시
스템 내부 깊숙한 곳에서 장기적으로 만연했던 사악하고
생경한 프로그램이 운항계획을 유린하고 논리적인 함축
의 사슬을 끊어버렸을지도 모릅니다. 그러나 이제 그것은
별로 상관없습니다. 저는 배 전체에서 유일하게 살아남았
으니까요…. 저는 이제 다시는 약혼자를 볼 수 없습니다.
아마 지금쯤 그는 기쁨이 없는 물 속 카페에서 방황하고
있고, 이상한 꿈처럼 수면 위의 세계에 대한 희미한 회상

만을 가지고 있을 것입니다. 저는 뭔가 사악한 것이 컴퓨터 속에서 조작되었다는 것을 오래 전에 알았습니다. 그러나 그와 함께 그것에 대해 말하고 싶지 않았습니다. 그는 아이처럼 믿음을 가지고 있었고, 선장과 선원들에 대해 무한한 존경심을 가지고 있었습니다. 저는 언젠가 한번 제가 어떻게 할 수 없어서 선장이 혐오스럽다고 그에게 말했을 때 그의 비난어린 모습을 기억합니다. 적어도 선박의 두 고급선원들이 단순히 허깨비라는 것과 그리고 뱃머리 앞에서 승객들의 망쳐 버린 밤의 꿈들로부터 잔인한 짐승처럼 웅크리고 숨어 있는 잔인한 검은 아프리카가 태어난 것이 모든 승객들에게 분명하게 되었는데도, 그는 심지어 전혀 동요하지도 않았습니다."

나는 바다 괴물이, 뿔 달린 그의 머리를 침대 너머 바다로부터 밀치고 있었다고 생각했는데, 그것은 사실 파도의 물마루 위에서 깐닥거리는 침몰한 배로부터 나온 뒤집힌 책상일 뿐이었다. 파도가 어둠 속에 숨어 있는 피아노를 내리쳐서 피아노 내부의 모든 줄들이 둔탁하게 울려 퍼지고 오랫동안 잦아졌다. 즉 그것은 조용한 광기의 음악으로부터 나온 화음이었다.

"이제 다시는 그의 손이 저에게 닿지 않을 것입니다."
소녀는 속삭였다.

"외풍 속에서 부풀어 오르는 커튼만이 저에게 닿을 뿐
이고, 부드러운 천, 역겨운 숲의 젖은 나뭇잎과 벽만이 저
에게 닿을 것입니다. 오, 하나님 맙소사. 저는 이제 이 이
상하고 슬픈 나라로부터 벗어나지 못할 것이고, 건물들의
정면에 있는 무섭고 움직이지 않은 형체들과 벽에 있는
위협적인 장식들 사이에서 살아야 합니다. 저는 문장 한
가운데서 갑자기 들려와서 집의 내부 깊숙이 침투하는 머
나먼 열차들의 소리를 들으며 끝없는 벽을 따라 걸어갈
것입니다. 그것들 앞에서는 어딘가로 도망갈 수가 없습니
다…."

마치 그녀의 말을 확인이라도 하듯이 터널로 들어오는
열차의 경적소리가 울려 퍼졌다. 그것은 밤의 고독과 절
망의 목소리였다. 나는 소녀의 얼굴을 어루만졌다. 그녀
는 내 손목을 잡고서 나를 자기한테로 당겼다. 그녀는 뜻
밖의 힘으로 나를 침대보 밑으로 당겼고, 그녀의 차가운
육체가 나를 누르고, 발로서 나를 감싸고 두 손을 내 셔츠
안으로 넣어서 내 등을 꽉 죄었다. 우리는 옆으로 드러누
웠고, 그녀의 어깨 너머로 램프불빛에 의해서 초록 빛 파

도가 일어나고 가까이 왔다가 사라지는 것을 보았다. 이따금씩 물방울이 이불보와 우리 얼굴에 떨어지곤 했다. 차가운 입술이 베개로부터 일어나서 바다짐승처럼 내 얼굴을 더듬거리고 내 입을 에워싸고 거기에 달라붙었다.

나는 내 뒤에서 카펫 때문에 소리가 약해진 발자국 소리를 들었다. 소녀는 불안해서 내게로 더욱 세게 달라붙었다. 나는 그녀의 입으로부터 내 입을 떼어내고 머리를 돌렸다. 가구들 사이에서 주저주저하면서 검은 모습이 나타났다. 그 모습이 램프불빛이 비추는 원 안에 들어왔을 때, 그가 배의 갑판에서 그 소녀에게 해변가 산책에 대해 그리고 이슬에 젖은 술잔에 대해 이야기하면서 그녀와 함께 서있었던 그 젊은이라는 것을 알 수 있었다. 소녀가 그를 알아보고는 기쁨에 젖어 소리쳤으나, 나를 즉각 놓아주지 않고 천천히 그녀의 포옹을 느슨하게 했다.

"너 아직도 살아 있었구나! 네가 어떻게 목숨을 구하는 게 가능해?"

그녀는 자신의 손으로 아직도 내 셔츠 안을 계속 더듬으면서 소리쳤다.

"너 돌고래의 등에 타고 해변가에 도착했어? 네 집의 내부 깊숙한 곳에서 헤매던 밀수업자의 보트가 너를 태워

246

온 거야?"

그녀의 남자 친구는 침대의 가장자리에 앉아서 내 몸 너머로 몸을 기울여 소녀의 얼굴에, 어깨에 가슴에 키스를 하기 시작하였다. 소녀는 마침내 내 셔츠로부터 손을 빼내어 자신의 약혼자의 목을 감싸 안았다. 나는 어색했고 불편함을 느꼈다. 나는 배 쪽으로 돌아누워서 서로 포옹하고 있는 그들의 육체들로부터 기어 나오려고 시도했다.

"나는 배가 파선했을 때 배를 타고 있지 않았어." 젊은 이는 키스하는 사이에 부드럽고 사랑스러운 목소리로 말했다.

"네가 잠들었을 때 너에게 대추야자, 말린 살구와 캐슈너트를 사주려고 백화점으로 갔어."

그는 플라스틱 백에서 캐슈너트를 꺼내서 그녀의 입에 넣어주었다. 그들은 더 이상 내게 신경을 쓰지 않았다. 나는 마침내 침대로부터 빠져나와 방을 가로질러 달빛이 비추는 창가로 갔다. 내 뒤에서 파도소리와 뒤섞여서 들려오는 그들의 대화를 들을 수 있었다.

"이제 우리 무엇을 해야 하지?" 소녀가 말했다. "이제 우리는 섬에는 결코 도달할 수 없어. 우리는 결코 바닷가 하얀 산책로를 걸을 수 없고, 바다 위 테라스에 앉을 수 없어…."

"그건 상관없어." 그녀의 남자 친구가 말했다. "이렇게 되는 게 더 좋아. 우리는 모든 것을 상상할 수 있어, 그리고 그것이 훨씬 더 아름다워. 우리는 매일 소풍을, 빛나는 해변에서의 놀이를, 초롱불 밑에서의 파티를, 흥미로운 사람들과의 시시덕거림을, 야간에 요트의 갑판 위에서의 춤을 상상할 거야. 우리는 현실을 필요로 할 정도로 지루하지 않을 거야…."

방 깊숙한 곳에서 들려오는 목소리와 바다의 속삭임이 합쳐졌다. 나는 아파트를 벗어나 어두운 통로로 들어갔고, 그 집의 문은 곧바로 누슬레 거리로 열려 있었다. 나는 눈 덮인 계단을 내려가 누슬레 계곡으로 갔다. 왼쪽으로는 선로들이 경사면 아래 터널로부터 나타나서 갈라졌다. 오른 쪽으로는 눈 덮인 정원의 가장자리에서 자라는 관목들이 벽 너머로 구부러져 있었다. 내 발은 조심스럽게 눈보라 속 계단의 가장자리를 찾기 시작했다. 달은 구름 뒤로 사라지고 나는 완전히 컴컴한 어둠 속에 남았다. 하지만 나는 눈 속에서 희미한 불빛이 점점 더 커지고 있다는 생각이 들었다.

나는 몸을 돌렸고 겁에 질려 놀랐다. 어떤 모습이 머리를 숙이고 천천히 계단을 따라 내려왔다. 그것은 머리부터 발끝까지 희미한 초록빛을 발했다. 그것은 얼굴을 가린 넓은 모자가 달려 있는 새하얀 망토를 걸치고 있었다. 하얀 천은 검은 피로 얼룩졌다. 나는 정원의 울타리에 기댔다. 거대한 잡목 숲의 가지들이 내 등을 짓누르고, 내 머리카락 속으로 침투하는 것을 느꼈다. 불빛을 발하는 모습이 다가와서, 내가 서있는 계단에 발이 닿자, 걸음을 멈추고 내게로 머리를 돌렸다. 그는 모자를 뒤로 젖혔고, 나는 소리를 질렀다. 나는 최근에 수많은 그림들과 조각들로부터 나를 응시하던 수척한 얼굴을 보았고, 또 목에 난 깊은 상처를 보았다. 거기서는 검은 피가 흘러나왔다.

"다르구스!"

나는 속삭였다. 우리는 얼굴을 맞대고 서로 마주보며 서있었고, 긴 헝클어진 머리를 한 창백하게 빛나는 그의 머리 뒤로 구름다리를 따라 불 켜진 창문들과 더불어 밤의 표정이 지나갔고, 피가 조용히 눈으로 떨어졌다. 나는 어떻게 행동해야 할지 몰랐다. 이때까지 한 번도 어떤 신도 본 적이 없었다. 나는 거의 그에게 다가갔고, 그에게 손을 내밀었다.

　나는 그에게 그 두 약혼자들의 배가 그 기만적인 내부의 바다에서 섬에 침몰했을 때 그들을 구했는지, 아니면 혼란과 고통 속에 빠진 알웨이라를 도왔는지 물어야 할까? 나는 그가 내 앞에서 계속해서 피하던 그의 도시로, 그의 광장들과 궁전들로 나를 인도하도록 요청해야 할까?

　그러나 다르구스는 누구를 도울 것 같아 보이지 않았다. 그는 동상들이 보여주었던 자만심이 높고 잔인한 신이 아니었다. 그의 얼굴은 나처럼 절망에 빠져 망명지를 방황하는 피로에 지친 이방인의 모습이었다. 그의 신성한 존재는 영원히 끝나지 않는 오직 끊임없는 거대한 고통 같았다. 나는 그에게 동정을 느꼈고, 그를 위해서 뭔가를 해주고 싶었으나 그를 위해 아무런 도움도 줄 수 없다는 것을 깨달았다.

　다르구스는 다시 모자를 뒤집어쓰고 계단을 따라 계속 내려갔다. 나는 그가 엑셀시어 식당을 지나 누슬레 계단과 보티체 사이의 조용한 거리를 따라 가고, 차양이 내려진 차고들, 텅 빈 작업장 벽들, 쇠락한 공장들이 있고 철

로 주변의 먼지 낀 관목 숲이 우거진 넓은 공간으로 가는

것을 보았다.

제20장

정글

책장들 사이에서 난파당한 배에 대한 소녀의 이야기는 클레멘티움 도서관에서 연구전문 사서가 도서관의 어두운 구석들에 대해 이야기해주었던 것을 상기시켰다. 그 다음날 나는 다시 한 번 그를 만나러 그의 사무실로 가서 제2의 프라하와 나의 방황에 대해 말하고 그에게 도서 보관 창고의 심연으로 나를 인도해줄 것을 청했다. 그는 그런 나의 의도를 좋아하지 않았다. 그는 우리들 공간의 의심스러운 주변들을 방문하고 숨겨진 경계지역을 찾고 싶은 욕구를 오래 전에 잃어버린 것이 분명했다.

"저는 이제 당신이 그러한 탐험을 포기하는 게 좋을 것 같다고 생각합니다."

그는 내게 말했다.

"당신은 이미 당신 자신이 유령의 도시 시민같이 보이기 시작하였습니다. 그러나 당신이 어떤 희생을 치르더라도 제2의 프라하에 도달하려고 결정을 하였다면 저는 당신에게 다른 길로 갈 것을 충고하고 싶습니다. 도서관을 통과하는 길은 위험합니다. 도서관은 기만적인 곳입니다. 당신은 자주 책장의 한쪽 끝에 있는 책들의 등은 창문들로부터 들어온 한낮의 빛에 의해서 비추어지고, 바깥 거리로부터 들려오는 소음이 들려오고, 그리고 두 사서들이 여기서 만나, 어제 텔레비전 프로그램에 대해서 이야기를 나누고 있다는 것을 발견할 것입니다. 반면에 책장의 다른 쪽 끝에는 안개가 저녁노을 속에서 소용돌이치고, 해초의 냄새가 책들로부터 퍼져 나오고, 어떤 짐승의 사악한 으르렁거림이 공기 속에 울려 퍼질 것입니다.

심지어 경험 많은 어떤 사서는 도서관에 대한 자신의 지식을 과대평가했다고 알려져 있습니다. 그는 한 권의 책을 찾기 위해 거의 탐험하지 않은 지역을 찾아 나섰습니다. 그는 동료 사서들로부터 거기에 가지 말라는 경고를 받았으나 그는 그저 미소를 짓고 자신은 도서관에서

30년간 일해서 구석구석을 잘 알고 있다고 말했습니다. 그가 경고에 주의를 기울이지 않았을 때 다른 사서들이 책을 신청한 독자를 찾아 걸음을 재촉해서 그가 신청한 책을 취소하라고 부탁을 했습니다. 흔들거릴 정도로 많은 아름다운 책 더미를 그에게 가져오면서, 책표지에 빛나는 보석이 박힌 책들을, 희귀한 동양 향수 향기가 나는 쪽들이 있는 책들을, 입체적인 삽화가 있는 책들을, 부드러운 벨벳과 부드러운 홍옥수가 있는 책들을, 독자들이 책을 다 읽고 나서 먹어치우는 연잎 맛이 나는 먹을 수 있는 쪽들로 된 책들을, 펼쳐져서 나무에 매다는 그물침대로 사용되거나 바람 부는 날 들판 위로 높이 떠오르는 호버크라프트로 사용되는 실크로 된 책들을, 해변가 사이프러스 나무 밑 야간 대리석 테라스에서 들려주는 도취시킬 정도로 에로틱한 이야기들이 있는 책들을 말입니다. 이 책의 본문들은 대마초에 흠뻑 젖어서 잠시 후 누구나 이 책을 읽으면 환각에 사로잡히고 스스로 이야기의 일부분이 되어, 따뜻한 야간의 바다에서 아름다운 소녀들과 함께 수영을 하기도 하지요. 그러나 고집불통의 독자는 그에게 가져온 이 책들을 쳐다보지도 안하고, 자신이 신청한 책을 고집합니다. 즉 자동차 관리법 책이나 오이지 요리책

말입니다. 그 독자는 자신이 신청했기 때문에 그 책을 요구하고, 어떡하든 사서는 그를 위해서 그 책을 가져오는 것이 사서의 의무라고 생각하고 있습니다. 그리고 그동안 누군가가 전화로 불러온 불행한 사서의 아름다운 딸이 그 독자에게 마치 세헤라자데처럼 밤새도록 이야기를 해주겠다고 제의하나, 그 독자는 오직 이렇게 말할 뿐입니다. '이것 봐요, 아가씨. 우리 둘 사이에는 더 이상 의논할 거리가 없어요. 나는 자동차 관리법 책이나 오이지 요리책이 필요해요.' 그러고 나서 사서는 자신의 딸을 포옹하고 도서관 내부 깊숙한 곳으로 떠나갔습니다. 모두들 얼이 빠진 채 그를 바라보고 있었습니다. 그는 복도의 모퉁이를 돌아가면서 손을 흔들고는 책장들 사이로 사라졌습니다. 아무도 더 이상 그에게 눈길을 돌리지 않았고, 그 독자는 헛되이 그 책을 기다리고 있었습니다. 양심의 괴로움이 그를 물어뜯었지만 매 시간마다 그는 그 사서가 책을 가지고 돌아왔는지 물어보러 가곤 했습니다. 그리고 그는 하루 종일 책 대출 창구에서 시간을 허비하고, 아침 5시부터 클레멘티움 도서관의 잠긴 문 앞에서 안절부절 못하여 음울하고 긴 가락의 노래를 부릅니다. 매년 수십 명의 사서들이 도서관 내부 깊숙한 곳으로 사라지고, 대학 도서관학과는 이제 충분한 숫자의 졸업생을 배출하지 못합니다. 책장들 사이에 어떤 사람이 사라진 사서들을 기념하는 기념비를 세웠습니다. 그것은 수많은 책 더미에서 피로에 지쳐 죽은 작업복을 입은 어떤 사서의 청동상입니다. 바로 그 순간에조차 그는 책임감으로써 최후의 힘을 다해 손으로 『언어의 논리적 분석을 통한 형이상학의 극복』(Rudolf Carnap, 루돌프 카납, 1891-1970: 역주)이란 책 신청서를 잡고 있습니다.

저는 도서관 사서들이 어떻게 최후를 맞이했는지, 그들이 책장들 사이의 끝없는 통로에서 길을 잃어버려서 굶주림과 목마름으로 죽었는지, 아니면 도서관의 심연 속에 잠복해 있는 짐승의 먹이가 되었는지 모릅니다. 아마도 거기에 원시인이 살면서 사서들을 잡아먹었을지도 모르죠. 때때로 멀리서 울리는 듯한 톰톰거리는 북소리가 도서관 저 심연으로부터 들려오고, 그리고 어떤 여성 사서들은 통로의 끝머리나 꺼낸 책들 사이에서 얼룩덜룩하게 색칠한 야만인의 얼굴을 얼핏 봤다고 주장을 합니다. 그러나 또한 그 야만인들은 아마도 도서관으로부터 돌아오는 길을 찾아 나오지 못해 야생이 된 사서들의 후손들일 가능성이 있습니다. 그래도 제가 당신을 도서관의 중심부로 안내하길 계속 고집하시겠습니까?"

"아마도 저 또한 야만적이 될 것이고, 북소리에 맞추어 춤을 추게 되겠지요. 아마도 통로의 맨 끝에서 내 얼굴이 여자 사서들을 놀라게 할 수도 있겠지만 이제 되돌아가기에는 너무 늦었어요. 저는 계속 가야 합니다. 저는 제2의 프라하 경계선에 너무나 가까이 접근했어요. 거기서부터 퍼져 나온 것은 그물처럼 얽힌, 우리의 모든 행동이 짜여져 있는 관습들의 마지막 흔적을 좀먹기에 충분합니다. 즉 그러한 관습의 지지 없이는 가장 단순한 사건들도 수십 개의 분리된 작동들의 일부분으로 산산조각이 납니다. 그 개개의 작동들은 무에서 시작된 기초로부터 분리해서 세워져야 하고 그러고 나서 다른 것들과 조화되어야 합니다. 그래서 우리는 그것 때문에 발생하는 수천 개의 가능한 관계들을 고려해야 합니다. 그래서 식당에서의 점심과 쇼핑은 헤라클레스의 노동과 비슷한 것이 됩니다.

저는 제2의 프라하를 향해 가야 합니다. 옛 질서는 이제 더 이상 수선이 불가능합니다. 거기에는 언제나 구멍이 많고, 그 구멍을 통하여 원시적인 기류의 리듬이 언제나 빛납니다. 이 모든 것이, 그러한 기류들이 제2의 프라하로부터 흘러나옵니다. 그 도시의 한가운데에서 제가 우리들 질서의 원천이며, 혼자서 그것을 새롭게 할 수 있는 샘을 발견하는 것이 저의 희망이라는 것을 보여주고 있습니다. 달리 아무것도 어떻게 할 수 없어요. 저는 도서관 속으로 가야 합니다. 저는 제가 어떤 괴물을 만날지 모르지만 그것은 더 이상 제 자신의 도시보다 더 지독하지는 않을 것입니다. 그리고 그 외에도 저는 그 여행을 위해 잘 준비해왔습니다."

나는 내 가방을 열어 그에게 먹을 것들을 보여주고, 손전등을 꺼내고 내 머리 위로 칼을 휘둘렀다.

도서관 연구전문 사서는 한숨을 내쉬었다.

"좋아요, 당신이 식당에서 점심을 먹을 수 없다면 저는 당신을 도서관으로 안내할 것입니다. 하지만 저는 오직 당신과 함께 위험한 지역으로 들어가는 경계선까지만 갈 것입니다. 거기서부터는 당신은 혼자서 가야 합니다. 만일 당신이 돌아오지 않으면 누가 당신을 찾아 나서리라는 것을 기대하지 마십시오."

우리는 끝없는 책장들 사이를 따라 갔다. 맨 먼저 우리는 똑바로 가고, 불이 잘 박혀진 통로를 통하여 정교하게 정돈 된 책들을 지나갔다. 그러나 우리가 도서관의 깊숙한 곳으로 뚫고 들어갔을 때 책들은 산산조각이 나기 시작하고, 찢어진 쪽들이 그것들로부터 튀어나왔다. 그 동안 불 켜진 전구들이 약해지기 시작했고, 그래서 우리들은 때때로 어둠 속에서 손을 더듬었다. 우리는 여러 갈래 길이 만나는 지점에 도달했다. 교차로에는 전구가 희미하게 비추었고, 도서관 깊숙한 내부로 들어가는 통로의 입구는 어두웠고 오래된 종이냄새가 심하게 풍겼다. 내 안내자는 걸음을 멈추었다.

"여기서 정글이 시작됩니다."

그는 진지하게 말하고, 통로사이로 난 좁고 어두운 길을 가리켰다.

"여기서 당신을 남겨두겠습니다. 행운이 가득하길 빕니다. 조심하시기 바랍니다."

그는 내 손을 잡고 흔들며 악수하고 재빨리 사라졌다.

나는 좁은 길로 들어섰다. 그리고 어둠 속으로 계속 걸어갔고 여기저기 부패한 책들이 발하는 빛이 희미하게 비추었다. 나는 손전등을 켜서 불빛이 책장들을 따라가도록 했다. 책의 장들은 눅눅한 공기 속에서 웅크러지고 부풀어 오르고, 닳아지고, 부드럽게 두꺼워지고, 펼쳐지고, 안쪽으로부터 표지를 밀어내고, 찢겨지고, 그리고 구멍을 통하여 표지를 밖으로 내밀었다. 표지는 떨어지고, 장들은 책들로부터 찢겨져 나오고, 피로에 지친 혀처럼 축 늘어지고, 땅에 떨어져 다른 책들의 장들과 뒤섞이고, 부패해지고 진물이 흐르는, 인광을 내는, 악취가 나는 퇴비로 된 높은 층을 이루고 있었다. 나는 때때로 허리까지 차오르는 그런 것들을 통과해야 했다.

책들이 세워져 있는 나무로 된 책 선반들은 갈라지고 틀어졌다. 부패한 책의 내부, 쪽들 사이 어두운 틈새에서 식물의 씨앗들이 자리를 잡고, 눅눅한 어둠 속에서 싹을 틔우고, 종이 속으로 뿌리를 박고, 싹들을 책의 가장자리로 밀고 들어가, 연약한 머리를 바깥으로 내밀고, 때때로 그것들은 리아나 같은 넝쿨 식물로 변형되어, 도서관 주위에 정교하게 걸려서 끈적끈적한 액체를 떨어뜨리고, 때때로 가는 줄기가 되어 책 선반을 따라 기어가서 다른 책들을 밀어내고, 접혀진 책 페이지 사이에서 쥐어짜지고, 거기에 뿌리를 내리기 위하여 책의 한가운데로 가려고 밀쳤다.

책 속으로부터 자라는 어떤 줄기에는 무거우나 별 맛이 없는 과일이 익고 있었다. 이러한 답답하고 곰팡내 나는 지역에서 가장 넌더리나는 것은, 맹위를 떨치는 자연이 인간 영혼의 열매를 흡수할 때, 여기에서 이상한 우연한 재앙이 일어나는 것을 인식하는 것이 아니라, 오히려 책들의 위험하고 무관심한 초목으로의 꿈같은 변형은 인간이 창조한 모든 책과 기호에 남몰래 번창하는 악성의 질병을 노출시킨다는 사실 때문에 불안이 올라가는 것이다.

나는 어딘가에서 다음과 같은 것을 읽은 적이 있다. 즉, 책들은 오직 다른 책들을 논하고, 기호들은 또다시 다른 기호들을 언급하고, 책들은 현실과 아무런 관련이 없고, 현실 자체가 책이다. 왜냐하면 그것은 언어에 의해서 창조되었기 때문이다. 그러한 교리가 우울한 것은 그것이 현실을 우리들의 기호들 뒤로 사라지게 했기 때문이다.

부패한 도서관으로부터 퍼져 나온 인식은 훨씬 더 침울하다. 그러나 내가 여기서 본 것은 책들과 기호들이 그 반대로 현실에 뿌리내린 채 머무르고, 미지의 기류에 의해서 통제를 받고 있으며, 우리들의 의미화와 의사전달은 그 자신을, 그것의 비밀스런 리듬을 의미하는, 존재에 뿌리박고 있다. 그리고 그 기본적인 의미화, 기본적인 존재의 흐릿한 빛이 우리들의 인생에서 의미를 유지하고 있고, 동시에 끊임없이 또다시 그것들을 집어삼키고 그 자체로 녹아버린다고 위협한다.

정글로 변한 도서관에서 나는 찢어진 책들과 서점 판매대의 새 책의 글씨들이 단순히 얼룩이 져 있는 것을 알게 됐고, 그 얼룩과 더불어 급증하는 생명체가 존재의 표면을 장식하고, 오직 단조롭고 이해할 수 없는 속삭임을 표현하고 있다는 것을 알게 됐다. 이 붕괴되는 형상의 습한 세계에는 여러 동물들이 살았다.

책장을 넘겼을 때 납작한 연체동물들을 발견했다. 그것들은 책장 사이로 미끄러져가고 너무나 흉내를 잘 내어 책장들과 구별하기가 어려웠다. 보통 내가 그 연체동물들을 발견해서, 그것이 책의 페이지인 줄 알고 손가락으로 건드리면 그것은 동그랗게 움츠리고 몸을 비틀면서 어둠 속으로 숨었다. 명백한 책이 완전히 사라지는 상황도 있었는데, 그것은 실제로는 함께 뭉쳐 있는 연체동물들의 식민지였다.

점점 더 동물들이 많아졌다. 그러나 실제로 나는 그들의 흉내를 구별할 수 있게 되었고, 처음에는 그것 때문에 동물들이 내게 보이지 않았다. 그 위장은 자주 거의 완벽하였고, 자연은 가장 화려한 성취를 커다란 도롱뇽의 몸체에 제시했다. 그들의 흰 피부에 있는 그 검은 흠집은 마치 알파벳 글씨 같았다. 그래서 도롱뇽이 책 페이지의 더미위에 누워 있으면 보이지 않았다. 글씨들은 대개 의미 없는 조합으로 모여졌다. 그러나 때때로 우연히 인식할 수 있는 단어나 또는 의미가 풍부한 문장의 일부분이 나타났다. 나는 도롱뇽의 피부에서 '음탕한', '창백한', '중재' 란 글씨를 읽었고, 그리고 어떤 동물의 꼬리에서 '크리스털 저주를 받은 여왕' 을 보았다.

이러한 활기찬 도서관의 삶(책 선반들의 부식과 뒤틀림, 책들의 부기, 식물들의 공격적인 급성장, 과일의 익음과 부패, 동물들의 도착 행위)은 도서관이 확장되고 끊임없는 소용돌이와 더불어 부풀어 올랐고, 그들 사이의 통로는 좁아지는 결과를 가져왔다.

나는 협곡들 사이를 뚫고 지나가야 하고 스스로 큰칼로 웃자란 책들을 자르며 길을 개척해야 했다. 때때로 양쪽에 있는 책들의 열들이 합쳐지기도 했다. 내적으로 서로 엉켜서 자라난 꽃을 활짝 피운 책들과 그 둥치들은 탄탄한 다리를 만들어서, 심지어 큰칼로 내리쳐도 끄덕도 하지 않았다. 그래서 나는 융합된 책꽂이 아래의 길고 좁은 터널을 기어서 가야 했다.

언젠가 한번은 터널 안에서 횃불이 내 바로 앞 늪지에서 나타나서 으르렁거리는 흉측한 동물의 얼굴에 떨어졌고, 그 짐승은 비명을 지르고 내 얼굴을 물어뜯었다. 다른 때에는 또다시 어떤 동물이 나와 똑같은 방향으로 터널을 지나가고 있었고 그것은 틀림없이 무척 서두르고 있었다. 나는 내 뒤에서 숨을 안절부절 못하면서 몰아쉬고, 으르렁거리는 소리를 들었고, 그 짐승은 나로 하여금 서두르라고 내 발뒤꿈치를 물었다. 그리고는 내 위로 기어올라 자신의 무게로 나를 진흙탕 속으로 밀어 넣으면서 계속해서 화난 듯이 으르렁거렸다.

도서관 속으로 더 깊이 들어갈수록 책들의 장들과 나무의 잎들을 구별하기가, 또는 책 선반들의 나무와 기름진 책들의 퇴비에서 자라는 나무들의 줄기를 구별하기가 더 힘들었다. 모든 것들은 견딜 수 없는 열기, 습기와 악취 속에서 번성하며 썩어가는 정글 속으로 합쳐졌다. 나는 프라하의 블타바 강처럼 넓고, 탁하고 천천히 흘러가는 강둑에 도달했다. 나는 우연히 뗏목을 만들게 되었다. 나는 리아나 넝쿨로 늪지대에서 발견한 여러 개의 넘어진 나무둥치를 서로 묶고, 페달로 쓸 수 있는 판자도 발견했다. 나는 뗏목을 강물로 띄워 보냈고, 강 한가운데로 페달을 밟아서 이제 천천히 흘러가는 물살을 따라가게 내버려두었다. 나는 손전등을 강 양둑으로 비추었으나 불빛에 반사되는 것은 강의 표면에 아치를 그리는 잡목 숲으로 된 책꽂이뿐이었고 거기에 달린 나뭇가지들이 잔물결을 일으켰다.

때때로 새들의 지저귀는 소리와 날카로운 이빨로 고기를 물고 있는 동물들의 비명 소리가 들려왔다. 양둑 위의 관목 숲으로부터 어둡고 텅 빈 공중으로 향한, 넝쿨로 휘감긴 높은 열주들이 나타났다. 그 넝쿨들은 풍부하게 장식된 기둥머리까지 기어 올라갔고, 거기에 무너진 층들이 있는 건물의 외벽들이 나타났고, 건물의 내부에는 뚫고 지나갈 수 없는 덤불이 우거져 있었다.

물살이 나를 제2의 프라하의 아무도 살지 않은 폐허가 된 지역으로 데려갔는가, 아니면 내 자신이 내가 찾고 있던 제2의 프라하보다 더 오래된 잃어버린 제국의 황폐화된 메트로폴리스에 와 있는 것인가?

나는 어두운 창문들의 구멍으로부터 나뭇가지들이 불

거져 나온 궁전들의 긴 정면들 사이로 항해했다. 나는 화강암 판 사이 틈새에 자라는 잡초들이 우거지고, 덤불 식물들에 의해서 잠식당한 거대한 마상 기념탑들이 있고, 금속 분수대가 있는 너른 광장들을 몇 개나 지나갔다. 나는 처음에는 진흙탕 물이 분수대에 폭포처럼 떨어지는 줄 알았는데, 그것들은 원형 분수대 물통 안에 자라고 옆으로 내리쳐진 덩굴식물들의 베일로 판명났다.

마지막으로 무너진 벽들이 숲속으로 가라앉았고, 횃불이 몇몇 개의 외로운 기둥들을 비추었고, 끝없는 잡목 숲들이 다시 한번 둑에 열을 이루고 있었다.

나는 멀리서 들려오나 점점 더 커지는 쿵쾅거리는 소리를 들었다. 물살은 빨라졌고, 나는 내가 어둠 속에 숨겨진 어마어마한 폭포를 향해 나아가고 있다는 것을 깨달았다. 나는 죽을힘을 다해 뗏목이 둑에 닿도록 책 선반으로 만든 페달을 밟았다. 떨어지는 물의 쿵쾅거리는 소리가 무서운 포효로 변했다. 물살은 계속해서 내 뗏목을 물 한가운데로 실어갔고, 마지막 순간에 나는 물 위로 뻗어 나온 숨뿌리를 움켜잡고 그것을 따라 재빨리 움직여서 강둑으로 나아갔다. 물은 내 모든 짐과 더불어 뗏목을 싣고 가버렸다. 나는 횃불도 없이 정글의 깊은 어둠 속에 아무런 방패 없이 남게 됐다.

나는 아무것도 보지 않은 채 더듬어서 풀이 웃자란 가파른 둑으로 기어갔다. 나는 내 옆을 지나 어둠 속에서 심연으로 떨어지는, 귀가 터질 것 같은 물소리 속에서 숲을 헤쳐 나갔다. 나는 드디어 바닥에 닿았고 내 발 아래에서 정글로부터 물 표면을 가른 좁고 긴 모래밭을 느꼈다. 나는 피로에 지쳐 축축한 둑에 누웠다. 보이지 않은 폭포가 내 위에서 천둥소리를 냈다. 잠시 후 나는 잠이 들었다.

깨어나서 눈을 떴을 때 나는 놀라서 소리를 질렀다. 불이 반대편 둑의 정글을 삼키고 있었다. 눈부신 불꽃이 활활 타오르고 있었다. 불은 십층 건물 높이의 쿵쾅거리며 떨어지는 물 벽을, 유령의 밤 오르간을 붉은 빛으로 비추었다. 나는 둑에 오래 동안 서서 붉게 떨어지는 물을 바라보았다.

제21장
석조 성당

    나는 좁은 모래밭을 따라 여행을 계속했다. 왼쪽에는 붉은 불빛이 검은 물표면 위에 반사되었고, 오른쪽에서는 강한 향기가 나는 정글이 나를 문질러댔다. 갑자기 숲으로부터 석벽이 솟아올랐다. 반대편 둑으로부터 비친 붉은 불꽃이 그 벽에 비춰서 나는 그 석벽에 거대한 다르구스의 얼굴이 새겨진 것을 볼 수 있었다. 그것은 내가 누슬레 계단에서 본, 핼쑥하고, 여위고 미친 눈을 가진 그와 비슷했다. 석상은 바위를 따라 내려오는 물에 의해서 파헤쳐져 물길이 생겼다. 입과 두 눈 구멍에는 이끼가 자라고 있었다. 모래사장 위, 바위 속에는 틈새가 나 있었고,

그 옆을 따라 구부러진 난간 손잡이가 달린 허물어진 돌 계단들이 있었다. 나는 계단으로 올라가 바위 속으로 들어갔다.

나는 넓은 동굴 속에 있는 자신을 발견했다. 횃불이 벽에 불빛을 비추어, 야간 공원에서 금속 동물들 간의 전투를 묘사한 색 바랜 벽화를 드러내보였다. 또 전차의 불빛이 그 공원 뒤 어두운 나무들을 비추었다. 동굴의 천정은 어둠 속에서 사라졌다.

벽감에는 공장의 탈의실에서 사용하는 것과 같은 좁은 주석 보관함으로 만든 제단이 있었다. 그 보관함의 옷걸이에는 성스러운 물건들이 걸려 있었다. 그 보관함-제단 앞에는 책장들로 아무렇게나 기운 소박한 옷을 입은 수척한 노인이 책상다리를 하고 바닥에 앉아서 기도문인지 주문을 중얼거리고 있었다.

나는 그의 종교의식을 방해하지 않기 위하여 조금은 당황했지만, 그가 신과의 소통을 끝내기를 기다렸다. 노인은 중얼거림을 끝내고 주름진 금욕적인 얼굴을 내게로 돌렸다.

"당신은 마법의 부적이 필요해서 오셨습니까, 아니면 운을 점치러 왔습니까?"

그에게 나는 정글 반대편에 있고, 잃어버린 도시로부터 오는 중이라고 말했다.

"나는 젊었을 때 당신의 도시를 가 본적이 있습니다." 성당의 수호자는 말했다. "그것은 오래 전이었지요. 하지만 당신은 무엇에 홀려서 이 위험한 여행을 감행했습니까? 당신은 책 페이지들 사이에서 자라는 진주를 찾아 정글 속 깊숙이 모험을 떠나거나, 가죽이 금 무게만큼 비싼 희귀하고 털이 텁수룩한 악어를 사냥하기 위하여 모험을 떠나는 그런 종류의 사람같이 보이지 않습니다. 그들은 모두 정글 속에서 동화 같은 보물을 찾기를 꿈꾸지만, 거친 숲의 천사들이 그들을 따라다니기 시작하면서 음탕하고 꿈같은 서사시를 끊임없이 읊어대거나, 급성장하는 식물군에 의해서 압도당할 때, 그들은 결국에는 혼을 빼앗겨버리지요. 그들이 머리를 베고 누워 있는 책들은 그들의 육체 속으로 자라나고, 표지는 그들의 피부와 책 페이지와 합쳐지고, 바람은 끊임없이 그들의 전 육체에 가득 차 있는 책 페이지들을 넘기지요."

나는 왠지 그 은둔자에게 믿음이 가서 그에게 헌 서점

의 선반에서 발견한 그 신비한 책에 대해, 그리고 제2의 도시에 대한 탐구를 이야기해주었다. 그는 주의를 집중하여 내 말을 들었다. 내가 이야기를 다 끝내자, 그는 내게 더 가까이 오라고 손가락으로 내게 신호를 보내고, 또 나보고 그에게 몸을 굽히라고 신호를 보냈다. 그는 뼈만 남은 앙상한 손을 내 어깨에 얹고 더 낮게 끌어당기며 내 귀에 대고 속삭였다.

"그 여행은 쓸모가 없었소, 당신은 아무 쓸모없이 모험을 감행한 거라오. 당신에게 뭔가 말해줄 게 있소…. 하지만 여기는 말고 밖으로 나갑시다."

나는 그의 속삭임 속에서 불안을 느꼈다. 그는 이 정글 속 동굴에서 누구의 귀를 두려워했을까? 그는 주석제단 옆에서 하나님이 그의 말을 듣거나 아니면 이 석벽에 도청장치라도 설치했다고 생각했을까?

그는 내 손을 잡고 동굴 밖으로 나갔다. 우리는 등을 석벽에 기대고 모래강변에 앉았다. 강둑 건너의 불꽃이 우리 앞에 붉은 불빛을 비추었고 어두운 강 표면에 반사되었다.

"당신은 당신의 도시와 경계를 하고 있는 도시를 발견하기를 원하지요. 당신은 그 중심으로 들어가고 싶어하지요. 당신은 그것이 또한 당신 도시의 숨겨진 중심이라고 믿고 있지요. 그래서 제2의 도시의 법률을 이해한다는 것은, 당신이 파괴되었다고 생각하는 질서를 부활한다는 것을 의미한다고 믿고 있지요…. 당신이 찾고자 하는 것을 당신은 결코 찾을 수 없을 것입니다."

성당의 수호자는 이제 더 크게 말했지만 그의 목소리는 동굴 안에서보다 더 조용하게 들렸다.

"그럼 제가 옳지 못한 방향으로 가고 있단 말입니까?" 나는 물었다. "정글 속에서는 알아차리기가 어렵습니다. 저는 무척 피로를 느낍니다."

"아니오, 정글은 바로 당신이 찾고 있는 도시의 영토입니다. 당신이 계속 길을 가면 얼마 후 당신은 나무들 위로 왕궁의 황금 첨탑을 보게 될 것입니다. 그러나 제2의 도시도 다른 공간을 지나가는 자신의 변두리를 가지고 있습니다. 아마도 당신은 중앙광장에서 궁전에 도달할 것이고, 그리고 아마도 그 통로를 지나갈 것입니다. 아마도 당신은 왕립도서관에 도달하고, 법령집을 손에 넣을 것입니다. 그러나 그것은 별 소용이 없습니다. 당신은 거기서 시작을 발견할 수 없을 것입니다. 즉 법률은 이웃으로부터 베낀 것입니다. 그 이웃 또한 그들의 이웃으로부터 베낀 것입니다…. 조용히! 갈대숲에서 뭔가 부글거리는 소리가 들리지 않으세요?"

갑자기 그의 목소리에는 이전의 바위 성당에서와 같이 똑 같은 불안이 나타났다.

"그것은 무슨 물고기 같은데요. 저는 벌써 그런 교리를 만났다고 생각합니다. 저는 시를 들었는데, 그 시의 작가가 주장했습니다. 우리들이 찾고 있는 비밀의 중심은 실제로 다른 중심의 변두리이고, 그 중심은 다시 변두리이고, 사람들이 말하기를, 최후의 중심은 그렇게 멀리 있어서 우리가 거기에 도달할 희망이 없다고 합니다."

"누가 그런 것들을 말해주었습니까?" 은둔자는 의외라는 듯이 물었다.

"낭송하는 새 펠릭스가 매우 추운 날 밤에 제게 가르쳐 주었고, 그러고 나서 창턱에서 떨어졌습니다."

"아, 펠릭스. 그 녀석은 수다쟁이지요. 아니, 당신에게 낭송하던 새가 이야기하는 것은 사실 완전히 다른 교리입니다. 그것은 전혀 중심이 멀리 있다거나 복잡하게 조정된 문제가 아니고, 사람들을 거칠수록 전달되는 내용이 조금씩 달라지는 것처럼 헤아릴 수 없는 번역들의 번역들에 의해서 원래의 법이 돌이킬 수 없을 만큼 왜곡된 것도 아니고, 하나님의 얼굴이 수천 개의 마스크 뒤에 숨은 문제도 아닙니다. 호기심 많은 비밀은 거기에는 최후의 중심이 없다는 데 달려 있고, 어떤 얼굴도 마스크 뒤에 있지 않고, 속삭임 놀이에는 원래의 단어가 없고, 원래의 번역이 없습니다. 거기에 있는 것이라곤 또 다른 변형을 만드는 끊임없는 변형의 긴 줄입니다. 원주민의 도시는 없고, 거기에는 끝없는 도시들의 사슬이 있고, 변하기 쉬운 법의 물결을 무자비하게 깨트리는 처음과 끝이 없는 원이 있습니다. 그것은 도시-정글이고 사람들이 수많은 고가도로와 지하 도로에서 서로 교차하는 높은 구름다리의 기둥들에 거주하는 도시이고, 단순히 소리의 도시이지 그 이상은 아니고, 늪지대에 있는 도시, 콘크리트 위에서 천천히 굴러가는 부드러운 흰 공들의 도시, 몇몇 개의 대륙에 걸쳐서 퍼져 있는 아파트들로 이루진 도시, 조각들이 검은 구름으로부터 끊임없이 떨어져 포석(鋪石)에 부서지는 도시, 달의 길이 아파트의 내부로 지나가는 도시입니다. 모든 도시들은 서로서로 중앙과 변두리이고, 시작과 끝이며, 어머니 도시와 식민지 도시입니다."

"그것은 특별한 교리입니다." 나는 말했다. "저는 그것이 절망으로 이끄는지 행복으로 이끄는지 결단을 내리지 못합니다."

"행복과 절망은 시작과 연속을, 중앙과 변두리를 가지고 있는 세상에서 의미를 가지고 있는 단어들이오. 만일 당신이 당신 자신을 굴러가는 물결에 실려가게 버려둔다면, 그것이 의미하는 것을 잊어버릴 것이고, 당신은 모든 것이 그 어떤 의미를 상실했는지, 또는 모든 것이 마지막 원자까지 의미로 가득한지를 말할 수 없을 것이오. 당신 앞에는 무너진 시간의 미로가 열릴 것이오. 그 미로의 통로에는 전자게임이 있는 추적자들의 추적에 대한 자동판매기가 규칙적인 공간을 이루고 있는 벽돌 담 옆에서 어둠 속으로 빛을 발할 것이고, 그리고 당신은 당신이 미처 버릴지, 아니면 당신을 일생 동안 피해온 우주의 비밀을 이해할지 알 수 없을 것이오."

반대편 둑에는 불타는 높은 나무둥치가 조용히 그리고 이상할 정도로 천천히 떨어졌고, 따뜻한 바람이 불기 시작하였다. 붉은 불빛의 반점들이 어두운 강 표면에서 춤을 추며 떨고 있었다. 성당의 수호자는 춤추는 불빛을 바라보고 피로에 지친 목소리로 말했다.

"아무데도 가지 마세요. 모든 전원지대는 시작이고 끝

이고, 모든 도시는 똑같은 정도로 미친 꿈과 지루한 현실의 환등이오. 당신이 살고 있는 도시는 공작석(孔雀石) 평지에 있는 대리석 호랑이들의 도시와 마찬가지로 꿈과 환영이오. 태양이 지평선에 올라올 때 그들의 옆구리에는 이슬방울들이 보석처럼 빛나오. 당신의 꿈으로 돌아가시오. 당신 꿈의 신을 위해 희생하시오. 특이한 기술의 꿈속에서, 취하게 하고 믿을 수 없는 발레 속에서 돌아가고 진동하는 꿈의 기계를 사용하세요. 나도 역시 다르구스의 성역에서는 신부라오. 만일 내가, 많은 대칭의 축을 가진 아름다운 다각형으로 된 기학학적인 형상이, 바로 그 위대한 신인 강철판으로 된 높은 벽 너머 땅에 살았다면, 나는 그 신을 믿었을 거고, 수정으로 그것을 조각할 것이오. 집으로 돌아가시오…. 아니면 돌아가지 마시든지. 이 도시로부터 저 도시로 여행을 계속해서 일련의 전 도시들을 지나가세요. 둘 다 모두 똑같을 것이니까…."

이제 나도 강둑의 갈대숲에서 부글거리는 소리를 들었다. 좁은 금속 스파이크가 물 표면 위로 솟아 올라와서 옆으로 흔들리고는 사라진 후, 검은 고무헬멧으로 눌러 조인 머리가 나타났다. 얼굴은 물안경과 입으로부터 튀어나온 두 개의 잠수 호흡관들에 의해서 가려져 있었다. 산소 통을 등에 메고 손에 길고 좁은 칼을 든 검은 잠수복을 입은 모습이 물 밖으로 나타났다. 화재의 불빛이 그 칼날에 번쩍였다. 여자 육체의 윤곽이 고무 잠수복에 나타났다. 잠수부가 물안경을 벗고 입으로부터 호흡관을 떼어내고, 헬멧을 벗고 검은 머리를 흔들어냈다.

그녀는 또다시 알웨이라였고, 그녀는 분노와 악의를 띤 얼굴을 하고 여기에 섰다. 검은 모습 뒤로 불타는 정글이 이글거렸다. 물결치는 머리카락 주위로 붉은 후광이 나타났다. 그녀는 고무로 된 물갈퀴를 신은 채 몇 발자국 급히 앞으로 나아가 성당의 수호자의 목에 칼을 갖다대고, 그의 머리를 날카로운 칼날로 바위 면에 짓눌렀다.

"드디어 우리는 당신을 잡았군요." 그녀는 그를 조롱했다. "나는 당신이 행한 이단 짓을, 다르구스를 모독한 당신의 그 사악한 짓을 녹음했어요. 우리들은 오랫동안 당신이 수천 개의 도시 종파들을 지지하고 있다고 의심해 왔어요. 하지만 증거가 없었죠. 당신은 뱀처럼 약삭빠르고 교활했어요. 당신의 독이 퍼지게 놔 둔 것은 우리의 실수였어요. 지난 수백 년 간 우리들의 감시가 물렁했어요. 우리는 당신의 그 사악한 예언자가 황금 못에 못 박혔을 때, 당신의 그 왜곡된 교리가 천여 년 전에 사라졌다고 간주했어요…. 최근에 와서야 우리는, 발에 짓밟힌 뱀이 다시 한 번 머리를 처들었다는 것을 우연히 알게 되었죠. 우리는 뒤뜰에서 당신의 역겹고 진창 마셔댄 잔치의 흔적을, 레드커런트 젤리로 얼룩진 재봉틀의 타버린 흔적을 발견했지요….”

그녀는 칼을 밑으로 내려서 성당 보호자의 팔목에 번쩍거리는 수갑을 채우고, 다른 수갑은 쇠 난간에 묶었다.

“그리고 당신! 당신도 당신의 도시로 돌아가기에는 너무나 많은 것을 들었습니다.”

그녀는 붉게 번쩍이는 칼을 높이 들었다. 나는 얼른 도망을 쳐, 좁은 강둑을 따라 달리기 시작했다. 나는 내 뒤에서 알웨이라가 칼로 가지들과 덩굴들을 미친듯이 베면서 길을 내는 소리를 들으며, 바위벽이 내려앉은 곳으로 어둠 속에서 길을 헤처가며, 정글 속으로 뛰어들었다.

바로 그때 나는 그녀의 칼끝을 내 등에서 느꼈고, 바위벽이 내 앞길을 가로막았다. 나는 방향을 돌려 벽 옆의 숲속으로 기어갔다. 나는 몇 미터 앞에 작은 문이 있는 것을 손으로 느꼈다. 나는 녹슨 손잡이를 눌렀고 반대편으로 달아나며 내 뒤로 문을 쾅 닫았다. 그 순간 날렵한 칼끝이 내 뒤 문으로 돌진했다.

나는 창문이 없는 불 켜진 방에 도달한 자신을 발견했다. 내 앞 의자에 회색머리의 여자가 흰 나일론 옷을 입은 채 앉아서 여성 잡지를 읽고 있었다. 그녀의 앞 작은 테이블에는 정교하게 말은 화장지가 놓여 있었다. 나는 슬라비아 카페 지하실에 있었던 것이다. 나는 여인의 접시에 동전 한 닢을 놓고 계단을 올라갔다.

커다란 창문 밖으로는 어두웠고, 카페는 사람들로 가득 찼다. 대리석 탁자 위에는 창문과 거울에 혼란스럽게 반사되는 샹들리에가 비추었다. 나는 출구로 급히 갔다. 나는 마치 경계선에서, 알웨이라가 아마도 아무런 힘을 가지지 못하는 세계에서 그녀를 피하는 모양새가 되었다. 게다가 나는 이 정글에서의 방황으로 지쳐버렸고, 뭔가를 마시고 싶은 갈망이 생겼다.

나는 피아노 옆 빈 탁자에 앉아서 여종업원에게 코냑 한 잔을 주문했다. 나는 화장실에서 위로 향한 계단을 주시하면서, 고무 물갈퀴로 계단을 치는 소리가 들리는지 기다렸다. 나는 알웨이라가 검은 잠수복을 입고, 차가운 거울 깊숙이 번쩍거릴 뾰족한 칼을 휘두르며 환하게 밝은 카페에 나타날지 궁금했다. 그러나 계단에는 아무도 나타나지 않았다.

알웨이라는 두 도시 간의 경계선을 존중했다. 그녀는 교육을 잘 받아서, 심지어 그녀는 이러한 장소들이 겨우 원시림과 그 원시림의 짐승들이 오직 엷은 벽과 화장실에 붙어 있는 작은 문으로만 분리되어 있을지라도, 정글 속에서 시작한 갈등을 카페에까지 가져온다는 것은 예의가 아니란 것을 알고 있었다.

제22장

출발점

내가 피로해진 것은 오직 정글 속을 방황해서만이 아니었다. 제2의 프라하의 비밀스러운 광장들과 궁전들, 그 도시의 힘의 원천으로 향하기 위해 그 도시로 들어가고자 하는 모든 노력 때문에 나는 피로했던 것이다.

나는 경계선에 존재하기 때문에 피로했다. 생기 넘치는 의미가 다 시들어버린 사건들이 차츰 이해할 수 없는 의식으로 변해버린 조국의 경계선에, 질서가 나를 끊임없이 피해버린 이국의 경계선에 있었기 때문에 나는 피로했다.

나는 제2의 프라하 시민들의 단어들과 몸짓을 만나곤

했다. 또 그 도시의 짐승들의 울음소리를, 상형문자 텍스트처럼 뻣뻣한 동상들의 모습을 만나곤 했다. 통일된 의미의 눈부신 배출에 의해 가끔씩 날카롭게, 그리고 거의 고통스럽게 잘려나간 그들의 그림자를 만나곤 했다. 그러나 매번 내가 그것을 이해하기도 전에 그것은 희미해져버렸다.

나는 두 제국 사이에서 이상하게 존재해왔다. 한 제국에서는 의미의 불꽃이 사그라졌고, 다른 제국에서는 아직도 그것이 켜지지 않았다. 제2의 도시에 대해 내가 들은 증언들은 혼란스러운 경향이 있었다. 알웨이라, 가게주인, 새의 보호자, 펠릭스 새 그리고 사원의 수호자가 제2의 도시와 그 법률에 대해 말한 것들은 완전히 모순되고 제각각이었다. 그러나 그 모든 설명들은 나름대로 정당한 것이 분명했다.

나는 아무데도 가고 싶지 않았고, 나는 집에 앉아서 논리학에 대한 두꺼운 책을 읽었다. 깨끗한 눈의 반사에 의해서 오전의 밝은 태양이 책 페이지에 내려앉았다.

갑자기 나의 시선은 이상한 혼종어에 맞닥뜨렸다. 첫 부분은 라틴문자로 이루어져 있었고 그러나 바다 인어의 꼬리처럼 거기에 붙어 있는 두 번째 부분은 제2의 도시 문자들로 이루어져 있었다.

야간작업 후에 어떤 활자들이 활자 케이스 밑에 남았는가, 아니면 낮 시간대의 식자공 손 아래서 실수로 뒤섞여버렸는가? 이방인의 문자들은 벽 너머 내부 깊숙이 있는 본부로부터 온 제2의 도시 스파이들의 비밀스런 메시지였는가?

그러나 나는 거기에는 뭔가 이상한 것이 하나 있다고 생각했다. 내가 읽고 있던 책은, 카를로바 거리 책방에서 샀던 책을 넣어두었던 책장의 중심으로부터 상당히 먼 곳에 있었다. 나는 보라색 표지를 한 책과 좀더 가까이 있던 어떤 소책자를 꺼내서 책장들을 넘겨보았다. 내가 걱정했듯이 그 책의 여러 페이지에서 더 많은 제2의 도시 문자들을 발견했다. 거기에는 실제로 전체 단어들과 문장들도 있었다.

나는 걱정스럽게 신비로운 보라색 책과 가장 가까이 있는 책을 끄집어냈다. 내가 그 책을 펼쳐보았을 때, 나는 납작한 돌을 굴리는 것 같았고, 딱정벌레들이 우글거리는 것을 보는 것 같다고 느꼈다. 페이지들은 벌써 거의 제2의 도시 경계선에 온 두꺼운 검은 글씨들에 의해서 덮여 있었고, 오직 몇몇 곳들에만 라틴어 글씨들의 외로운 섬들이 있었다.

나는 불안을 느끼며 재빨리 책을 덮었다. 나는 이제 내가 어디에 서 있는지를 확실히 알았다. 이방인의 글씨들이 책장에 퍼졌고, 괴저(壞疽)처럼 자라났다. 나는 재빨리 감염된 보라색 책을 끄집어냈고, 방을 따라 달리기 시작했다. 나는 책이 숨겨져 있던 장소를 찾았다. 이해할 수 없는 글씨에 의해서 상처받은 책장이 아직도 고쳐질 수 있을까?

그러고 나서 나는 일어서서 나 자신의 불안에 대해 웃음을 지었다. 나는 그 책을 다시 책장에 꽂아 넣었다.

둥글고 가시가 있는 문자들이여, 확산하게 하라. 어두운 구석에서 호랑이가 양탄자를 따라 오게 하라. 숨겨진 바다의 파도가 집 깊숙이 있는 불 켜진 방의 바로 중앙으로 굴러 오게 하라.

나는 도대체 더 이상 무엇을 두려워한단 말인가? 나는 갑자기 왜 제2의 프라하가 나를 받아들이지 않았는지를 깨달았다. 나는 파도치는 침대커버 위에서 맴돌던 헬리콥터의 자동소총이, 눈보라 속의 상어들이, 또는 알웨이라

의 불안한 칼날이 왜 진정한 장애가 되지 않는지 이유를
알았다.

나는 제2의 프라하가 누구든지 떠나고 싶은 자에게 문
을 활짝 개방해야 하고, 그들이 택하는 모든 길이 그들을
번쩍이는 궁전들과 정원들로 안내해야 한다는 것을 불현
듯 깨달았다.

나는 사실 아직 떠나가지 않았다. 진짜로 떠나기를 원
하는 자는, 모든 것을 자기 뒤에 남겨두고, 돌아온다는 생
각 없이 빈손으로 미소 지으며 어둠 속으로 가야 한다. 돌
아오는 것을 헤아리면서 떠나는 자들은 집을 떠나가지 않
는다. 비록 그들이 정글 속 깊숙이 있는 흰 도시들에 도착
하고 광장의 대리석 위에서 휴식을 취할지라도, 즉 그들
의 여행은 집안의 공간을 만드는 대상물들의 조직 속으로
짜여진 채 남을 것이고, 이국 지역의 반짝이는 국경은 그
들 앞에서 철수할 것이다.

나는 내 인생 전체를 변두리에서 살았다. 의미 있고 홀
로 중요하다고 인식된 형태의 세상보다, 오래된 벽에 난
얼룩과 틈새의 세상에 있는 가정에 더 많이 살았다. 나는
결코 공연되어야 할 그 놀이와 내가 선택해야 하는 역할

의 목적을 이해하지 못했다. 나는 때때로 그것들을 맡아서 연기하려고 노력했지만, 그러나 나는 언제나 역겨움과 어색함과 당황함을 가지고 앵무새처럼 미리 정해진 역할을 줄줄 말했다. 결국 그 어색함은 나의 미약한 역할을 완전히 약화시켰다. 그래서 나는 조용히 있는 걸 선호하고, 무대의 구석지로 후퇴했다. 그렇지만 바로 그 순간까지도 그 희곡의 대본을 던져버리고 어두운 무대 뒤로 나가버리는 것을 끊임없이 두려워했다. 나는 곧잘 나가곤 했지만, 나의 출발을 나의 마지막 역할이라고 계속 간주했지만, 그 역할은 이상한 방식으로 결국 나를 그 연극에 참여시킨다.

나는 이제야 제2의 프라하는 오직 의식 속에서 떠나는 자에 의해서만 들어갈 수 있다는 것을 알았다. 그가 떠나는 여행은 아무런 의미가 없다. 왜냐하면 목적은 가정을 만드는 관계의 구조 속에서 장소를 의미하기 때문이다. 그리고 그것은 심지어 의미가 없는 것이 아니다. 왜냐하면 무의미는 단순히 의미를 보완하고 그의 세계에 속하기 때문이다. 제2의 프라하에 대한 모든 증언들이 서로 충돌한다는 의식으로부터 나온 초조함은 사라져버렸다.

나는 한낮의 빛 속에서 내 야간의 해석을 통일시키려던 나의 노력들이 단순히 제2의 도시를 친숙한 질서 속으로 통합시키고, 그것을 가정의 식민지로 바꾸고, 그리고 그래서 그것을 지배하고 전멸시키려는 바람의 표현이었다는 것을 깨달았다.

풀 수 없는 문제는 문제가 되는 것을 그만 둠으로써 해결됐다. 나는 이제 어둠 속에서 빛을 발하는 어떤 형태가 뒹굴고 변신하는 어떤 공간을 얼핏 보았다. 그 형태는 우리들 세계의 형식으로 전환되지 않고 아무런 의미도 없지만, 그 자신 속에 의미의 정당성보다 매우 힘차고, 진짜처럼 보였다. 그리고 반박의 여지가 없는 어떤 정당성을 가지고 있었다. 그것은 직접적으로 존재와 관련이 있는 정당함이었다. 그것은 독립적이고 어떤 것에도 책임질 필요없는 정당함이었다. 그래서 그것은 어느것으로부터도 위험하지 않았다.

그 공간에 느릿하게 밀려든 것은 또한 날것 그대로의 현재와 원인이었다. 최면을 거는 듯하고 무관심한 어두운 광채가 밀려들었다. 내가 과거에 그것의 흔들리는 형태에 유도되었던 질문들, 그리고 계속 다르고 모순되는 대답을 들었던 질문들은 이러한 어두운 광채를 대처할 수가 없었다.

열려진 공간에서는 사라진 존재의 파편들과 우리들 세
상의 쓰레기로부터 법률과 관습의 원천을, 소멸의 무정형
으로부터 시작의 무정형을, 심원하고 흔들리지 않은 통일
로부터 이국 무력의 전투를, 가장 안정된 질서로부터 격
변의 혼돈을 구분할 수가 없었다. 이러한 공간은 드디어
벌써 조국의 힘으로부터 자유로워졌다.

내 앞에 그들이 우리의 삶으로부터 우리를 보호하려고
노력했던 풍경이 펼쳐졌다. 우리가 패배하고 망명갈 권리
를 부정하고, 우리 자신을 잃어버리고 벽을 따라 길을 잃
어버릴 권리를 부정하고, 존재의 어두운 안뜰과 구석지고
아늑한 세계에서 망명자가 되는 권리를 부정하려던 바로
그 풍경이었다.

그들은 얼마나 지루한가. 끊임없이 끈질기게 우리들을
구원하고, 가정으로 몰아 부친다. 그들은 찬란하고 차가
운 불빛이 자유로워진 것들로부터 부드럽게 흘러나오는
빛나는 이국땅을, 반짝이는 도시들 위 밤의 평원에 고독
의 기쁨을, 텅 빈 고속도로에서 괴물들의 아름답고 느린
춤을, 어두운 침실들의 심연 속에서 집 내부를 감아 도는
고통스러운 12궁 황도대의 별자리처럼 먼 램프의 불빛이

흔들거리는 차가운 거울들 밑에서 도취시키는 소멸을 우리들로부터 박탈하려고 한다.

　나는 옷을 입고 계단을 내려가 거리로 나갔다. 오전 날씨는 선명하고 무척 추웠다. 태양 빛이 보행자들의 눈썹 밑에, 동상의 돌 휘장의 주름에, 그리고 눈 덮인 창틀 밑에 날카로운 그림자를 드리웠다. 내가 여기서 만난 사람들의 얼굴과 움직임은 벌써 몽환적이고, 축제의 무기력함을 가지고 있었다. 나는 그림자 속에 잠겨버린 좁은 길을, 갑자기 눈부신 광장으로 열린 골목길을 따라 걸어서 어두운 열주들을 통과했다. 눈은 그 열주들의 아치에 빛을 비추고 두 눈 속에서 고통스럽게 불타올랐다. 나는 숨겨진 전투에 대해, 예배에 대해 그리고 침묵한 건물정면 뒤 깊숙한 곳에서 벌어지고 있는 댄스파티에 대해, 이 길들이 갈라지는 아시아의 중심으로 가는 먼 길에 대해 생각에 잠겼다.

　얀 후스의 기념탑을 지나갈 때, 나는 동상의 텅 빈 내부를 상상했다. 거기엔 무엇이 숨겨져 있을까. 아마도 거기에는 무도장이 딸린 와인바, 조용히 윙윙거리는 기계들이 있는 작업장이나 동상의 텅 빈 머리에 걸려 있는 착색전구가 물 표면을 비추는 수영장이 있지나 않을까 하고 상상해봤다. 아마 나는 오늘 미지근한 물에서 깜박거리는 불빛의 흔적 속에서 천천히 수영을 할 것이다. 아마도 가족들로부터 대리석 전차가 태우고 온, 그리고 텅 빈 동상 바깥에 다른 도시가 존재하는 것을 이미 잊어버린 소녀들의 긴 머리카락들이 내 육체를 애무할 것이다.

나는 모두들 실패와 탈주에 대해 이야기할 것이라는 것을 알았다. 그러나 제2의 프라하를 향한 나의 출발은 실패가 예정된 연기가 아니었다. 실패로 인한 고통은 약해지지 않았지만 이상하리만치 여행의 커다란 기쁨과 합쳐졌고 그것의 일부가 되었다. 도망에 대해서는, 무엇보다도 스스로 매일 어두운 변두리로부터 그리고 옆길의 입구로부터 퍼져 나오는, 호출 직전에 가정의 도피처로 도망을 가는 자들이 이야기한다. 나는 그들이 가정의 공간으로 도피하는 것에 대해 나쁘게 생각하지 않는다. 그들이 하는 그 연극에 대한 그들의 충성은 뭔가 칭찬할 만하고 또 존경할만한 것이 있었다. 그러나 나는 내가 거기서 어떤 역할을 하지 않은 것에 대해 어느 누구에게도 사과할 필요를 느끼지 않았다.

어떤 사람은 머물고 어떤 사람은 떠나간다. 어떤 사람은 일생 동안 우리들의 단어를 동반하는 중얼거리고 바스락거리는 음악에 신경을 쓰지 않고, 반면에 다른 사람은 양탄자의 장식들이나 사람을 도취시키는 옷장의 내부 장식에 의해서 집어삼켜진다. 그의 가족들은 계속해서 몇 주 동안 열려진 옷장 옆에서 앉아서 그의 귀환을 기다린다. 그러고 나서 모두들 곧 그를 잊어버린다.

지역사회는 아직 얼마나 오랫동안 떠나간 자를 원망할까? 언제 떠난 자와 남은 자 간의 화해가 올까? 언제 제2의 도시로의 출발이 조용한 축제로 변할까? 언제 연기하기를 거절하거나 배울 수 없는 자에 대한 조소의 울림소리가 그칠까? 언제 그들은 화물열차 정거장에 있는 거대한 벽돌건물에서 얼굴을 황금마스크로 가린 초록 천사와 협의만남을 가진 자들을 강제로 그런 연기를 하도록 끌고 가는 것을 멈출까?

지역사회는 그것이 얼마나 많이 경계를 넘어가는 자들을 필요로 하는지 깨닫지 못한다. 떠나가는 자들은 이미 자신의 조국에 남겨놓은 흔적에 대해서 생각하지 않는다. 하지만, 남아 있는 자들에게 있어서 출발은 다른 공간에 대한 추억이다. 정착된 질서를 흔들어대고 그리고 비밀스럽게 질서를 세우고, 그것을 활기차게 하는 잠자는 힘을 잠시 일깨우는 추억이다. 즉 떠나가는 자들 없이는 가정의 질서는 경직되고 죽어버릴 것이다.

출발은 대화를 방해하는 것을 의미하지 않는다. 마침내 실질적인 대화는 떠나간 자들과 남는 자들 간에만 가능하다. 동료부족 간의 대화는 언제나 지루한 자신들의 말의 반향일 뿐이다. 모든 대화는 한 나라 안에 사는 사람들 사이의 커다란 대화로부터, 경계선 너머로 풍기는 것으로부터 먹이를 얻는다. 즉 옷감 스치는 소리는 괴물들의 울부짖음과 칭얼거림, 그리고 망명가들의 오케스트라가 연주하고 며칠 동안 진행되는 음악과 뒤섞이는 속삭임으로부터 먹이를 얻는다. 내부에 살고 있는 사람들은 변두리의 목소리를, 자기들이 주의를 기울이지 않는 단지 의미 없는 언어의 반주라고 여긴다. 그러나 이러한 조용한 어조와 멀리서 들려오는 외침은, 그럼에도 불구하고 비밀히 작용을 하여, 모양을 부식시키고 기억의 밑바닥에서 익어가고 열매를 맺는 잠재된 효과를 가지고 있다.

나는 마네스 다리를 건너가서 눈 덮인 테라스가 딸린 정원 옆으로 걸어갔다. 나는 돌아갈 거라고는 생각도 하지 않았다. 그러나 나는 내가 다시는 돌아가지 않을 것이라는 확신을 가지고 있다고는 말할 수 없었다. 나는 내 계획의 그물망으로부터 미래를 내려놓았다. 그것은 우리의 하인이었던 세계에서 이제 희미한 빛에 의해서 반짝거렸다. 나는 무엇이 나를 기다리고 있는지 알 수 없었다. 제2의 프라하에서의 나의 체류가 가정에서의 놀이의 마지막 부정인지 또는 잊어버린 불 속에서 그것의 부활이고 정화인지 알 수 없었다. 나는 그것을 상관하지 않았다. 나는 여행의 힘에 나를 맡겼다. 그리고 나는 미래의 여행이 나로 하여금 벽 뒤에 남도록 명령하거나 또는 배낭에 용의 아가리에서 잘라낸 혀들을 가지고 돌아오라고 명령을 할는지 알 수 없었다. 우리가 미래라고 말한 것은 실제로 존재하지 않았고, 오직 깨끗하고 유일한 시간의 불꽃만 있었다. 존재하는 것의 불꽃만 있었던 것이다. 그 불꽃 속에서 과거 사건들과 형태들과 조용히 다가오는 괴물의 의심스러운 악취가 나는, 숙성되어가는 주스가 음울하게 떨었다.

나는 궁전들의 뒤쪽 익면을 따라 난 가파른 골목길을 올라가며, 서둘지 않았다. 나는 다음 모서리에서 어느 방향으로 가야 할지 몰랐다. 나는 제2의 프라하에서 어떤 직업을 가져야 하는지에 대해 생각해보았다. 나는 책들의 정글 속에서 금 채굴자가 될까, 리벤(프라하 제 8구역: 역주)에 있는 아파트의 고미다락에 있는 수도원의 수도사가 될까, 어두운 내해에서 고기를 잡으러 항해하고 그리고 저 멀리 침실의 저녁 램프가 빛나는 것을 바라보는 어부가 될까? 이전에 나는 제2의 프라하에서 휴가를 보내고 돌아와서 거기에서의 자신의 삶에 대해 책을 쓰는 것은 가능하다고 순진하게 상상했었다.

좋아, 그러면 나는 여기에 만남들과 경계선에 대한 책을 남겨둘 테다. 내 다음 책들은 이제 제2의 프라하 문자로 씌어질 것이고, 옷장 코트 속에 숨겨진 밤의 인쇄소에서 인쇄될 것이다. 아마도 내 책들 중 몇 권이 헌책방의 책 선반에 진열될 것이고, 아마도 누군가가 나처럼 눈보라나 비를 피해서 책방에서 피난처를 찾고, 놀라운 모습으로 소녀가 다른 쪽으로부터 책 선반 위 책들 사이에 자신의 부드러운 손을 넣어, 그 책들 사이에 공간을 만들고 그 책을 거기에 꽂아 넣는 것을 보게 될 것이다.

놀란 손님은 그 책을 꺼내어 펼쳐서 미지의 문자로 덮

인 쪽들을 볼 것이다. 그리고 몸을 숙여 책 선반의 책들 사이에 남아 있는 어두운 틈새를 살펴볼 것이고, 어두운 표면에 깜박거리는 불빛을 볼 것이고, 돌로 된 통로의 냄새를 맡을 것이다.

나는 인적이 없는 흐라트차니 광장을 가로질러 가고 나서, 마르티니츠 궁전 주위를 돌아 노비 스베트 거리로 방향을 틀었다. 나는 한쪽에 석벽이 있고, 뒤에는 보이지 않는 정원이 숨어있는 골목길로 가서, 오래된 벽돌 성벽을 따라 나 있는 허물어진 계단을 따라 올라갔다. 거기에는 전차들이 반짝거리며 서 있었다. 그것들 뒤 눈 속에서 눈 덮인 작은 공원이 햇볕 속에서 빛나고 있었다. 눈 위에서는 바람에 의해서 흔들거리는 나무들의 그림자들이 움직이고 있었다.

나는 벤치로부터 눈을 치우고 앉아서 반짝거리는 눈 위에서 나뭇가지들의 그림자들이 춤추는 것을 바라보았다. 전차 한 대가 프라스니 다리로부터 천천히 다가왔다. 그것이 가까이 다가왔을 때 나는 그것이 초록색이라는 것을 알아보았다. 전차의 모든 문들은 열려 있었다. 나는 일어서서 아무도 밟지 않은 하얀 눈을 따라 그것을 향해 걸어갔다.

체코 최고의 SF, 판타지소설
『제2의 프라하』

미할 아이바스의 생애와 문학

미할 아이바스(Michal Ajvaz)는 1949년 프라하 태생이다. 그의 아버지는 러시아 크림 지방 카라임(Karaim)족 망명자 출신이고 어머니는 오스트리아 계 체코인이다. 그는 소설가, 수필가, 시인, 번역가 겸 프라하 신학연구소 연구원이며, 남미의 보르헤스처럼 체코의 대표적 환상적 사실주의 작가로 평가받고 있다.

미할 아이바스는 프라하 카렐대학에서 체코어와 미학을 전공했다. 그는 1989년까지 아무런 글도 발표하지 않았으나 15살부터 글을 써 왔다. 그는 1989년 첫 시집 『호텔 인터콘티넨탈에서의 살인』을 발표하면서 문단에 데뷔했다. 1994년까지 노동자로서 여러 가지 잡일을 하면서 생계를 유지했다. 스메타나 음악당이 있는 시민회관의 안내원, 주차장 야간근무자, 크르크노세 지방 호텔 관리인, 프라하 수도국에서 물 푸는 직업 등을 경험했다. 1996년부터 1999년까지 문학신문사 편집인, 2003년부터 카렐대학교와 과학아카데미 신학연구소 연구원으로 일했다.

그는 2005년 소설 『텅 빈 거리』로 체코에서 가장 권위 있는 문학상 '야로슬라프 사이페르트 문학상'을 수상했고, 『룩셈부르크의 정원』은 2012년도 '올해의 책'으로 선정되어 '마그네시아 리테라 문학상'(Magnesia Litera)을 비롯하여 많은 문학상을 수상하였다. 그는 『제2의 프라하』로 2015년 프랑스에서 '유럽 유토피아 문학상'(Prix Utopiales Européen)을 받았다.

수많은 소설 외에도 그는 보르헤스에 대한 명상의 책

을 썼고, 현상학철학자 에드문트 후설(Edmund Husserl)의 철학에 대한 저서를 썼다. 그는 또 『바다가 방』 등의 책을 이반 하벨과 공동으로 저술했다. 그의 최신작은 『스스로 창조하는 우주』(2017)이다.

미할 아이바스의 소설들은 영어, 프랑스어, 일본어, 이탈리아어, 스웨덴어, 노르웨이어, 덴마크어, 러시아어, 폴란드어, 헝가리어, 슬로베니아어, 크로아티아어, 아랍어, 터키어, 알바니아어, 마케도니아어 그리고 한국어 등 모두 17개의 언어로 번역되었다.

『제2의 프라하』는 2009년도 아마존, 타임아웃 뉴욕(Time Out New York) 그리고 로커스 잡지(Locus Magazine)에 의해서 'SF/판타지소설 분야 베스트 10'에 선정되었다.

『황금의 세기』는 2010년도 아마존의 'SF/판타지소설 분야 베스트 10'에 선정되었고, 2011년도 최고의 번역상 수상 목록에 선정되었다. 『제2의 프라하』 프랑스어 판은 2016년도 'Grand Prix de l' Imaginaire'에 선정되었다.

또한 그의 여러 작품들은 세계문학 선집에 수록되어 있다. 예컨대, 『2011년 베스트 유럽 소설집』(Best European Fiction 2011, Dalkey Archive Press, USA), 『기묘함, 이상하고 어두운 이야기들의 선집』(The Weird. Compendium of Strange and Dark Stories, London 2011, New York 2012), 그리고 『동물우화집. 현대 거짓 이야기들의 우화집』(A Modern Bestiary of Untrue Tales, Lakewood 2015) 등의 세계문학 선집에서 그의 작품들을 만날 수 있다.

『제2의 프라하』 작품 소개

그의 대표작 『제2의 프라하』는 또 다른 프라하에 관한 소설이다. 책을 좋아하는 주인공이 우리가 잘 알고 있는 프라하의 저 너머에 보이지 않는 또 다른 도시를 탐험하는 이야기다. 프란츠 카프카, 카렐 차페크, 레오 페루츠 (Leo Perutz), 구스타프 메이링크(Gustav Meyrink)에 이르는 신비롭고 환상적인 것을 다루었던 프라하 출신 작가들의 소설에 심취한 아이바스는 『제2의 프라하』에서 대체

가능한 다른 우주를 다룬 소설을 제공한다. 『제2의 프라하』의 가장 큰 매력은 제1의 세계와 제2의 세계를 중첩시키는 것이다.

『제2의 프라하』는 이런 유의 소설이 그렇듯이 해독할 수 없는 신비로운 문자로 씌어진, 이상한 보랏빛을 발하는 책 한 권으로 시작한다. 이 이상한 문자에 대해서 더 알고 싶어하는 강렬한 열망이 생긴 소설 속 화자(주인공)는 다른 사람들도 그런 책을 만난 적이 있다는 것을 알게 된다. 또한 그 책이 또 다른 세계의 엄청난 힘을 가지고 있으면, 그 책 독자들의 주위에는 기이한 변화들이 일어나는 또 세계가 있는 것을 알게 된다. 즉 그 세계는 "피아노가 바다 게로 변해서 침실 주위를 기어 다니는" 이상한 초현실의 세계이다.

화자가 그 책의 다른 독자들이 자신들의 주위에서 발견한 또 다른 초현실로 향한 문을 열고 들어가고자 할 때 화자인 주인공은 그 책을 이미 읽은 다른 이들로부터 이러한 경고를 듣게 된다.

"그러한 문자들에 나타난 정교하고 교활한 표현들을 보세요! 그것은 곧 모든 것을 차츰차츰 압도해버릴 사악한 괴저(壞疽)입니다. 그 문자들은 우리들 세계의 친숙한 것들을 주도면밀하게 좀먹는 독을 내뿜습니다."

하지만 제2의 프라하를 향한 화자의 호기심은 더욱 자극되기만 할 뿐, 이제 화자는 가만히 앉아있을 수가 없다. 그는 제2의 프라하로 향한 보일 듯 말 듯한 이상한 존재들과 제2의 프라하로 향하는 문들을 만나면서 또 다른 세계를 찾아 나선다.

그가 만나는 세계에서는 이상한 의식들이 행해지고 초현실적인 것들이 현실이 되는 세계이다. 예를 들면, 물 속을 헤엄치는 것이 아니라 공중을 날아다니는 가오리 같은 존재를 만나게 되는데, 실제로 화자는 이 가오리를 마치 비행접시를 타듯 타고 프라하 공중으로 부상하게 되기도 한다. 그가 펼치는 책 속에서는 책장들이 나무판자로 변하고, 방앗간의 물방아가 물갈퀴로 변한다.

탐구하면 할수록 또 다른 세계에 무엇이 더 있을지 화자는 놀라움을 금치 못하게 된다. 정말로 우리들 자신들의 세계 가까이에 또 다른 세계가 정말로 존재하는 것일까? 이상한 삶으로 법석대는 세계, 우리들 세계보다 이전에 이미 존재했던 세계, 하지만 우리가 전혀 모르고 있었던 그런 세계가 있을까? "내가 점점 더 생각하면 할수록 나는 정말로 그런 것이 더 가능하고, 그리고 우리가 떠나기를 두려워하는 제한된 공간에 살고 있는 우리들 생활방식에 대해 더 생각하고 싶어진다."고 화자는 말한다.

정말로 그는 또 다른 세계의 흔적을 여기저기에서 목격한다. 그리고 그가 일단 실제로 그런 것을 살펴보기 시작하면서 그는 계속해서 거기에 돌진한다. 여기서 길을 잃은 영혼들 중 가장 잘 묘사되고 있는 것은 전차를 잘못탄 소녀와, 매년 도서관의 심연 속으로 도서관 사서들이 사라져 버리곤 하는 대학도서관이다. 그래서 그 대학 도서관학과는 결국 도서관에 필요한 충분한 졸업생을 배출할 수가 없는 상황까지 이른다.

마침내 그는 깨닫는다.

"나는 이제야 제2의 프라하는 오직 의식 속에서 떠나는 자에 의해서만 들어갈 수 있다는 것을 알았다. 그가 떠나는 여행은 아무런 의미가 없다. 왜냐하면 목적은 가정을 만드는 관계의 구조 속에서 장소를 의미하기 때문이다. 그리고 그것은 심지어 의미가 없는 것이 아니다. 왜냐하면 무의미는 단순히 의미를 보완하고 그의 세계에 속하

기 때문이다."(22장)

아이바스는 의미 없는 세계 저 너머를 매우 놀라운 마법을 걸어 우리 곁으로 불러낸다. 『제2의 프라하』는 발견의 소설이고, 우리가 알지 못했던 제2의 또다른 세계에 친숙해지게 하는 소설이다.

프라하에 대한 이 이상하고 애정 어린 찬양에서 미할 아이바스는 카프카의 도시에 귀신들, 유령들, 괴짜들을, 말하는 동물들 그리고 움직이는 게 불가능한 동상들을, 관광객들에게 매우 친숙한 이 도시의 주변에 잠복해 있는 모든 것들을 생생하게 살아 움직이게 한다. 『제2의 프라하』는 무미건조한 세상과 겹쳐 보이는, '보이지 않는 또다른 프라하'에 대한 환상적인 가이드북이다. 거기에서는 도서관이 정글로 변하고, 비밀스런 통로가 우리들 다리 아래에서 입을 벌리고, 물결이 우리들의 침대보에 찰랑거린다.

아르헨티나의 환상적 사실주의 작가 호르헤 루이스 보르헤스(Jorge Luis Borges, 1899 - 1986)의 전통의 후계자요, 기나긴 역사와 특별함을 지닌 체코 판타지 문학의 한

계열로서 아이바스의 『제2의 프라하』는 우리들 자신이 세상을 바라보는 방식에 물음표를 던지며 이 세계에 빛을 비춘다.

이 지상의 언어가 아닌 다른 언어로 씌어진 특별한 책 한 권은 우리의 주인공을 우리의 일상 생활 가까이에 있지만 알면 알수록 점점 위험해지는 세계로 모험을 떠나게 만든다. 주인공은 호기심을 가질수록 점점 더 제2의 프라하의 장면들 속으로 비틀거리며 빠져 들어간다. 그는 수수께끼 같은 종교적 의식을 엿보기도 하지만, 그 도시의 시민들은 침략자인 주인공에게 결코 친절하지 않다. 그는 느닷없이 족제비들에 의해 추격을 당하고 헬리콥터로부터 사격을 받기도 한다. 그리고 반인-반상어에게 거의 잡아 먹힐 뻔하기도 한다. 엘크들이 카렐 다리 난간의 동상들 속 마구간에 살고 있고, 새들이 도시 기원에 대한 서사시를 읊는다. 한마디로 아이바스 소설은 비현실의 멋진 세계를 현실 위에 한 겹 한 겹 펼치는 불가사의하고 섬뜩한, 그리고 정말로 감탄할 만한 이야기이다.

20세기 초 초현실주의 문예사조가 번창했던 프라하에

서 『제2의 프라하』는 평범한 경험과 평범한 센스와는 다른 방식에서 초현실주의를 생각나게 한다. 이 소설은 논리적인 규칙과 관습을 공격하고 사물들을 친숙한 상황에서 벗어나게 한다. 그러나 이 소설은 즉흥적인 상상보다 더 창조적이고 더 지적인 놀이이다. 장식적인 이미지는 강박관념적인 방식과 형태에 고정된다. 이는 확실하고 받아들여진 의미를 어떻게 피하고, 다른 가능성의 세계로 가고, 우리들로 하여금 또 다른 우주를 받아들이도록 하는 데 어느 정도 어울리지 않는다. 배경은 본문의 미로이다. 거기에는 탈출구가 없고 궁극적인 의미가 영원히 접근할 수 없도록 남아 있고 그래서 궁극적인 상황이 결코 강조되지 않는다.

하바드 대학교 체코문학 교수이며 비평가인 조나단 볼튼(Jonathan Bolton)은 이렇게 말한다.

"체코 작가 마할 아이바스의 텍스트는 영리한 상상의 증거일 뿐만 아니라 독서의 어려움을 음미하는 정신의 증거이다. 언어는 지식의 전달을 위한 수단일 뿐만 아니라 그것이 의사소통하고자 하는 바로 그 세계의 필수 구성요소이다. 그러한 세계를 읽는다는 것은 그 속으로 들어가는 것을 의미하며, 당신을 감염시키고, 상처 입히고, 문지르고, 해독을 끼치고 그리고 사로잡게 한다."

미할 아이바스의 저서 목록:

1989 - 『호텔 인터콘티넨탈에서의 살인』(Vražda v hotelu Intercontinental, 시집)

1991 - 『고대 큰 도마뱀의 귀향』(Návrat starého varana, 단편집)

1993 - 『제2의 프라하』(Druhé město, 소설)

1994 - 『기호와 존재』(Znak a bytí, 데리다에 대한 명상의 책)

1996 - 『조용한 미로』(Tiché labyrinty, 페트르 흐루슈카 (Petr Hruška)의 사진과 아이바스의 텍스트)

1997 - 『청록색 독수리』(Tyrkysový orel, 두 중편소설 「흰 개미, Bílí mravenci」와 「제노의 역설, Zénonovy paradoxy」)

1997 - 『책의 비밀』(Tajemství knihy, 수필집)

2001 - 『황금의 세기』(Zlatý věk, 소설)

2003 - 『빛이 비친 원시림』(Světelný prales: Úvahy o vidění, 수필집)

2003 - 『문법의 꿈, 빛의 문자: 호르헤 루이스 보르헤스와의 만남』(Sny gramatik, záře písmen: Setkání s Jorgem Luisem Borgesem, 수필집)

2004 - 『텅 빈 거리』(Prázdné ulice, 소설)

2006 - 『기호들의 경우와 공허함』(Příběh znaků a prázdna, 수필집)

2006 - 『55개의 도시들』(Padesát pět měst, 소설)

2007 - 『기호, 자의식과 시간: 데리다 철학 연구 제2집』(Znak, sebevědomí a čas: Dvě studie o Derridově filosofii, 수필집)

2007 - 『황금의 세기』(L´autre ile: Zlatý věk 프랑스어판)

2008 - 『실잣기: 꿈에 관한 일 연간의 편지들』(Snování: Rok dopisů o snech (Spin ning: 철학자 이반 하벨(Ivan Havel: 극작가 대통령 바츨라프 하벨의 형제)과의 꿈에 관한 편지 모음집)

2008 - 『남쪽으로의 여행』(Cesta na jih, 소설)

2009 - 『제2의 프라하』(The Other City, 영어판)

2010 - 『신바드의 집』(Sindibádův dům, 이반 하벨과의 편지 모음집)

2010 - 『황금의 세기』(The Golden Age, 영어판)

2011 - 『룩셈부르크의 정원』(Lucemburská zahrada, 소설)

2012 - 『의미의 원천으로의 여행: 에드문트 후설의 현상학 기원』(Cesta k pramenům smyslu: Genetická fenomenologie Edmunda Husserla, 수필집)

2017 - 『스스로 창조하는 우주』(Kosmos jako sebeutváření, 소설).

2017 - 『바다가 방』(Pokoje u moře, 수필집) 공저자: 이반 하벨 (Ivan M. Havel)

김규진

한국외국어대학교 러시아어과를 졸업하고 동대학원 러시아어과에 재학 중 미국으로 유학을 떠났다. 시카고 대학교 대학원 슬라브어문학과에서 석·박사과정을 수료했고, 체코 프라하 카렐 대학교에서 수학했다. 체코 카렐 대학교 한국학과 교환교수를 거쳐 2014년까지 한국외국어대학교 체코·슬로바키아어과 교수로 재직했다. 현재 명예교수로 체코문학 번역에 전념하고 있다. 한국외국어대학교 글로벌캠퍼스 부총장과 동유럽학대학장을 지냈다. 전국부총장협의회 회장직을 지냈다. 한국동유럽발칸학회 회장, 세계문학비교학회 부회장, 번역원 이사, 대한민국오페라연합회 상임고문 등을 맡았다. 현재 대학에서 '서양문학의 이해와 감상', '카렐 차페크', '동유럽 문화와 예술' 등의 과목을 가르치고 있으며 1990년부터 신문 및 잡지 등에 러시아와 동유럽의 문학과 예술에 대한 여행기를 써왔다.

저서로는 『한 권으로 읽는 밀란 쿤데라』 『카렐 차페크 평전』 『일생에 한번은 프라하를 만나라』 『체코현대문학론』 『프라하-매혹적인 유럽의 박물관』 『여행 필수 체코어 회화』 『여행 필수 슬로바키아어 회화』 『러시아·동유럽 문학·예술기행』 등이 있고, 번역서로 밀란 쿤데라의 소설 『참을 수 없는 존재의 가벼움』 『이별의 왈츠』 카렐 차페크의 소설 『별똥별』 『첫번째 주머니속 이야기』 『압솔루트노 공장』 『체코 단편소설 걸작선』(공역), 편역으로 『러시아문학 입문』 등이 있다.

※이 책의 번역은 2017년 체코공화국 문화부의 지원 하에 이루어
졌다.

The translation of this book into Korean Language was supported
by the Ministry of Culture of the Czech Republic.